CIDADÃ DE
SEGUNDA CLASSE

CIDADÃ DE SEGUNDA CLASSE

BUCHI EMECHETA

Tradução
Heloisa Jahn

8ª impressão
Porto Alegre • São Paulo
2021

Copyright © 1974 Buchi Emecheta

CONSELHO EDITORIAL Gustavo Faraon e Rodrigo Rosp
CAPA E PROJETO GRÁFICO Luísa Zardo
PREPARAÇÃO Julia Dantas
REVISÃO Fernanda Lisbôa e Rodrigo Rosp
FOTO DA AUTORA Valerie Wilmer

DADOS INTERNACIONAIS DE
CATALOGAÇÃO NA PUBLICAÇÃO (CIP)

E53c Emecheta, Buchi.
Cidadã de segunda classe / Buchi Emecheta; trad.
Heloisa Jahn. — Porto Alegre: Dublinense, 2018.
256 pág.; 21cm.

ISBN: 978-85-8318-111-8

1. Literatura Africana. 2. Romances Africanos.
I. Jahn, Heloisa. II. Título.

CDD 869.3

Catalogação na fonte:
Ginamara de Oliveira Lima (CRB 10/1204)

Todos os direitos desta edição
reservados à Editora Dublinense Ltda.

EDITORIAL
Av. Augusto Meyer, 163 sala 605
Auxiliadora • Porto Alegre • RS
contato@dublinense.com.br

COMERCIAL
(51) 3024-0787
comercial@dublinense.com.br

Para meus queridos filhos Florence, Sylvester, Jake, Christy e Alice, sem cujos adoráveis ruídos de fundo este livro não teria sido escrito.

SUMÁRIO

1. Infância   9

2. Fuga para o elitismo   25

3. Uma acolhida fria   51

4. Os cuidadores   63

5. Uma lição onerosa   81

6. "Desculpem, pessoas de cor não serão aceitas"   99

7. O gueto   115

8. Reconhecimento de um papel   137

9. Aprendendo as regras   159

10. Aplicando as regras   183

11. Controle populacional   201

12. O colapso   215

13. O fascínio da vala   235

INFÂNCIA

Tudo começara como um sonho. Sabe, aquele tipo de sonho que parece que sai de lugar nenhum, mas que sempre soubemos que existia. Dava para senti-lo, ele podia até dirigir nossos atos; primeiro de forma inconsciente, até virar uma realidade, uma Presença.

Adah não sabia com certeza o que originara seu sonho; quando, afinal, tudo começara. Mas a âncora mais antiga que conseguia atrelar àquela torrente de coisa-nenhuma datava de quando tinha uns oito anos de idade. Não estava segura nem mesmo de ter sido aos oito anos, porque, claro, era uma menina. Uma menina que havia chegado quando todos esperavam e previam um menino. Assim, já que era um desapontamento tão grande para os pais, para a família imediata, para a tribo, ninguém pensou em registrar seu nascimento. Uma coisa tão insignificante! Porém isto Adah sabia: havia nascido durante a Segunda Guerra Mundial. Sentia-se com oito anos quando estava sendo guiada por seu sonho, pois uma criança com menos idade não teria sido capaz de fazer tantas travessuras. Evocando isso tudo agora, já adulta, sentia pena dos pais. Mas a culpa era deles mesmos; em primeiro lugar, não deveriam tê-la tido, pois se não tivesse nascido, muita gente seria poupada de muita incomodação.

Bem, Adah achava que estava com oito anos na época em que sua mãe e todas as outras mulheres da sociedade se dedicavam a recepcionar o primeiríssimo advogado da cidade delas, Ibuza. Sempre que alguém dizia a Adah que Ibuza era a sua cidade, ela sentia dificuldade em entender. Seus pais, diziam-lhe, eram de

Ibuza, assim como seus tios e tias. Pelo que lhe falavam, Ibuza era uma bela cidade. Desde muito pequena haviam lhe dito que as pessoas de Ibuza eram gentis, que a comida de lá era fresca, que a água da fonte era pura, e o ar, limpo. As virtudes de Ibuza eram cantadas com tanta insistência que Adah passou a considerar o fato de ter nascido num lugar abandonado por Deus, como Lagos, uma desgraça. Seus pais diziam que Lagos era um lugar ruim, ruim para criar os filhos porque ali as crianças começavam a falar com o sotaque iorubá-ngbati. Ruim porque era uma cidade com leis, uma cidade onde a Lei determinava tudo. Em Ibuza, segundo eles, a lei era aplicada com as próprias mãos. Se uma mulher tratasse mal seu filho, você ia diretamente até a cabana dela, arrastava-a para fora e lhe dava uma surra ou levava uma surra, conforme o caso. Assim, se você não quisesse ser arrastada para fora e levar uma surra, não maltrataria o filho de outra mulher. Lagos era ruim porque esse tipo de comportamento não era permitido. Você era obrigada a controlar sua fúria, o que, ensinaram a Adah, era contra a lei da natureza.

As mulheres de Ibuza que viviam em Lagos estavam se preparando para a chegada do primeiro advogado de Ibuza vindo do Reino Unido. O nome "Reino Unido", quando pronunciado pelo pai de Adah, tinha um som tão pesado... o tipo de ruído que se associa a bombas. Um som tão grave, tão misterioso, que o pai de Adah sempre o pronunciava com voz contida e com uma expressão tão respeitosa no rosto que até parecia estar falando de Deus Santíssimo. Sem dúvida, ir ao Reino Unido era como fazer uma visita a Deus. Ou seja, o Reino Unido devia ser uma espécie de Paraíso.

As mulheres de Ibuza compraram peças de algodão de estampa idêntica na loja de departamentos da United Africa Company, a UAC, e mandaram fazer lappas e blusas com o mesmo corte. Tingiram o cabelo e o alisaram com pentes aquecidos para que ficasse com aspecto europeu. Nenhuma delas, em seu juízo perfeito, sonharia em receber um advogado que já estivera no Reino Unido com o cabelo ao natural, todo encaracolado. Compuseram canções entremeando nelas o nome do novo advogado. Aquelas mulheres estavam assim orgulhosas do novo advogado, porque para elas era como a chegada de seu Messias em carne e osso. Um Messias especialmente criado para o povo de Ibuza. Um Messias que entraria na política e lutaria pelos direitos do povo de Ibuza. Um Messias que se encarregaria de dotar Ibuza de eletricidade, de uma estrada asfaltada (que a mãe de Adah chamava de "Kol tar"). Ah, sim, o Advogado Nweze ia fazer todo tipo de coisa pelo povo de Ibuza.

A mãe de Adah era costureira, de modo que foi ela quem confeccionou a maioria das blusas. Adah teve muita sorte, porque alguns retalhos do tecido foram transformados numa bata para ela. Ainda se lembrava da bata; ficava tão folgada que Adah praticamente nadava lá dentro. Sua mãe nunca sonharia em fazer um vestido para ela que fosse bem do seu tamanho porque, entendem, em pouco tempo a roupa ficaria pequena. Assim, mesmo ela sendo uma menina miúda, magrinha para a idade, fosse qual fosse sua idade, os vestidos sempre eram três ou quatro números maiores. Essa era uma das razões para gostar de vestidos velhos, pois só quando seus vestidos ficavam velhos estavam do tamanho certo. Mesmo assim, Adah ficou tão feliz com aquele novo "Vestido do Advogado" que implorou à mãe que a deixasse ir com as mulheres até o Cais Apapa no grande dia. Ficou desolada quando se deu conta de que não teria permissão para ir porque o grande dia era dia de aula.

A escola era uma coisa que os igbos levavam muito a sério. Estavam se dando conta depressa de que só o estudo poderia salvá-los da pobreza e da doença. Todas as famílias igbo providenciavam escolas para os filhos. Mesmo assim, em geral a preferência ficava com os meninos. Por isso, embora Adah já estivesse com uns oito anos, a família ainda discutia se seria adequado mandá-la para a escola. E mesmo que ela fosse mandada para a escola, seria mesmo adequado deixá-la frequentar a escola por muito tempo? "Um ano ou dois, e o assunto está resolvido, ela só precisa aprender a escrever o nome e a contar. Depois, vai aprender costura". Adah ouvira a mãe dizer isso às amigas muitas e muitas vezes. Não demorou e o irmão mais moço de Adah, Boy, começou a frequentar a escola.

Foi nessa época que o sonho de Adah começou a cutucá-la. Toda vez que levava Boy ao Instituto Ladi-Lak, que era o nome da escola, Adah se posicionava junto ao portão para olhar todas as suas amigas em fila junto à entrada da escola em seus elegantes aventais azul-marinhos, asseadas e arrumadinhas. Na época, e hoje ainda, Ladi-Lak era uma escola preparatória muito pequena. As crianças não aprendiam iorubá nem nenhuma outra língua africana: por isso era uma escola tão cara. A dona havia estudado no Reino Unido. Na época, mais de metade das crianças da escola era de igbos, que naquele momento se sentiam altamente motivados pelos valores da classe média. Adah ficava ali, olhando, cheia de inveja. Mais tarde a inveja foi substituída pela frustração, que Adah manifestava de muitas pequenas maneiras. Mentia, só pelo gosto de mentir; desobedecer à mãe lhe dava um prazer secreto. Porque, Adah pensava, se não fosse Ma, Pa teria se encarregado de fazê-la entrar na escola junto com Boy.

Certa tarde, Ma estava sentada na varanda da casa deles, na Rua Akinwunmi. Com a ajuda de Adah, preparara a refeição da tarde e as duas haviam comido. Ma começou a desmanchar o penteado para em seguida retrançá-lo. Adah já vira a mãe fazer isso milhões de vezes e estava entediada com a cena. Não tinha nada a fazer, ninguém com quem brincar; não havia nem mesmo uma travessura para planejar. Então a ideia despontou em sua cabeça. Isso, iria para a escola. Não para Ladi-Lak, porque essa era a escola de Boy e talvez fosse preciso pagar, já que era uma escola cara. Iria para a Escola Metodista, logo ali, virando a esquina. Era mais barata, e Ma declarara que gostava do uniforme; era onde a maioria de seus amigos estudava, e o sr. Cole, o vizinho de Serra Leoa que vivia na casa ao lado, lecionava lá. Isso, estudaria na Escola Metodista.

Seu vestido estava razoavelmente limpo, embora fosse grande demais, mas daria um jeito no problema. Entrou na sala de casa, pegou uma echarpe velha, torceu-a um monte de vezes, até ela ficar parecendo uma corda de escalar palmeira, depois amarrou-a em torno da cinturinha, subindo um pouco o vestido folgado. As outras crianças iam à escola com lousas e lápis. Ela não possuía nem um nem outro. Seria ridículo entrar numa sala de aula sem lousa nem lápis. Então teve mais uma ideia. Sempre via Pa fazer a barba: Pa tinha uma lousa quebrada, na qual costumava afiar uma espécie de faquinha esquisita e curva. Muitas vezes, fascinada, Adah via Pa afiar a faquinha. Logo depois, Pa esfregava um pouco de sabão carbólico no queixo e raspava a barba. Adah se lembrou da lousa de Pa. O problema era a lousa ser tão pequena. Um caquinho. Não daria para escrever muitas letras, mas um pedaço de lousa era melhor que nada. Então Adah enfiou a lousa de Pa na parte de cima do vestido, sabendo muito bem que a echarpe-cinto evitaria que ela caísse no chão. A sorte estava com ela. Ainda não havia saído da sala quando uma das inúmeras amigas de Ma apareceu para fazer uma visita, e as duas mulheres ficaram tão entretidas com suas conversinhas que não perceberam quando Adah passou por elas e saiu.

E, assim, Adah foi para a escola. Correu o máximo que pôde, para não ser interceptada. Não viu nenhuma das amigas de Ma porque já passava de meio-dia e fazia muito calor; a maioria das pessoas estava exausta demais para sair andando pelas ruas àquela hora. Cansou de correr e começou a trotar como um cavalo manco; cansada de trotar, andou. Em pouco tempo chegou à sala de aula. Havia dois prédios no conjunto. Um era a igreja, e os amigos haviam comentado que a igreja nunca era usada como sala de aula. Sabia qual dos dois prédios era a igreja porque, mesmo sem ter começado a frequentar a escola, assistia ao curso de domingo na igreja. De cabeça bem erguida, cheia de determinação, avançou pelo local em busca da classe do sr. Cole. Era fácil, porque todas as classes eram separadas umas das outras por tabiques baixos, feitos de uma espécie de papelão. Era fácil ver todas elas, bastava ir andando pela parte central.

Quando avistou o sr. Cole, entrou na classe e ficou parada atrás dele. As outras crianças ergueram os olhos do que estavam escrevendo e olharam para Adah embasbacadas. No começou houve um silêncio, um silêncio tão tangível que quase dava para pegá-lo e apalpá-lo. Aí uma criança bobinha começou a rir e as outras a imitaram, até que quase todas as crianças da classe estavam rindo de uma maneira tão descontrolada que o sr. Cole olhou furioso para aquelas crianças que, no entendimento dele, haviam enlouquecido. Aí o fato se deu. A criança que desencadeara as risadas cobriu a boca com uma das mãos e com a outra apontou para Adah.

O sr. Cole era um africano grandão, muito jovem, muito bonito. Um autêntico homem negro. Seu negror resplandecia como couro negro engraxado. Era um homem muito reservado, mas costumava sorrir para Adah sempre que passava por ela, a caminho da escola. Adah estava segura de que iria receber do sr. Cole aquele mesmo sorriso encorajador ali, na frente de todos aqueles idiotas que não paravam de rir. O sr. Cole se virou com tanta energia que Adah deu um passo para trás. Não por medo do sr. Cole, mas é que o movimento dele, sendo um homem tão maciço, tinha sido muito brusco, muito inesperado. Só Deus nos céus para saber o que ele imaginava que ia ver atrás de si. Um gorila enorme ou algum trote das crianças, quem sabe? Mas a única coisa que enxergou foi Adah, de olhos pregados nele.

Deus abençoe o sr. Cole. Ele não riu, entendeu na hora o que estava acontecendo, dirigiu a Adah um daqueles seus sorrisos especiais, estendeu a mão e levou-a até um garoto com uma erupção de craw-craw na cabeça e com um gesto convidou-a a sentar-se. Adah não sabia como interpretar aquele gesto. Achava que o sr. Cole deveria ter lhe perguntado por que estava ali, mas, tranquilizada pelo sorriso que ele lhe dirigia, disse, em sua vozinha bem audível:

"Vim sozinha para a escola, meus pais não quiseram me mandar".

A classe fez silêncio outra vez. O garoto com craw-craw na cabeça (que mais tarde seria professor no Hospital de Lagos) lhe deu um pedaço de seu lápis e Adah começou a rabiscar e não parou mais, saboreando o cheiro de craw-craw e de suor seco. Nunca mais esqueceu aquele cheiro de escola.

O dia acabou cedo demais para o gosto de Adah. Mas os alunos tinham de ir para casa, garantiu-lhe o sr. Cole. Claro, sem dúvida ela podia voltar, se quisesse, mas, se seus pais não permitissem, ele se encarregaria de ensinar-lhe o alfabeto. Se pelo menos o sr. Cole não tivesse misturado os pais dela naquele assunto... Com Pa não havia problema: provavelmente ele daria umas bengaladas nela, só algumas – umas seis, pouca coisa –, mas Ma não lhe daria bengaladas, daria palmadas, uma atrás da outra, e depois iria xingá-la, xingá-la o dia inteiro sem parar.

Ela achava que essas experiências com Ma tão cedo na vida é que a haviam deixado com tão baixa estima em relação a seu próprio sexo. Alguém em algum lugar disse que em geral nossas personalidades se formam bem cedo na vida. Pois é, esse alguém tinha razão. Até hoje as mulheres deixavam Adah nervosa. As mulheres sabiam como minar a autoconfiança dela. Possuía uma ou duas amigas com quem conversava sobre o tempo e sobre moda. Mas quando passava por alguma dificuldade real, preferia o apoio de um homem. Os homens eram tão sólidos, tão seguros!

O sr. Cole foi com ela até a banca de uma mulher que vendia *boli*, que é a palavra iorubá para banana assada. Essas mulheres costumavam ter panelas sem tampa nas quais faziam uma espécie de fogueira alimentada a carvão. As fogueiras eram cobertas com tela de arame e sobre a tela eram postas bananas descascadas, prontas para serem assadas. O sr. Cole deu a Adah um grande boli e disse a ela que não se preocupasse. Quando chegaram em casa, as coisas mudaram de figura; em casa, as coisas tinham saído de controle.

Na verdade, rolava o maior escarcéu. Pa fora chamado do trabalho, Ma estava com a polícia, que a acusava de abandono de menor, e a menor que havia provocado todo aquele escândalo era a pequena Adah, olhando para eles amedrontada e ao mesmo tempo triunfante. Levaram Ma para a delegacia e a obrigaram a tomar um grande pote de gari com água. *Gari* é uma espécie de farinha sem sabor feita de mandioca. Quando cozida e consumida com sopa, é uma delícia. Mas crua, com água, do tipo que Ma foi obrigada a beber, virava uma verdadeira tortura, na verdade purgativa!

Aqueles policiais! Adah ainda estava tentando entender de onde eles tiravam todas as suas leis não escritas. O fato se deu na delegacia do mercado Sabo. Ma disse aos policiais com os olhos cheios de água que não estava mais conseguindo engolir o gari. Eles lhe disseram que tomasse o pote inteiro, e disseram de um jeito que Adah se escondeu atrás do sr. Cole. Se Ma não tomasse todo o gari, continuaram os policiais, eles a mandariam para o tribunal. Como riam das próprias gracinhas, aqueles homens horríveis; e como deixaram Adah em pânico! Ma continuou engolindo, de olhos arregalados. Adah estava com medo; começou a gritar, e Pa, que muito pouco dissera, implorou aos policiais que parassem com aquilo. Que deixassem Ma ir embora agora, explicou, porque ela já havia aprendido sua lição. Que Ma adorava conversar e era muito descuidada, do contrário Adah não teria conseguido fugir de casa, como fizera. As mulheres eram assim. Passavam o dia sentadas em casa, comiam, fofocavam e dormiam. Não tinham capacidade nem para cuidar direito dos filhos. Mas agora os policiais deveriam perdoá-la, porque Pa achava que ela já ingerira uma quantidade suficiente de gari.

O chefe de polícia pensou sobre o que Pa estava dizendo, depois olhou de novo para Ma, que levava o gari à boca com as mãos em concha, e sorriu. Ficou com pena de Ma, mas disse a ela que se aquele tipo de coisa acontecesse outra vez, ele pessoalmente iria entregá-la ao tribunal.

"Sabe o que isso significa?", ele berrou.

Ma fez que sim com a cabeça. Sabia que o tribunal podia significar duas coisas: uma multa pesada, que ela nunca teria condições de pagar, ou prisão, que ela pronunciava "pilizão". Foi aconselhada a vender uma de suas lappas coloridas e mandar Adah para a escola, pois Adah dava a impressão de ser uma criança ansiosa por aprender. A essa altura, Ma lançou um olhar esquisito para Adah – um olhar que era uma mistura de medo, amor e assombro. Adah se encolheu, ainda agarrada ao sr. Cole.

Quando chegaram em casa de volta da delegacia, as notícias já haviam se espalhado. Adah quase mandara a mãe para a "pilizão". Essa frase foi repetida com tanta frequência que Adah começou a ficar muito orgulhosa de sua atitude impulsiva. Sentia-se triunfante, em especial quando ouviu os amigos de Pa aconselhá-lo a permitir que Adah entrasse logo para a escola. Essa conversa transcorria na varanda, onde as visitas estavam dando cabo de dois barriletes de vinho de palma para molhar as gargantas ressequidas. Quando os visitantes se foram, Adah ficou sozinha com os pais.

As coisas não ficaram tão ruins quanto ela havia pensado que ficariam. Pa foi buscar a bengala e lhe aplicou algumas pancadas por conta de Ma. Adah não se incomodou, porque as bengaladas não foram muito fortes. Talvez Pa tivesse amolecido devido à conversa com os amigos, porque quando Adah chorou, depois das bengaladas, ele foi falar com ela muito sério, como se ela fosse uma adulta! Chamou-a por seu apelido carinhoso, "Nne nna", que significa "Mãe do pai", não muito distante do significado do nome real de Adah. A razão dela ter recebido aquele nome era toda uma história.

Quando estava para morrer, a mãe de Pa havia prometido a Pa que voltaria, só que como filha dele. Estava triste por não poder viver para criá-lo. Morreu quando Pa tinha apenas cinco anos. Voltaria, prometeu, para compensar o fato de tê-lo abandonado tão pequeno. Bem, Pa cresceu e se casou com Ma na Igreja de Cristo de Lagos, que era uma igreja cristã. Mas Pa não esqueceu a promessa da mãe. Sua única ressalva era não querer que o primeiro filho fosse uma menina. Bem, a mãe de Pa estava impaciente! Ma teve uma menina. Pa achou que Adah era o retrato escarrado da mãe, mesmo Adah tendo nascido dois meses antes do tempo. Pa estava seguríssimo de que a coisinha úmida, de fisionomia ainda não inteiramente definida, parecida com um macaco, era sua "mãe voltando". Por isso a recém-nascida foi coberta por uma verdadeira coleção de nomes: Nne nna, Adah nna, Adah Eze! Adah Eze significa "Princesa, filha de um rei". Às vezes os pais a chamavam de Adah Eze, outras de Adah nna e outras ainda de Nne nna. Mas a coleção de nomes era extensa demais e muito desconcertante para os amigos e os companheiros de brincadeira iorubás de Adah, e mais ainda para a impaciente Ma. Assim, a menina se tornara apenas "Adah". Para ela, estava bem. Era um nome curto: todos conseguiam pronunciá-lo. Depois que cresceu, quando passou a frequentar o Ginásio Metodista para Meninas de Lagos, onde entrou em contato com missionários europeus, seu nome foi um dos primeiros que eles aprenderam e que pronunciavam corretamente. Isso em geral dava a Adah uma vantagem em relação às outras meninas de nomes compridos, como Adebisi Gbamg-bose ou Oluwafunmilayo Olorunshogo!

De modo que foi assim que Adah entrou na escola. Pa não queria nem ouvir falar na hipótese dela frequentar o Primário Metodista; ela que fosse para a escola chique, Ladi-Lak. Sem dúvida teria tido sucesso mais cedo na vida se Pa não tivesse morrido. Mas pouco depois ele morreu, e Adah e seu irmão Boy foram transferidos para uma escola inferior. Mesmo com esses tropeços, o sonho de Adah nunca a deixou.

Era compreensível que Ma se recusasse a levá-la para ver o novo advogado, pois Adah entrara na escola apenas algumas semanas antes dos preparativos para a chegada do grande homem. Ma ficou realmente furiosa com Adah por pedir um absurdo daqueles.

"No mês passado você me fez tomar gari até minha barriga quase estourar, só porque disse que queria escola. Agora que demos escola a você, você quer ir para o porto. Não, não vai. Você escolheu escola. E vai ter que ir para a escola a partir de hoje e até seu cabelo ficar branco".

Ma tinha toda a razão! Adah nunca ia parar de aprender. Daquele dia em diante virara estudante perpétua.

A resposta de Ma fez a fisionomia de Adah murchar. Se tivesse adivinhado que aquilo ia acontecer, teria encenado sua tragédia escolar depois da chegada do Advogado Nweze. Mas, no fim das contas, ela não perdeu grande coisa. As mulheres ensaiaram suas canções diversas vezes e exibiram seus uniformes, que haviam batizado com o nome de *Ezidijiji de ogoli ome oba*, que significa "Quando um bom homem abraça uma mulher, ela fica igual a uma rainha". Entremearam o nome do uniforme à letra da canção, e era uma alegria ouvir e ver aquelas mulheres, felizes em sua inocência, como crianças. Seus desejos eram simples, fáceis de atender. Não eram como os de seus filhos, que mais adiante foram apanhados pela rede emaranhada da industrialização. A Ma de Adah nunca passou pela experiência de ficar pagando hipoteca, nunca soube o que era ter um automóvel para a família ou se preocupar com o funcionamento do motor do carro; não se preocupava com poluição, explosão populacional ou questões de raça. Assim, o que há de surpreendente no fato dela viver feliz, ignorando as assim chamadas alegrias da civilização e todas as suas armadilhas?

Naquele dia essas mulheres felizes foram até o porto receber uma pessoa que havia partido para ter um gostinho da tal civilização, uma civilização que em breve aprisionaria todas elas, como ópio. Naquele dia, estavam felizes por dar as boas-vindas a seu campeão.

Foram de uniforme novo. Adah até hoje recorda a cor. Tinha um fundo escuro, aveludado, com desenhos de penas azul-claras por cima. O pano de cabeça era vermelho, amarrado de modo a deixar o cabelo alisado delas à mostra. Calçavam sapatos pretos de couro chamados "nove-nove". Ninguém sabia de fato por quê; talvez devido ao ritmo da repetição. Seja como for, calçavam aqueles sapatos "nove-nove" com seus *Ezidijiji de ogoli ome oba* e compraram novas cabaças, que recobriram de contas coloridas. Quando essas cabaças eram sacudidas, produziam sons semelhantes aos do samba espanhol, com uma harmonia frenética de aldeia africana.

Haviam se divertido, depois contaram a Adah. Dançaram felizes no porto, sacudindo as cabaças coloridas no ar. Os europeus que chegavam olhavam para elas embasbacados. Nunca haviam visto nada como aquilo antes. O ápice da coisa foi quando um inglês as fotografou. Ele chegara a tirar vários instantâneos das mulheres com bebês presos às costas. Ma e suas amigas ficaram realmente felizes por serem fotografadas por europeus! Isso foi antes da independência da Nigéria, quando praticamente todos os navios que chegavam da Inglaterra traziam centenas de ingleses recém-formados e médicos para trabalhar nas escolas e nos hospitais de Lagos.

As poucas lacunas na história mágica da chegada de Nweze foram preenchidas por Pa. No domingo seguinte todos os homens de Ibuza foram dar as boas-vindas ao grande personagem. Não podiam se afastar de seus locais de trabalho durante a semana. Pa disse que o advogado não conseguia mais engolir inhame socado; não conseguia nem comer um pedaço de osso. A carne que prepararam para ele teve de passar dias guisando, a ponto de quase virar polpa. "Fiquei até mareado", disse Pa, cuspindo no chão. "Me lembrei da comida nojenta, aguada, que comíamos no exército. Mas tem uma coisa", prosseguiu, "ele não trouxe nenhuma mulher branca junto com ele". Todos os amigos de Pa concordaram: era mesmo uma boa coisa. Se Nweze tivesse trazido uma mulher branca para Ibuza, Oboshi teria jogado uma lepra para cima dela!

Relembrando todos esses tabus e superstições dos igbos do Oeste da Nigéria, Adah não conseguiu se impedir de rir para si mesma. Havia crescido com eles, eles faziam parte dela, porém agora, na década de 70, achava graça quando se lembrava. O que havia de mais engraçado em todas aquelas superstições e crenças era elas ainda terem uma presença tão melancólica nas mentes de seu povo. Ninguém se atrevia a ignorá-las, nem uma só delas. A lepra era uma doença com a qual a deusa do maior rio de Ibuza amaldiçoava todo aquele que ousasse desrespeitar alguma tradição do lugar.

Bem, Pa e seus amigos ergueram brindes à deusa do Rio Oboshi por não permitir que o Advogado Nweze se desencaminhasse. O fato de Oboshi ser forte o bastante para guiar os pensamentos de Nweze era uma demonstração dos poderes da deusa. Todos ergueram novos brindes.

Mais adiante, porém, Adah foi incapaz de entender o que teria dado naquele Rio Oboshi. Descobriram petróleo muito perto dele, e a deusa permitiu que os homens do petróleo perfurassem o rio sem amaldiçoá-los com a lepra. Quase todos os homens do petróleo eram brancos – surpreendente. Ou, quem sabe, os deuses maiores já haviam declarado a deusa do rio obsoleta bem antes daquela ocasião. Isso não seria uma surpresa para Adah, pois qualquer um podia ser declarado obsoleto naquela época, mesmo as deusas. Se não obsoleta, ela devia estar num sono de Rip Van Winkle, pois também permitiu que os soldados hauçá chegassem e massacrassem seus filhos, e alguns homens de Ibuza haviam se casado com mulheres brancas sem ficar leprosos. Ainda no ano anterior uma garota diplomada de Ibuza se casara com um norte-americano branco! De modo que a deusa do Rio Oboshi era mais rápida que seus filhos e filhas no que dizia respeito a se adaptar aos tempos que corriam.

Fosse como fosse, as conversas em torno da chegada de Nweze se estenderam por muitos meses. Adah falou sobre ele a todas as amigas da escola, dizendo-lhes que ele era seu primo. Bem, todas elas também assumiam ares de importantes, então por que não ela? Mas fez uma promessa secreta para si mesma: um dia iria ao Reino Unido. Sua chegada ao Reino Unido seria o pináculo de suas ambições. Não ousava contar a ninguém; podiam concluir que era preciso mandar examinar a cabeça dela, ou algo do tipo. Uma garotinha como ela, com um pai que não passava de empregado na ferrovia e uma mãe que não sabia coisa alguma além da Bíblia igbo e do hinário igbo-anglicano, da Introdução até o Sumário, e que ainda acreditava que Jerusalém se localizava junto à mão direita de Deus!

Ir um dia ao Reino Unido era um sonho que Adah guardava consigo, mas sonhos depressa ganham corpo. Seu sonho vivia com ela, exatamente como uma Presença.

FUGA PARA O ELITISMO

A maioria dos sonhos tem seus reveses, como todos os sonhadores sabem muito bem. O sonho de Adah não foi uma exceção, pois teve muitos.

O primeiro contratempo aconteceu de repente. Uns poucos meses depois dela entrar na escola, Pa foi até o hospital por algum motivo que Adah não conseguia recordar qual era. Então alguém – ela não sabia com certeza quem – lhe disse que Pa ficaria no hospital por alguns dias. Uma semana ou duas mais tarde, Pa foi levado para casa: morto. Depois disso as coisas andaram tão depressa que ela às vezes confundia umas com as outras. Como a maioria das meninas órfãs, deveria passar a morar com o irmão mais velho da mãe e trabalhar para ele como doméstica. Ma foi herdada pelo irmão de Pa, e Boy deveria morar com um dos primos de Pa. Ficou decidido que o dinheiro da família, umas cem ou duzentas libras, seria gasto na formação de Boy. Assim, Boy foi selecionado para um futuro brilhante, estudando numa escola secundária e essa coisa toda. Adah abandonaria a escola, mas alguém argumentou que, quanto mais tempo ela ficasse na escola, maior seria o dote que seu futuro marido pagaria por ela. Afinal, era jovem demais para se casar, pois estava com mais ou menos nove anos, e além disso o dinheiro extra a ser obtido com ela arremataria os gastos com Boy. Assim, por enquanto Adah permaneceria na escola.

Adah sentia saudades da antiga escola – da limpeza, da ordem e da qualidade das aulas –, mas não podia continuar lá, pois custava quase seis vezes mais que as outras. A menina precisava se habituar a uma escola mais antiga e mais barulhenta, do contrário não teria permissão para cursar escola nenhuma. Mas uma coisa ela recebera em sua curta permanência na Ladi-Lak: ótimos, sólidos fundamentos, que a puseram à frente de sua nova classe. Os primos achavam uma graça enorme nos esforços de Adah: achavam que ela era uma garotinha engraçada. Adah, porém, agradecia aos céus o fato deles a deixarem sonhar depois de concluídas suas tarefas do dia.

As tarefas do dia! Jesus! Sua jornada começava às quatro e meia da manhã. Na varanda do novo lar da Rua Pike havia um enorme tambor usado como recipiente para água, e Adah precisava enchê-lo antes de sair para a escola. Em geral isso significava dez ou doze viagens até a "bomba" pública, como eram chamadas na época aquelas monstruosidades.

A nova família de Adah era constituída pelo irmão de Ma, que trabalhava na marina, nas docas; por sua velha esposa, uma mulher calada, reservada, verdadeira sombra do marido autocrático; e pelos quatro poderosos filhos dos dois, todos adultos. Um dos filhos era casado e pai de uma menina, outro trabalhava como funcionário do Tesouro, outro era artista e passava o dia em casa cantando, o mais moço estava concluindo a escola. De modo que para eles a morte de Pa fora uma bênção, pois significava que podiam ter Adah como criada para ajudar nos muitos trabalhos da casa e não precisavam pagar nada por isso. Todas essas pessoas ocupavam apenas um quarto e uma varanda e mesmo assim a casa tinha dez quartos! Dava para imaginar o número de famílias que dependiam da bomba da Rua Pike, pois ela também servia a mais oito ruas. O sistema era simples: quem chegava primeiro se servia primeiro. Às sete ou oito da manhã geralmente havia brigas, baldes de metal eram jogados para o alto, punhos eram erguidos, roupas rasgadas. Para evitar essa hora conturbada, Adah costumava acordar antes das quatro e meia. O fato dela levantar tão cedo também era de grande utilidade para seu novo Pa e amo. Ele saía para o trabalho por volta das seis e meia da manhã e Adah precisava estar em casa para entregar-lhe seus pertences.

A partir dessas evidências, alguém poderia concluir que os africanos maltratam os filhos. Para o povo de Adah, porém, e para a própria Adah, não era isso, de jeito nenhum, o que acontecia: era o costume. As crianças, em especial as meninas, aprendiam a ser muito úteis desde bem cedo na vida, e isso tinha suas vantagens. Por exemplo, Adah aprendeu bastante jovem a ser responsável por si mesma. Ninguém estava interessado nela enquanto pessoa, somente no dinheiro que ela poderia obter e nos trabalhos domésticos que era capaz de realizar, e Adah, feliz por receber essa oportunidade de sobrevivência, não desperdiçava seu tempo refletindo sobre os acertos e erros do assunto. O importante era sobreviver.

O tempo passou depressa e, quando ela chegou aos onze anos, as pessoas começaram a perguntar quando ela ia sair da escola. Essa era uma questão urgente, porque os fundos para a educação de Boy estavam se esgotando; Ma não estava satisfeita com o novo marido, e todos achavam que já era tempo de Adah começar a fazer uma contribuição financeira para a família. A ideia aterrorizava Adah. Durante algum tempo, tudo indicava que teria de ceder para salvar Ma da posição humilhante em que se encontrava. Adah odiava Ma por ter se casado de novo. Achava que era uma traição a Pa. Às vezes sonhava casar-se cedo, com um homem rico que lhe desse condições de levar Ma e Boy para morar com eles. Isso teria resolvido muitos problemas, mas o tipo de homem para quem ela estava sendo empurrada pelos primos espertos e pelas indiretas diplomáticas de Ma eram sujeitos carecas e enormes, quase tão grandes quanto seu falecido Pa. Ma dissera a Adah que homens mais velhos cuidavam melhor das esposas que os jovens e instruídos, mas Adah não gostava deles. Nunca, nunca na vida se casaria com homem nenhum, rico ou pobre, a quem tivesse de servir as refeições de joelho dobrado: não admitiria viver com um marido a quem tivesse de tratar como amo e chamar de "senhor" mesmo quando ele não estivesse ouvindo. Sabia que todas as mulheres igbo faziam isso, mas nunca agiria assim!

Infelizmente, sua teimosia lhe granjeou péssima reputação; o que ninguém lhe contou na época foi que os homens mais velhos eram estimulados a ir "falar" com ela porque só eles tinham condições de arcar com o alto "dote de esposa" que Ma estava pedindo. Já que Adah ignorava esse detalhe, porém, bastava ela avistar um daqueles "carequinhas" de calça branca engomada para começar a cantar canções nativas sobre a malvadeza dos velhos carequinhas. Quando isso não dava resultado, ia até o quintal e furava os pneus das bicicletas dos pretendentes. Mais tarde ficou sabendo que aquilo era uma crueldade, pois o governo nigeriano costumava dar um adiantamento aos funcionários novatos para que comprassem suas bicicletas. Os pretendentes solicitavam o adiantamento para comprar as novas bicicletas Raleigh com faróis vistosos pensando impressionar Adah. Só que aquela garota boba se recusava a ficar impressionada.

Acontece que o número de pretendentes começou a minguar. Talvez tivesse corrido a notícia de que ela era uma garota esquisita, pois naquele tempo Adah tinha mesmo um jeito bizarro; só cabeça, com um cabelo de cor estranha e uma barriga que teria combinado bem com qualquer pôster da Oxfam. Mais adiante lhe disseram que os pretendentes haviam sumido porque ela era irritadinha e feia. Adah não contestou; na época, era feia: só pele e osso.

A ideia de ter de sair da escola no fim do ano a atormentava a tal ponto que Adah perdeu peso. Seu rosto adquiriu uma expressão pateticamente ansiosa; do tipo que algumas pessoas loucas têm, com olhos tão inexpressivos quanto lentes de contato.

Mais ou menos por aí, aconteceu uma coisa que mostrou à menina que seu sonho estava apenas passando por um abalo insignificante, bem pequeno mesmo, nada profundo o bastante para destruir sua estrutura básica. O sonho àquela altura adquirira uma imagem em sua mente, parecera criar vida, respirar e sorrir amavelmente para ela. O sorriso da Presença se abriu quando o diretor da escola de Adah anunciou as listas de escolas secundárias disponíveis, escolas nas quais as crianças poderiam se candidatar a matrículas. "Você vai, precisa ir, e para uma das escolas mais importantes; e não apenas vai para uma dessas escolas, como será uma das melhores alunas", Adah ouviu a Presença dizer. E ouviu isso tantas vezes que começou a sorrir. A voz do diretor puxou-a de volta para a realidade.

"E o que eu tenho de tão engraçado, Adah Ofili?".

"Eu, senhor? Ah, não é nada, senhor, eu não estava rindo, quer dizer, não estava sorrindo, senhor".

"Não estava o quê? Então eu estou mentindo? Muito bem, levantem essa menina!".

Imediatamente um grupo de três ou quatro garotos de aspecto vigoroso sentados na última fila se aproximou; o maior deles levantou Adah nas costas e dois outros seguraram seus pés enquanto o diretor aplicava bengaladas em seu traseiro. A dor ardida da bengalada era tão intensa que Adah não conseguia nem gritar. Para aliviar a dor, enterrou com força os dentes afiados nas costas do pobre garoto que a sustentava. Ele começou a gritar bem alto, mas Adah não o largava, nem mesmo quando as bengaladas cessaram. O garoto se contorcia em agonia, e Adah também. Todos os professores vieram socorrê-los. Os dentes de Adah haviam se enterrado tão profundamente no garoto que fragmentos da carne dele ficaram presos entre os dentes dela. Adah os cuspiu depressa e enxugou a boca, olhando para todos de olhos arregalados.

"Você vai para a prisão por causa disso", berrou o diretor, e levou o garoto até sua sala para os primeiros socorros. Daquele dia em diante, nunca mais garoto nenhum se voluntariou a levantar Adah nas costas, mas o incidente originou um apelido de que ela nunca se viu livre: a tigresa igbo. Alguns de seus colegas iorubás costumavam lhe perguntar qual era o sabor da carne humana, porque "vocês, igbos, costumavam comer gente, não é mesmo?". Bem, Adah não estava informada sobre as tendências canibalísticas de sua tribo; só sabia que a bengala do diretor a queimara de um jeito tal que ela sentira impulsos irrefreáveis de passar a dor adiante. Por acaso Latifu, o garoto que a erguera nas costas, era a vítima mais próxima e, por isso, fora o escolhido. Além disso, Adah achava que a castigavam injustamente. Estava sorrindo para a Presença, não do diretor, e desconfiava que o diretor sabia que ela estava dizendo a verdade; simplesmente ficara com vontade de espancá-la, só isso.

Adah passou dias esperando a chegada da Lei que, segundo o diretor, viria e a levaria para a prisão. Não apareceu nenhum policial para apreendê-la, por isso ela concluiu que ou havia sido esquecida ou aquela mordida em Latifu não fora profunda o suficiente para merecer o encarceramento. Porém a ideia a torturava. Torturava-a a tal ponto que foi tentada a cometer outra atrocidade, dessa vez uma atrocidade realmente horrível, que quase a enviou não para a prisão, mas para o seio do Criador.

Adah recebeu dois xelins para comprar meio quilo de carne num mercado chamado Sand Ground. Olhou para a moeda de dois xelins durante muito, muito tempo. Para se inscrever no exame de admissão da escola de seus sonhos precisava exatamente daquilo: dois xelins. Jesus não havia dito que não se deve roubar? Mas ela estava segura de que em algum lugar da Bíblia estava escrito que era possível ser tão esperto quanto a serpente, mas tão inofensivo quanto a pomba. Será que estaria prejudicando alguém, se pagasse pelo exame de admissão com aqueles dois xelins? Será que Jesus a condenaria por fazer aquilo: roubar? Afinal, o dinheiro não faria falta a seu primo, embora ele certamente o recusasse caso ela pedisse do jeito normal. Que fazer? O problema com Jesus era que Ele nunca respondia às perguntas que Lhe faziam; na verdade, nunca enviava nem sequer um sinal indicando o que fazer em caso de tentação. Qualquer um podia torcer o que Ele dizia do modo que conviesse à própria interpretação. Então ela voltou a ver a Imagem. Tudo ficaria bem, a Imagem estava sorrindo, de modo que Adah enterrou o dinheiro e voltou para casa em prantos e sem a carne.

Ela era realmente péssima em matéria de mentir. A excitação em seus olhos sempre acabava por traí-la. Se pelo menos tivesse conseguido manter os grandes olhos abaixados, tudo teria dado certo: as pessoas teriam acreditado em sua história. Mas ela ficava olhando os outros nos olhos, e seu rosto a expunha como um espelho.

"Você está mentindo, Adah", disse a esposa do primo sem hesitar.

Adah abriu a boca mas foi obrigada a fechá-la depressa, porque não saiu nenhum som. Ela sabia o que ia acontecer com ela:

a bengala. Não se importava com elas porque sabia que todo aquele que peca deve ser punido. O que não previu foi a extensão do castigo. O primo a despachou com uma moeda de três pênis para comprar o tipo de bengala chamado *koboko*, a mesma com que os hauçás espancavam os cavalos. Não havia nada que Adah pudesse fazer senão comprar a tal bengala. O primo advertiu-a de que não interromperia a aplicação das bordoadas enquanto ela não falasse a verdade. Isso era ruim, pensou Adah. Se não fosse para o Ginásio Metodista para Meninas, morreria. Concentrou a mente em outra coisa. Depois da ardência das primeiras pancadas, sua pele endureceu e seu coração também. Ela começou a contar. Quando chegou a cinquenta, o primo Vincent pediu a Adah que chorasse um pouco. Se pelo menos ela chorasse e pedisse piedade, ele interromperia o castigo. Mas Adah não mordeu a isca. Começou a ver a si própria como mártir; estava sendo punida por aquilo em que acreditava. Enquanto isso, a ira do primo Vincent só aumentava; ele a espancou cruelmente, bateu em seu corpo todo. Depois de cento e três bordoadas, disse a Adah que nunca mais lhe dirigiria a palavra: nem neste mundo nem no outro. Adah não se incomodou. Na verdade, ficou felicíssima. Conseguira os dois xelins. E ele era um homem horrível, horrível.

O diretor da escola não acreditou em seus ouvidos quando Adah lhe disse que pretendia se apresentar para prestar o exame de admissão. Olhou para o corpo desnutrido da menina durante muito tempo, depois deu de ombros. "Impossível saber o que vocês, igbos, pretendem fazer. Vocês são o maior mistério criado pelo bom Deus". E anotou o nome dela.

Às vezes a possibilidade de que talvez não tivesse condições de pagar a escola lhe passava pela cabeça. Mas ela não permitia que o assunto a preocupasse. Lera em algum lugar que havia algum tipo de bolsa de estudos para as primeiras cinco colocadas no exame, ou algo assim. Faria tudo para conseguir uma das bolsas. Estava tão determinada que nem mesmo o fato de seu número de inscrição ser o novecentos e quarenta e sete a amedrontou. Ia entrar naquela escola e ponto final!

Mas como contar em casa? Não gostava mais do primo Vincent. Sempre que se ajoelhava para rezar, costumava pedir a Deus que o mandasse para o inferno. Não acreditava naquela história de amar os inimigos. Afinal de contas, Deus não gostava do Diabo. Então por que ia rezar por um homem capaz de espancá-la com um *koboko* durante duas horas inteirinhas? Quando o primo Vincent foi reprovado nos exames para o Certificado da Cambridge School, Adah caiu na gargalhada. Deus ouvira suas preces.

O exame de admissão seria num sábado. Um problema e tanto. Como fazer para sair de casa? Outra mentira? Impossível. Seria descoberta e impedida de prestar os exames; sendo assim, informou ao tio, irmão de Ma, que ia prestar o exame; o mais engraçado foi que ninguém lhe perguntou de onde havia tirado o dinheiro para se inscrever. Ninguém queria saber. Desde que não pedisse dinheiro a ninguém e desde que tivesse concluído suas tarefas dos sábados, podia ir para o diabo que eles não estavam nem aí.

Ocasionalmente a dona da casa, cunhada de Ma, perguntava como Adah pretendia arrumar o dinheiro para as taxas escolares e a relembrava de que o pai havia morrido. Quando a tia dizia isso, a mente de Adah estremecia de medo, mas Adah nunca contou a ninguém que sonhava ganhar uma bolsa de estudos. Essa era uma ambição grande demais para ser manifestada por uma menina como ela.

Adah tinha consciência de que desde a morte de Pa ninguém estava interessado nela. Mesmo que tivesse fracassado, encararia o fato como um dos tropeços da vida. Só que não fracassou. Não apenas foi aprovada nos exames de admissão, como obteve uma bolsa plena. Nunca ficou sabendo se havia tirado o primeiro ou o segundo lugar, ou mesmo o terceiro, mas esteve entre as melhores alunas daquele ano.

Desde então, começara a sentir-se maravilhada com a Presença. Ela existia bem junto dela, como uma companhia. Consolava-a durante as longas férias escolares, quando não podia ir para casa porque não tinha casa para onde ir.

Foi muito feliz no Ginásio Metodista para Meninas, especialmente durante os primeiros quatro anos. Contudo, uma nuvem de indecisão começou a assombrá-la quando o fim de seus dias na escola se aproximou. Impressionante como cinco anos passavam depressa! Ela teria gostado de ficar por lá, no internato; de espichar cada dia para um ano e cada ano para um século. Mas era impossível. O derradeiro dia chegou, encontrando-a um bocado despreparada para a vida lá fora. Tinha alguns planos vagos sobre o que ia fazer; pretendia continuar estudando, pretendia frequentar a Universidade de Ibadan e estudar os clássicos, e no fim de tudo ia lecionar.

Bem, uma coisa ela não previra. Quem quisesse estudar para se formar, estudar para o exame de admissão ou mesmo estudar para obter mais notas "A" precisava ter uma casa. Não uma casa onde houvesse confusão hoje e brigas amanhã, mas uma casa com boa atmosfera, um lugar tranquilo para estudar em paz.

Adah não tinha como encontrar uma casa assim. Em Lagos, na época, os adolescentes não podiam morar sozinhos e se, por acaso, para completar, esse adolescente fosse uma menina, viver sozinha significava ir atrás de encrenca. Em suma, Adah teria de se casar.

Francis era um rapaz muito tranquilo, que estudava contabilidade. Adah felicitou-se pelo casamento. Pelo menos ele não era um dos carequinhas; também não era um "homem feito" na época, embora não houvesse dúvida de que um dia seria. Para Adah, a grande vantagem era que poderia continuar estudando no seu próprio ritmo. Extraía grande satisfação também do fato de Francis ser pobre demais para pagar as quinhentas libras do dote de esposa que Ma e os outros membros da família estavam pedindo. Ela era uma noiva cara assim porque tinha "formação escolar", muito embora nenhum deles tivesse contribuído para seus estudos. A ira de sua gente foi tanta que nenhum dos parentes compareceu ao casamento.

O casamento em si foi uma história hilariante. Tanto Francis como Adah eram menores de idade, e a única testemunha deles, a mãe de Francis, precisou assinar com o polegar.

A coisa toda começou com o pé esquerdo. O casal se esquecera de comprar alianças, e o homem magrinho de gravata borboleta se recusou a casá-los, mesmo Adah garantindo que um pedaço de barbante resolveria o problema até os dois chegarem em casa.

"Nunca ouvi falar em casamento assim!", declarou o homem, transpirando no colarinho apertado.

"Por favor, case a gente sem aliança porque, entende, quando a gente chegar a Ebute-Metta, o senhor já vai ter encerrado o expediente!", implorou Adah.

"Não se preocupe com isso, é só voltar amanhã com uma aliança que eu caso vocês".

De modo que o casamento se realizou no dia seguinte. Foi o dia mais triste de toda a vida de Adah. Para ela não havia problema em ter de voltar para casa de ônibus, nem era problema não se casar de branco, que de todo jeito ela detestava, mas mesmo assim ficou triste, muito triste, por meses a fio, desde o casamento no cartório.

Em pouco tempo, porém, as coisas melhoraram. Adah deu à luz uma filha, e tanto ela como Francis ficaram encantados com o bebê.

E então, depois de infinitas entrevistas e formulários preenchidos, Adah foi selecionada para trabalhar como bibliotecária na Biblioteca do Consulado Americano da Rua Campbell. A dimensão do salário que ela ganharia, mais os benefícios, deixaram Francis um pouco preocupado, por isso ele foi pedir conselhos a seu Pa.

"O senhor acha que nosso casamento vai durar, se eu permitir que Adah trabalhe para os americanos? Ela vai ganhar três vezes mais que eu. Meus colegas, no trabalho, vão zombar de mim. O que o senhor acha que eu devo fazer?".

"Você é um homem muito tolo, sabe? O que ela vai fazer com o dinheiro? Levar para a família dela? Uma família que não se deu nem ao trabalho de felicitá-la pelo nascimento da bebê Titi? Parentes que não se preocuparam em saber se ela estava viva ou morta? O dinheiro é para vocês, não está vendo? Deixe que ela vá trabalhar para um milhão de americanos e que traga o dinheiro para cá, para esta casa. Sorte sua. Você escolheu uma beleza de noiva, filho".

Francis ficou feliz feito criança. Adah teria de ser protegida, especialmente nos dias de pagamento. No primeiro dia de pagamento, Adah receberia mais ou menos sessenta libras. Nem Adah nem Francis tinham visto essa quantidade fantástica de dinheiro na vida. Ficou decidido que Francis trabalharia só meio expediente no escritório dele e que tomaria um ônibus para ir ao encontro de Adah e ser o guarda-costas da esposa e do dinheiro do casal. Juntos, os dois carregaram o dinheiro até a Praça Tinubu na bolsa de trabalho de Adah como se ele fosse um bebezinho frágil. Discutiram seus planos para aquela prosperidade súbita.

"A gente saiu na frente de todos os nossos colegas!", observou Francis.

"Deus é maravilhoso! Imagine eu ganhar essa quantia incrível! Nosso bebê vai ter muita sorte".

"Se por acaso for um menino, a gente chama de Kennedy!".

"E se for menina, de Jacqueline".

Houve uma longa pausa, durante a qual o jovem casal, desconfiado, acompanhou os movimentos de um homem vestindo uma bata *agbada*.

"Tem vigarista que sente cheiro de dinheiro, sabia?", cochichou Francis.

"É, eu sei", concordou Adah.

Francis apertou a bolsa de ráfia com força contra o peito e franziu as sobrancelhas na direção do homem, que não percebeu.

"Estive pensando", disse Adah, de repente. "Eu costumava sonhar com o dia em que iria para o Reino Unido. Que tal economizar e ir para lá, agora que vamos ter meios para isso? Podemos levar nossos filhos. Agora todo mundo está indo para o Reino Unido. Vou ficar feliz se pudermos ir também".

O sorriso no rosto de Francis foi como o calor do sol depois da violência da chuva. Abriu-se de orelha a orelha em seu rosto imberbe. Para ele, seria uma alegria se conseguissem. Ele concluiria seu curso de contabilidade e Adah estudaria biblioteconomia. Ele iria primeiro e Adah lhe enviaria vinte libras por mês; ela economizaria para as passagens dela e das crianças, sustentaria a si e às crianças enquanto eles ainda estivessem em Lagos, pagaria o aluguel e contribuiria para o pagamento das taxas escolares de algumas das sete irmãs de Francis.

Adah não se importava nem um pouco em arcar com todas essas responsabilidades, embora seu dote de esposa não tivesse sido pago. Nunca lhe ocorreu economizar do novo e alto salário para pagar o dote de esposa. Sabia que tudo o que fizesse contribuiria para transformar sua jovem família numa família da elite igbo, exatamente como o Advogado Nweze, de Ibuza, que àquela altura se tornara ministro no norte da Nigéria. Aquele advogado era um sujeito engraçado, pensava Adah. Não viera viver no sul, em Ibuza, para levar a eletricidade para o povo da cidade, assim como não viera adorar o Rio Oboshi. Simplesmente se estabelecera no norte, ganhando montanhas de dinheiro. Adah ainda trabalhava no Consulado Americano quando os jornais nigerianos noticiaram que o Advogado Nweze estava defendendo um hauçá multimilionário. Segundo os jornais, o homem era tão rico que possuía uma ferrovia que ia até a porta de seu palácio. Tinha oito Rolls-Royces. No fim do caso, o próprio Nweze ficara milionário. Adah ainda estava tentando entender como isso podia ter acontecido, já que o milionário fora encarcerado por fabricar dinheiro falso em seu grande palácio. Francis e Adah às vezes se perguntavam com que dinheiro ele pagara Nweze.

De todo modo, a dor de cabeça era de Nweze, não de Adah Obi! No que dizia respeito a Adah, todos os seus sonhos estavam virando realidade. Seu casamento se realizara havia menos de dezoito meses e ela já contava com quatro criadas; duas delas recebendo três libras cada, as outras duas com as taxas de suas escolas secundárias pagas. Estas últimas, Cecilia e Angelina, eram irmãs de Francis. As quatro garotas se ocupavam de todo o serviço da casa. Adah só precisava ir à biblioteca americana, trabalhar até as duas e meia, voltar para casa e ser servida em tudo, e à noite deitar-se com Francis. Nesse aspecto, não decepcionou os sogros porque, além de ganhar suficientemente bem para sustentar todos eles, era muito prolífica, o que, entre os igbos, continua sendo o maior bem que uma mulher pode ter. Tudo seria perdoado à mulher que parisse filhos. Adah era tão competente nesse aspecto que as outras esposas de seu grupo de idade lhe deram o apelido de "Não Encosta". "É só o marido encostar nela que a barriga estufa", diziam, rindo.

Mais tarde, na Inglaterra, escrevendo sobre aquela época de sua vida quase com saudade, Adah costumava perguntar a si mesma por que não se satisfizera com aquele tipo de vida, em que contava com a proteção do amor de seus sogros, era mimada pelas criadas e respeitada pelas irmãs mais jovens de Francis. Quanto à sogra, essa era tudo o que Ma não era: serena, bonita e maternal. Alguns dos amigos de Adah achavam que ela era a mãe verdadeira de Adah, pela proximidade entre as duas. Mas, em algum lugar de seu coração, Adah suspeitava que o bem-estar daquela época era superficial. Não conhecia o marido muito bem porque, como bem sabe a maioria das jovens esposas africanas, quase todas as decisões relativas às suas próprias vidas tinham de ser submetidas antes de mais nada ao Grande Pa, o pai de Francis, e em seguida à mãe dele, depois discutida pelos irmãos da família antes de Adah ser consultada. Ela achava tudo isso ridículo, sobretudo nos casos em que a discussão envolvia finanças. Afinal, quem subsidiaria quase todos os planos era ela, mesmo com a decisão sendo tomada sem sua participação. Claro que nesses casos Francis era um coadjuvante sem voz ativa, tal como ela. Os dois não tinham como se opor. Eram obrigados a acatar a decisão dos mais velhos.

Com ou sem mais velhos, iam viver suas próprias vidas. Teria sido mais equitativo se alguns dos mais velhos pertencessem à família dela, mas a essa altura tanto o pai como a mãe de Adah já haviam morrido. Ma morrera aos trinta e oito anos, enquanto Adah estava no hospital dando à luz Titi, o que, de certa forma, deixara Adah com a sensação de ter sido ludibriada.

Ludibriada pelo fato de que nem seu Pa nem sua Ma haviam vivido para ver os filhos dela; ludibriada pelo fato de que estava levando tantas alegrias para a casa do marido e nenhuma para a sua própria. Boy nunca a visitava, nem nenhum de seus primos e tios. Para eles, Adah os abandonara. Diziam que Adah deveria ter ido em frente com seus estudos até virar doutora, já que conseguira se virar para concluir a escola secundária. Mas ninguém se preocupava em saber quem ia sustentá-la, em casa de quem ela ia viver. De modo que, uma vez mais, Adah se viu sozinha, forçada a enfrentar uma situação ditada pela sociedade na qual, enquanto indivíduo, dispunha de poucas opções. Adah achava que o melhor seria que ela e o marido, a quem começava a amar, se mudassem para outro lugar, para um país novo, fossem viver entre gente nova. Por isso dirigia orações especiais a Deus, pedindo-Lhe que fizesse Pa aprovar a partida deles para o país dos sonhos de Adah, o Reino Unido! Exatamente como seu Pa, ela ainda pronunciava o substantivo Reino Unido num sussurro, até quando falava com Deus a respeito, só que agora tinha a sensação de que o Reino Unido estava se aproximando dela. Começava a acreditar que viajaria para a Inglaterra.

Certo dia, depois da refeição da tarde, Francis lhe comunicou a boa notícia. Pa estava de acordo, disse. Adah foi tomada de tamanha alegria que começou a dançar um calipso africano. Finalmente, iam partir!

Em breve ela se tornaria uma *been-to*, expressão usada em Lagos para aqueles que haviam estado na Inglaterra. Francis deixou que ela concluísse sua dança para depois soltar a bomba.

"Você sabe como papai é antiquado".

Adah sabia, e concordou com a cabeça, assustada com o tom sério do marido.

"Papai não acha correto uma mulher ir para o Reino Unido. Mas, entende, como você vai financiar minha ida e sabe tomar conta de si, em três anos devo estar de volta. Papai disse que você está ganhando mais que a maioria das pessoas que foram à Inglaterra. Para que perder seu belo emprego só para ir até lá conhecer Londres? O pessoal falou que Londres é exatamente igual a Lagos".

Francis era um africano do princípio ao fim. Provavelmente um homem mais civilizado tivesse encontrado um jeito melhor de dizer aquilo à esposa. Para Francis, porém, o macho era ele, e estava certo dizer a ela o que ela iria fazer. Já Adah, desde o dia do casamento civil dos dois, vira o lado romântico de sua vida se estilhaçar ao redor, como um vidro que se parte. Francis recebera uma educação muito dispendiosa, no Colégio Hussey, em Warri, mas sua visão de vida era puramente africana. Tivera poucas oportunidades de entrar em contato com europeus, como acontecera com Adah. Aqueles malditos missionários! Haviam ensinado a Adah todas as coisas boas da vida, haviam lhe ensinado a Bíblia, segundo a qual a mulher deve estar disposta a ceder ao seu homem em todas as coisas, e que para o marido ela deve ser mais preciosa que rubis. Tudo bem para o homem que já vira rubis antes e sabia o valor que eles têm. Mas e o homem que jogaria fora os rubis, acreditando que fossem pedras sem valor? O que ela faria agora? Chorar? Tarde demais. E quem era aquela gente afinal? Pais iletrados que achavam que eram grandes conhecedores de um tipo curioso de filosofia que Adah não adotaria na criação de seus filhos. Não adiantava discutir com Francis, não era necessário perguntar quem ele achava que era. Ele simplesmente não entenderia. "Seja esperta como a serpente, mas inofensiva como a pomba", lembrou a si mesma. De modo que ficaria na Nigéria, sustentaria o marido, ocasionalmente daria presentes caros aos pais dele, contribuiria para o pagamento das taxas escolares de algumas das meninas, tomaria conta dos próprios filhos pequenos, e depois o quê? Apodreceria? De modo que era àquilo que seu grande sonho a levara. Devia ter se casado com um dos carequinhas. Agora era tarde; nem mesmo um carequinha se interessaria por ela. Não havia mais nada a fazer senão alterar aquela situação, e era exatamente isso que ela pretendia fazer. Fingiu que estava de acordo com o plano. Claro, ficaria em Lagos e tomaria conta da família; claro, enviaria dinheiro a ele regularmente e, se possível, se mudaria para a casa da sogra. Francis que não se preocupasse com ela, tudo ia dar certo.

"Meu pai me disse que eu fiz a decisão certa no dia em que falei que ia me casar com você. Sabe o que ele me disse? Não? Então eu vou lhe contar. Ele me disse: *Adah é uma moça instruída. Aprendeu muito cedo a obedecer ao bom senso. É o tipo de mulher que pensa antes de agir. Ouça o que lhe digo: raríssimas mulheres são capazes de fazer isso*".

Os dois caíram na risada.

"Papai tinha razão, não é mesmo?", Francis queria ser tranquilizado.

Verdade, o pai de Francis tinha mais razão do que imaginava, pensou Adah consigo mesma. Antes de mais nada, Francis precisava partir; em seguida ela se dedicaria a fazer a cabeça dos sogros, e se dedicaria a isso com todas as suas forças, até convencê-los a deixá-la partir.

Em pouco tempo começaram os planos para a viagem de Francis. Não demorou nada para ele organizar tudo o que era necessário. Só que Adah teve de gastar uma pequena fortuna: foi suborno em cima de suborno. Naquele tempo, para conseguir um passaporte era preciso subornar até o mensageiro do departamento de passaportes. Por estranho que pareça, o escritório estava a cargo de policiais. Até o homem da chefia, que cobrava vinte libras, era policial. Todos os seus subordinados recebiam cinco libras cada. Francis e Adah mantinham a casa com o salário de Francis e tiveram de gastar todo o dinheiro de Adah para os preparativos da partida dele.

Na noite anterior à partida da Nigéria, Francis tirou uma fotografia de grupo com a família dele e a filhinha que tinha com Adah. Adah se recusou a posar para a foto. Não sabia por que, mas simplesmente não queria fazer parte da imagem. Talvez fosse por estar com a gravidez do segundo filho muito avançada, mas sabia que o fotógrafo saberia disfarçar a coisa. Um parente dele apareceu para fazer uma oração especial ao Rio Oboshi. A mãe de Francis trouxe alguns pedaços de noz-de-cola, que o parente quebrou para jogar os cacos num círculo desenhado a giz no assoalho. Uma longa oração foi cantada para a deusa que estava em Ibuza, a quatrocentas milhas de distância. Pediram-lhe que guiasse Francis, que o protegesse do mau-olhado das garotas brancas, que o fizesse ser aprovado nos exames num prazo adequado, que o abençoasse com todo o dinheiro da Inglaterra; foi-lhe solicitado em especial que o esquecesse quando distribuísse doenças e todo tipo de praga. Essa parte confundiu Adah. Então Oboshi era responsável pelas vidas das pessoas até mesmo quando elas estavam na Inglaterra? Mesmo assim, no fim da oração, todos foram instruídos a comer os cacos de noz-de-cola, que foram mascados para grande satisfação geral.

Esse era o problema de acreditar em todos esses Seres transcendentes. A pessoa não tinha como saber quando estava despertando a ira de algum deles. Por exemplo, será que ao mascar a noz-de-cola ofertada a Oboshi eles automaticamente se transformavam em inimigos de Jeová?

Bem, debateu Adah consigo mesma, já que Oboshi era uma deusa tão poderosa, talvez soubesse como protegê-los da ira dos outros deuses. Mas o fato de Adah ser cristã complicava ainda mais as coisas. Por acaso o Deus dos cristãos, no qual Adah acreditava, não dissera a Moisés em alguma ocasião que era um Deus ciumento punindo "a iniquidade dos pais sobre os filhos até a terceira e quarta geração dos que me odeiam"? Aquele Deus os odiaria por mascar aqueles pedaços de noz-de-cola, disso Adah estava segura. Nada aliviava sua consciência culpada; nem mesmo o fato de que fora sua sogra, católica devota, quem comprara a noz-de-cola, nem o fato de que ela própria, a sogra, estava mascando, na maior felicidade. Adah olhou para Francis, que toda sexta-feira andava para baixo e para cima com a Bíblia, lendo para as pessoas as "boas novas do reino" numa revistinha vagabunda chamada A Sentinela. Bom, com a sogra não haveria problema: ela iria correndo falar com o padre, que morava logo virando a esquina da igreja de São Paulo, e confessaria tudo a ele. O padre lhe daria pronta absolvição. Isso deixaria a consciência da sogra livre para pecar de novo, se tal fosse a sua vontade. Quanto a Francis, esse virava Testemunha de Jeová sempre que lhe dava na veneta ou quando estava atrás de uma desculpa para ser egoísta. Quando Adah ficou enfraquecida com o nascimento do primeiro filho dos dois, Francis doara seu sangue para salvar a vida dela, esquecendo-se de que as Testemunhas não podem fazer isso. Quando ficou ocupado com os preparativos da viagem para a Inglaterra, deixou de lado seus exemplares de A Sentinela e Despertar. Também se esqueceu de que ir para a Inglaterra significava perseguir o ma-

43

terialismo que, explicava a Adah, era não apenas nocivo, como desnecessário, porque Armagedom estava à espreita logo depois da esquina. Para eles estava tudo bem, mas ela própria não sabia para que lado se virar. Na igreja que frequentava não havia padre a quem se confessar. Sua Igreja era a Igreja da Inglaterra. Os fiéis da Igreja da Inglaterra não tinham nada que se assemelhasse a Despertar ou A Sentinela, assim como não dispunham de nenhum sistema de absolvição; a pessoa culpada que ficasse com sua má consciência. Mas espere um pouco, pensou Adah, por acaso Jesus não dissera aos fariseus que era preciso dar a César o que era de César e a Deus o que era Dele? Bem, era isso que eles estavam fazendo. Ela poderia citar o Livro Santo em defesa de seu ponto de vista. Não havia por que se preocupar.

A família inteira apareceu no aeroporto de Ikeja para desejar boa viagem a Francis. Sempre que os maridos deixavam as esposas para trás ao partir para o Reino Unido, era esperado que as esposas chorassem de amor. Adah pediu a Deus na noite anterior que lhe mandasse lágrimas suficientes para impressionar os sogros. Suas lágrimas tinham a mania de aparecer na hora errada. Adah queria que elas se derramassem no aeroporto para que Francis, depois que entrasse para a elite, se lembrasse de que a pobrezinha da Adah havia soluçado por ele quando ele era um joão-ninguém. Bom, as lágrimas vieram, só que na hora errada. Ela assistiu às despedidas de Francis de olhos secos. Todas as suas irmãs eram como a tal Alice da historinha de Lewis Carroll, chorando autênticas cachoeiras. Ele se lembraria delas quando voltasse transformado em elite, com uma lista infinita de qualificações. Ele vai se esquecer de mim, vai se esquecer de meu filho e também do bebê que nasce em três semanas, pensava Adah ali em pé, distanciada do clã feito uma banida. Francis ficou desapontado e o demonstrou, mas deu um tapinha no ombro dela. Pobre Adah, seu coração estava partido porque o único ser humano que estava começando a entender, começando a amar, agora ia embora. Talvez fosse uma separação prematura no casamento deles, isso ela não sabia. Mas o que sabia era que havia aquela dor dentro de seu coração, uma dor pesada demais para lágrimas, pesada demais para palavras. Ficou ali, fitando todos eles. Os passageiros estavam sendo chamados pelos nomes e se apresentavam um a um na porta do avião, onde paravam para um último aceno à família, depois desapareciam nas entranhas daquele monstro semelhante a uma baleia que denominavam avião. Era a primeira vez que Adah via um avião assim de perto. Nossa, eram maiores que ônibus!, pensou. A comissária de bordo sorria um sorriso forçado e acenava com as duas mãos e não com uma só, como todo mundo. Por que aquilo?, tentou entender Adah. Em seguida, cruelmente, a porta foi fechada de golpe. O estrondo daquela pancada, o caráter final de tudo aquilo, lembrava-a de uma coisa que já vira antes. Já vira tudo aquilo antes, aquela coisa irrevogável, cruel. A outra pessoa que fora separada dela daquele jeito nunca voltara. Onde acontecera antes? Adah procurou na memória ali de pé, sob aquele sol escaldante da Nigéria. Nesse momento a sogra se aproximou. Adah não sabia o que levara aquela mulher a aproximar-se dela sob o sol abrasador. A sogra tocou o braço inerte de Adah e disse com voz engasgada: "Parece um caixão". Adah se virou, viu-a, e começou a chorar alto.

Tudo voltava, agora. Uma tampa fora pregada, trancando Pa no interior de uma baleia menor, da qual ele seria o único habitante. Essa de agora era maior, mas tinha a mesma aura de fatalidade. "Por favor, Deus, que não aconteça outra vez. Ele vai chegar lá em segurança. Por favor, Deus, não deixe que aconteça alguma coisa com ele", gritou.

Os parentes enxugaram os olhos e olharam espantados para Adah. Qual era o problema dela? Esposas choravam na presença dos maridos que iam viajar, não depois deles partirem, quando já não podiam ver as lágrimas delas! Ninguém disse nada. Afinal, quem ia fornecer o dinheiro era ela: tinha direito a uma certa dose de excentricidade. O fato de uma pessoa tão jovem ser capaz de ganhar tão bem quanto Adah bastava para levar essa pessoa a atitudes exageradas, comentaram.

Francis escreveu de Barcelona e em seguida de Londres. "Você não chorou por mim", era sua acusação nas cartas que escrevia a Adah. "Você ficou feliz ao me ver partir, não é mesmo? Foi por isso que não quis aparecer em minha foto de despedida? Você não estava dando a mínima".

E então, que tipo de sabão Adah deveria usar para limpar-se daquela acusação suja? Como poderia escrever a Francis e dizer "Eu chorei por você. Na verdade cheguei a uivar feito uma louca no aeroporto porque a porta do avião me fez pensar no caixão de meu Pa?".

Ele ia achar que ela estava maluca. Por isso Adah resolveu não contar nada. Deixou as coisas como estavam. Enviava dinheiro a ele regularmente, teve outro filho dele, dessa vez um menino, voltou a trabalhar doze dias depois do parto, pois tinha apenas três semanas anuais de férias. Na época, o Consulado Americano não previa licença-maternidade. Mas os funcionários – todos americanos, todos muito ricos e muito simpáticos – organizaram uma grande festa para ela. Tinham conhecimento das dificuldades que Adah estava enfrentando, mas eram diplomatas, não missionários nem assistentes sociais.

Alguns meses depois, Francis enviou à esposa e aos pais os resultados de seu exame de Primeira Fase. Fora aprovado. Assim, para Adah, estava na hora de agir, do contrário jamais viajaria para o país de seus sonhos.

A felicidade com o sucesso de Francis foi tanta que Adah contou para todo mundo. Não estava tão surpresa com esse sucesso inicial do marido, considerando que ele prestara o mesmo exame quatro vezes em Lagos, antes de partir para o Reino Unido. Faltavam a Segunda e a Terceira Fase; pelos cálculos de Adah, Francis ficaria mais quatro ou mesmo cinco anos fora. Numa de suas cartas, ele chegara a mencionar seu desejo de ser contratado como estagiário por um advogado. Isso exigiria pelo menos cinco anos. E ela, o que deveria fazer enquanto isso? Escreveu, fazendo a pergunta a Francis, e ficou chocada ao ler a resposta dele: que ele gostaria que ela fosse se juntar a ele, mas que, a julgar por seu comportamento no aeroporto, tinha certeza de que ela não estava interessada. Ora, não faltava mais nada.

Adah foi conversar com a mãe de Francis, pediu-lhe que prestasse atenção em todas as mulheres que haviam estado na Inglaterra: todas dirigiam seus próprios carros.

"Pense só, Ma – Francis em seu grande carro americano e eu no meu carro pequeno indo visitar você e Pa depois que vocês se aposentarem. Todos os amigos de vocês vão ficar com inveja. Saiba que na Inglaterra eu vou trabalhar e continuar mandando dinheiro para vocês. É só vocês pedirem, que receberão tudo o que quiserem. E as meninas vão poder cursar o secundário. Meu curso de bibliotecária está quase concluído. Só vou precisar trabalhar, cuidar do Francis e frequentar aulas à tarde. E quando eu voltar, vou ganhar mais do que o dobro do que ganho agora".

Adah convenceu a sogra. Se ir para a Inglaterra significava ganhar mais do que ganhava agora e ainda por cima dirigir um carro, então ela era inteiramente a favor. Pa ainda tinha dúvidas. Quando jovem, sofrera com a falta de empregos e sabia que o tipo de trabalho que Adah tinha agora não crescia em árvore.

"Minha ida para a Inglaterra seria considerada licença sem vencimentos".

A afirmação amoleceu Pa.

O problema seguinte eram as crianças. O receio da sogra era que, levando os dois filhos pequenos, Adah deixasse de mandar o dinheiro prometido. Adah apresentou uma boa solução para essa dúvida. Como gostava muito de joias, investira uma pequena parte de seus rendimentos em adquiri-las. Possuía diversos colares, tanto para sua menininha como para si mesma. Deu-os todos à sogra.

"Fique com eles; na Inglaterra, não vamos precisar. E, quando eu voltar, já não estarei usando ouro", vangloriou-se com um sorriso fingido no rosto, enquanto seu coração enviava a sogra para o Criador. A sogra não perguntou o que Adah estaria usando quando voltasse da Inglaterra. Diamantes, quem sabe. A sogra ficou condizentemente chocada e, antes que ela conseguisse se recuperar, Adah já vacinara os filhos e comprara passagens de navio para os três. Manteve-se completamente surda aos avisos de que estava pagando mais de duzentas libras além do necessário pelas passagens para a Inglaterra. Disseram-lhe que valia a pena esperar outros seis meses para obter acomodações mais baratas na classe "cabine", uma classe intermediária. Seis meses era tempo demais, impossível esperar. A sogra mudaria de ideia.

Adah só se convenceu completamente de que seu sonho estava virando realidade depois de ver-se no convés do Oriel com Vicky nos braços e Titi pendurada na saia. Só então avistou o irmão, Boy, vestindo uma bata africana marrom grande demais para ele, chorando e enxugando as lágrimas com um chapéu de veludo. Adah não chorou por deixar os sogros, e, por estranho que pareça, eles não choraram por ela. Mas tudo o que ela precisava saber era que um membro de sua própria família estava ali, sentindo falta dela. Boy era como Pa e Ma mesclados numa só pessoa, ali em pé. Ela também chorou, dessa vez não aos uivos, não para fazer um espetaculozinho vazio, mas lágrimas de verdadeiro pesar com a ideia de deixar para trás seu país natal. O país onde Pa estava enterrando e onde Ma jazia em silêncio eterno. Da vida que conhecera um dia, só restavam Boy e ela. Uma vida que nunca mais seria a mesma. As coisas estavam fadadas a mudar, para o bem ou para o mal, mas com certeza nunca mais seriam as mesmas.

Agora Boy ficava inteiramente sozinho. Tinha de trabalhar muito para manter vivo o nome da família. Adah se retirara dele. Tornara-se uma Obi em vez da Ofili que costumava ser. Boy ficara sentido com isso, mas sua presença no cais mostrava que aceitara o fato de que na África, e especialmente entre os igbos, uma menina era pouco mais que um bem material. Adah fora comprada, mesmo que a crédito, e nunca mais voltaria a ser uma Ofili. As mãozinhas presas à sua blusa eram as mãos de um grande homem em construção. Agora o compromisso de Adah era com os filhos. Dali em diante as crianças vinham em primeiro lugar. A única coisa que ela podia fazer por Boy era mostrar-lhe que ele tinha todos os motivos para se orgulhar da irmã. Talvez ela não voltasse milionária, mas sem dúvida voltaria cheia de orgulho.

Adah enxugou as lágrimas e acenou para o irmão; a distância que os separava se alargava de tal maneira que em pouco tempo ele se transformou numa pequena vírgula negra e em seguida desapareceu.

Não havia tempo para chafurdar na autopiedade. Adah estava cercada por mulheres de diplomatas e funcionários públicos de alto nível que viajavam para passar as férias em casa. A vida estava mudando depressa. O fato dela estar ali, no setor da primeira classe, parecia dar-lhe um gostinho do que estava por vir. Deus ajudaria Boy, assim como a ajudara. Confiou os filhos à enfermeira e relaxou. Era agradável ser tratada como uma pessoa da elite, o status que estavam construindo. Por acaso Francis não fora aprovado em seu primeiro exame em Contabilidade de Custo e Obras, ela e os filhos não estavam a caminho da Inglaterra? Ela sabia que estava decidida a fazê-los cursar escolas inglesas e, se possível, universidades inglesas.

Lembrou-se do que dissera à sogra ainda na noite anterior. "Vamos ficar só um ano e meio". A pobre mulher acreditara. A vida era assim, disse para si mesma. Seja esperta como a serpente e inofensiva como a pomba.

UMA ACOLHIDA FRIA

Houve uma explosão súbita de comoção no convés do navio. Adah podia ouvir os ruídos do lugar onde estava sentada, em sua cabine, trocando as fraldas de Vicky. Por um momento interrompeu o que estava fazendo e se esforçou para entender o significado daquela agitação, mas era impossível perceber algo coerente. Havia vozes deblaterando com veemência, alguém soltou uma risada histérica, depois uma pessoa passou correndo como se estivesse sendo perseguida por demônios.

O que poderia ser?, especulou Adah, apressando a rotina da troca de fraldas. Talvez um incêndio, ou um acidente, ou quem sabe alguém se afogando? Sabia que em um dia ou dois chegariam a Liverpool, mas por que tanta correria? Incapaz de suportar o suspense por mais tempo, enfiou um vestido de qualquer jeito e correu para o convés.

Havia esquecido que o navio já ultrapassara o Golfo da Biscaia, havia esquecido que agora estavam na Europa e que corria o mês de março. O vento frio que soprou em seu rosto quando ela saiu para o convés foi bruto e doloroso como o soco de um boxeador. Adah correu de volta com os braços cruzados sobre o peito para se agasalhar melhor. Depois correu para a enfermeira do navio. A enfermeira tinha um rosto balofo, olhos miúdos e corpo obeso. Era toda sorrisos quando viu Adah e seus olhos desapareceram entre as dobras de sua fisionomia.

"Você viu?", balbuciou. "Viu Liverpool? Ainda é muito cedo e está um pouco escuro, mas já estamos em Liverpool. Chegamos à Inglaterra!".

Adah abriu muito os olhos, depois os fechou outra vez, sem deixar de tiritar. Então haviam chegado. Havia chegado ao Reino Unido. Pa, estou no Reino Unido, cantava seu coração para o pai morto.

A enfermeira olhou para ela por um segundo, depois se afastou correndo, ansiosa para espalhar a novidade.

Adah vestiu os agasalhos de lã comprados em Las Palmas, depois correu para o convés.

A Inglaterra deu a Adah uma acolhida fria. A recepção foi particularmente fria porque apenas alguns dias antes o navio fora acolhido com alegria e animação em portos como Takoradi, Freetown e Las Palmas. Se Adah fosse Jesus, teria ignorado a Inglaterra. Liverpool era cinza, enfumaçada e aparentemente desabitada por humanos. Para Adah, parecia o galpão da ferrovia onde haviam lhe dito que seu Pa um dia trabalhara como moldador de fundição. Na verdade os estilos arquitetônicos eram os mesmos. Mas se, como diziam, havia muito dinheiro na Inglaterra, então por que os habitantes locais recebiam os visitantes com aquele descaso, aquela frieza? Bem, tarde demais para queixumes, tarde demais para mudar de ideia. Mesmo que ela quisesse, seria impossível mudar de ideia. Seus filhos tinham de receber uma educação inglesa e por isso ela estava disposta a tolerar a mais fria das acolhidas, mesmo vinda do país de seus sonhos. Estava um pouco desapontada, mas disse para si mesma que não se preocupasse. Se pessoas como o Advogado Nweze e outros conseguiam sobreviver àquilo, por que ela não conseguiria?

O Francis que veio recebê-los era um novo Francis. Havia alguma coisa muito, muito diferente nele. Adah ficou atordoada quando ele a beijou em público, com todo mundo olhando. Oh, meu Deus, pensou; se a sogra os visse, na mesma hora imploraria o perdão de Oboshi com sacrifícios. Francis ficou encantado ao ver Vicky.

"A minha cara, posso morrer em paz!".

"Como assim, *morrer em paz*?", desafiou Adah.

Francis riu. "Na Inglaterra as pessoas fazem piada com tudo, até com coisas sérias como a morte. As pessoas acham graça nisso".

"É mesmo?", Adah estava começando a ficar apavorada. Olhou ao redor, inquieta.

Centenas de pessoas apressadas passavam por eles agarradas às suas bagagens, arrastando os filhos, mas era menos barulhento do que teria sido se estivessem em Lagos. Os brancos que via não pareciam pessoas capazes de fazer piada com coisas como a morte. Tinham um ar remoto, felizes de um modo indiferente, mas decididas a manter distância.

"Pela cara, acho que essas pessoas não sabem fazer piada. Você está me enganando, Francis. Está inventando tudo. Os ingleses não fazem piada com a morte".

"Essa nossa separação deixou você atrevida. Até hoje você nunca me disse que eu estava inventando alguma coisa", acusou Francis.

Adah se calou ao ouvir a irritação na voz de Francis. Uma irritação que parecia proclamar: "Os machos africanos têm o direito de vir para a Inglaterra para ficar civilizados, só que esse privilégio ainda não foi concedido às fêmeas". Ela teria gostado de reclamar quanto a isso desde o princípio, mas de que adiantava eles começarem a discutir no primeiríssimo dia do reencontro, depois da longa separação? Só que aquele era um triste indício do que estava por vir, e ela rezou para que os dois tivessem forças para acolher a civilização em seu relacionamento. Porque se não conseguissem fazer isso, a vinda dela com as crianças teria sido um enorme erro.

Depois dos trâmites tediosos ao passar pelos funcionários da imigração, a família foi tiritar no interior do trem. A viagem durou horas e horas. Pela primeira vez, Adah viu neve de verdade. Tudo parecia tão bonito, depois do cinza de Liverpool! Era como se houvesse lindas nuvens brancas no chão. Viu a fábrica onde faziam o Ovomaltine. Por alguma razão, aquela fábrica erguida naquele lugar, isolada, limpa e rubra contra o pano de fundo nevado aliviou seu espírito. Finalmente estava na Inglaterra. Começava a sentir-se um Dick Whittington!

Na carta que lhe escrevera, Francis dizia ter acomodações para eles em Londres. Só que não disse como eram essas acomodações. O choque quase acabou com a sanidade mental de Adah.

Era uma casa cinzenta, de janelas verdes. Impossível dizer onde ela começava e onde terminava, porque era grudada a outras casas da rua. Adah nunca vira casas como aquelas antes, grudadas daquele jeito. Em Lagos as casas costumavam ser completamente separadas, com pátios dos dois lados, o conjunto no fundo e as varandas na frente. Aquelas não tinham nenhuma dessas coisas. Eram longos quarteirões sólidos, com portas que se abriam para a rua. As janelas formavam fileiras retilíneas ao longo das ruas. Olhando ao redor, Adah percebeu que pela cor das molduras era possível saber quais janelas correspondiam a qual porta. Aparentemente, a maioria das casas tinha as mesmas cortinas nas janelas.

"Todas parecem igrejas, não é mesmo? Monastérios", observou Adah.

"Eles constroem as casas desse jeito aqui porque não têm o espaço todo que a gente tem em Lagos. Na minha opinião, depois que a Nigéria for completamente industrializada, as pessoas do futuro vão começar a construir nossas casas do mesmo jeito. No momento temos condições de desperdiçar terra e construir varandas e pátios espaçosos".

"Quem sabe não seja necessário a gente chegar a esse ponto... Uns esmagados contra os outros".

Francis não fez nenhum comentário. Não havia necessidade. Abriu a porta para algo que Adah achou parecido com um túnel. Só que era um vestíbulo; um vestíbulo com paredes floridas! Já que era um vestíbulo estreito, no começo deu a impressão de não ter janelas. Adah apertou Titi contra o peito e a menina por sua vez agarrou-se à mãe, assustada. Subiram escadas e mais escadas, até ter a impressão de que estavam chegando ao telhado do edifício. Então Francis abriu uma porta e os fez entrar num quarto, ou melhor, num meio-quarto. Era muito pequeno, com uma única cama num canto e um sofá novo, que Francis comprara com o dinheiro que Adah lhe enviara para comprar um sobretudo. No espaço entre o sofá e a cama mal dava para encaixar uma mesa de tampo de fórmica, do tipo da que Adah possuía antes em sua cozinha de Lagos.

"É aqui que nós vamos morar?", conseguiu articular.

"Bom, eu sabia que você não ia gostar, mas é o melhor que eu consigo. Entende? Em Londres a escassez de moradia é imensa, especialmente para negros com filhos. Todo mundo está vindo para Londres: gente das Antilhas, das Bahamas, os paquistaneses e até os indianos, de modo que os estudantes africanos costumam ser instalados junto com esses outros. Somos todos negros, todos de cor, e as únicas acomodações que a gente consegue arrumar são horrores como este".

Bem, o que Adah ia dizer? Simplesmente fitou o que estava diante dela. Não disse nada nem quando ficou sabendo que o toalete era do lado de fora, quatro andares abaixo, no pátio; ou quando ficou sabendo que não havia banheira, que não havia cozinha. Engoliu tudo, como uma pílula amarga.

À noite os outros moradores voltaram das fábricas onde trabalhavam. Todos apareceram para dar as boas-vindas. Então, para seu horror, Adah se deu conta de que teria de dividir a moradia com nigerianos do tipo dos que na Nigéria a chamavam de madame; alguns deles tinham o mesmo nível, em matéria de instrução, de suas antigas criadas pagas. Sabia que tivera uma infância terrível, mas, mesmo assim, na Nigéria, as distinções de classe estavam começando a ser estabelecidas. *Oh, Francis*, gemeu por dentro, *como você foi capaz de fazer isso conosco? Afinal, temos amigos que, mesmo que talvez estejam vivendo em pardieiros como este, não precisam conviver com pessoas assim.*

"Você podia ter tentado, Francis. Veja seu amigo, o sr. Eke. Quando soube que a esposa estava vindo com a filha dos dois, tratou de se afastar desse pessoal", disse em voz alta.

"Desculpe, mas não tenho tempo para tratar disso. Não é ruim, você pode ficar longe deles, não é obrigada a se misturar. Precisa tomar conta de seus filhos, não é obrigada a conviver com eles!".

"Do jeito que você fala, parece fácil: *não sou obrigada a conviver com eles*. Você se esquece de que tenho filhos pequenos, que por causa deles eu vou ter de entrar em contato com os vizinhos. Você devia ter pensado nisso antes. Não sente a menor vergonha, ou será que perdeu seu sentimento de vergonha neste maldito país? Ah, por que fui inventar de vir... Por que ninguém me avisou? Eu queria...".

"Por que você não para de querer coisas e começa a encarar a realidade? Agora é tarde. Só nos resta fazer o melhor possível com a situação. Eu, se fosse você, não ficava me lamentando".

"Não fale comigo. Não quero ouvir. Você podia ter encontrado acomodações melhores, se tivesse feito um esforço, só que não fez o menor esforço", gritou Adah.

Francis perdeu a paciência. Ergueu a mão, como se pretendesse estapeá-la, mas se controlou. Haveria tempo suficiente para isso, caso Adah tivesse a intenção de começar a dizer a ele como agir. Adah ficou um pouco assustada com o gesto de Francis. Em casa ele nem pensaria em espancá-la, porque a mãe e o pai dele não teriam permitido. Para eles, Adah era uma espécie de galinha dos ovos de ouro. Pelo jeito, na Inglaterra Francis não estava interessado em saber se ela punha os ovos de ouro ou não. Finalmente estava livre dos pais, estava livre para fazer o que bem entendesse, e nem centenas de Adahs juntas haveriam de podar sua nova liberdade. O feio olhar de fúria que ele dirigiu a Adah deixou isso claro.

Em seguida, irado, Francis cuspiu: "Você deve saber, querida jovem *lady*, que em Lagos você pode ser um milhão de vezes agente de publicidade para os americanos; pode estar ganhando um milhão de libras por dia; pode ter centenas de empregadas; pode estar vivendo como uma pessoa da elite, mas no dia em que chega à Inglaterra vira cidadã de segunda classe. De modo que você não pode discriminar seu próprio povo, porque todos nós somos de segunda classe".

Francis se calou para apreciar o efeito de suas palavras. Ficou satisfeito ao ver que haviam funcionado. Adah estava sentada muito encolhida na beira do sofá novo, exatamente como o moribundo Ayesha em *Ela*, livro de Rider Haggard.

Francis prosseguiu, desfrutando do ritmo da própria voz. Esse homem deveria ter sido ator, pensou Adah.

Ele riu. Uma risada sem alegria, seca e vazia. "Eu me lembro de que, em uma das reuniões de sua Associação de Ex-Colegas, na qual aquela senhora branca... isso, estou me lembrando, ela era de Oxford, não é mesmo?, me lembro de como ela disse a todas vocês que jovens com a educação que vocês tinham nunca na vida deveriam falar com motoristas de ônibus. Pois bem, minha querida, na Inglaterra o negro de classe média é um cara de sorte se conseguir se empregar como motorista de ônibus. De modo que é melhor você começar a respeitá-lo".

No começo, Adah achou que Francis a odiava. Aquela era a primeira oportunidade que ele encontrava de lhe mostrar quem era de fato. Aquele casamento apressado teria sido um erro? Mas ela precisava de um lar. E as autoridades da imigração estavam dificultando tremendamente a ida de garotas solteiras para a Inglaterra. Ir para a Inglaterra só era possível caso a garota estivesse indo ao encontro de um marido que já estivesse lá. Era muito ruim; na verdade era triste. Mas, mesmo que ela não tivesse mais nada a agradecer a Francis, ainda devia ser grata por ele possibilitar sua viagem para a Inglaterra, por lhe dar filhos, porque antes ela nunca tivera nada de realmente seu.

Fizeram as pazes naquela noite, esquecendo, no intenso desapontamento e na solidão que se abatia depressa sobre eles como uma nuvem sombria, que durante algum tempo deveriam evitar filhos. Na confusão, Adah se lembrou de que em casa seu apelido era Não Encosta. Mas como ia pedir prudência a um homem que estava além da razão? O processo todo foi um ataque, selvagem como o de qualquer animal.

No fim do assunto, Francis falou, ofegante: "Amanhã você vai ao médico. Quero que alguém dê uma olhada nessa sua frigidez. Não vou admitir".

Quando, dias depois, Adah ficou sabendo o que significava frigidez, percebeu que Francis ficara sofisticado em uma série de coisas. Mas não comentou nada com ele. Não via sentido em discutir com Francis: ele estava tão distante quanto as pessoas que Adah vira em Liverpool. E na casa onde eles agora viviam era impossível ter uma boa discussão familiar em paz.

O que mais a preocupava era a descrição "de segunda classe". Francis ficara tão condicionado a essa expressão que não só estava fazendo jus a ela como sentindo prazer com a situação. Ficava o tempo inteiro pressionando Adah a conseguir um emprego numa fábrica de camisas. Adah se recusava. A última coisa que ela faria era trabalhar numa fábrica. Afinal, tinha vários diplomas, tanto de nível básico como de secundário, e parte do Diploma da Associação Profissional da Biblioteca Britânica, para não falar na experiência. Por que iria trabalhar ao lado dos vizinhos que mal começavam a juntar as letras, em lugar de imprimi-las? Alguns deles não sabiam nem falar inglês, embora o idioma estivesse se tornando uma linguagem coloquial para a maioria dos igbos. Para arrematar o assunto, aquelas pessoas eram iorubás, do tipo de iorubá analfabeto que tem prazer em fazer pouco de tudo o que for igbo. Mas Francis se dava muito bem com eles, e eles insistiam com Francis para que ele a obrigasse a aceitar o tipo de trabalho considerado adequado para as mães de família, em especial as negras.

Tudo aquilo era demais para Adah, e ela se trancou em sua concha, conversando – como diz o hinário protestante – "com Deus em suas orações".

Como de costume, porém, Deus tinha um jeito engraçado de responder às orações das pessoas. Certa manhã chegou um envelope dizendo que ela fora aceita como bibliotecária sênior da Biblioteca de North Finchley, desde que atendesse a determinadas condições. Adah ficou tão feliz com a notícia que correu para o quintal onde pendurava as fraldas das crianças e começou a rodopiar, numa espécie de dança igbo. De repente teve de parar, porque ficou tonta. Sentiu-se mal. Na verdade, estava sentindo náuseas.

Nisso ela se lembrou daquela primeira noite. Ah, Deus, o que ia fazer? Contar a Francis, no atual estado de espírito dele? Ele a mataria. Começara a acusá-la de todo tipo de coisa. Dissera a Adah que só se casara com ela porque ela trabalhava mais que a maioria das garotas de sua idade e porque havia ficado órfã muito jovem. Só que depois de chegar à Inglaterra ficara orgulhosa demais para trabalhar.

Ele teria ficado exultante com a notícia do novo emprego, mas não se ao mesmo tempo fosse informado de que havia outro filho a caminho, não quando Titi mal tinha completado dois anos e Vicky estava com nove meses de idade; não com os dois filhos ainda usando fraldas. Ah, Deus, o que ela ia fazer? Francis diria que ela havia inventado a gravidez só para não trabalhar. Por acaso ele não a levara a uma ginecologista no dia seguinte da chegada porque, nas palavras dele, nenhum casamento vai para a frente sem uma boa vida sexual? Quanto a ele, no que lhe dizia respeito, o casamento era sexo e muito sexo, nada mais que isso. A médica fora muito simpática com Adah e adivinhara que ela estava com medo de engravidar outra vez. Adah fora despachada para casa munida de todo tipo de equipamento para evitar um bebê que já estava lá dentro, muito bem instalado. Ah, sim, Bubu estava decidido a vir ao mundo e ninguém conseguiu dissuadi-lo, mesmo ele tendo escolhido uma maneira bem pouco ortodoxa de fazê-lo, nove meses mais tarde. Enquanto isso, a mãe de Bubu vivia um inferno.

Adah se sentia muito mal, mas não se queixava. Francis, insatisfeito, começou a procurar fora de casa mulheres dispostas a aceitá-lo. Para Adah estava tudo muito bem; chegava até a estimular Francis. Assim, pelo menos teria algumas noites de paz.

Como previsto, Francis a culpou pelo bebê, convencido de que ela perderia o emprego, já que havia um exame médico a fazer. Adah entrou em pânico com o exame, mas estava resolvida a conseguir o emprego.

Vestiu sua melhor saia e sua melhor blusa, o conjunto comprado no St. Michael, em Lagos. Depois de chegar à Inglaterra não tivera condições de comprar nenhuma roupa, já que todo o dinheiro que trouxera era gasto com comida. Francis não podia trabalhar porque estava estudando, e disse que seu progresso ficaria comprometido se o fizesse. Bem, ela vestiu a roupa, sentindo-se o máximo. Fazia muito tempo que não se arrumava direito. Além de fazê-la sentir-se bem, a saia e a blusa cobriram a suave protuberância que já começava a se formar. Por ser o terceiro filho, a barriga aparecia cedo.

Adah parou de ficar em pânico ao ver que o médico era homem, e ainda por cima velho. Porém havia uma mulher sentada ao lado dele, escrevente ou algo do estilo, pois estava equipada de papel e caneta e sentada em uma cadeira, empertigada como um graveto. Adah ignorou a mulher e dedicou-se ao velho médico. Sorriu para ele, foi envolvente, chegou a tentar flertar com ele. Em suma, o médico ficou empolgado e se esqueceu de olhar para o umbigo de Adah, embora ela estivesse despida até a cintura.

Adah conseguiu o emprego. Só Deus Todo-Poderoso sabe qual terá sido o destino do pobre do médico, especialmente por ter ficado claro desde o primeiro mês que Adah estava grávida, e por ela ter buscado informações a respeito da licença-maternidade. Adah ficou com muita pena do médico, mas que mais poderia ter feito? Se não tivesse conseguido aquele emprego, seu casamento teria descido pelo ralo e ela teria ficado numa situação muito difícil, porque ainda não sabia como se virar. O fato de Adah continuar pondo os ovos de ouro impediu Francis de abandoná-la. Como antes, o salário dela o prendia, mas a diferença era que agora Adah estava consciente do fato.

Adah fora obrigada a percorrer todo o trajeto que separa Lagos de Londres para se dar conta dos fatos, e também para descobrir outro aspecto muito vulnerável seu: ela gostava de Francis, queria que ele tivesse sucesso, detestava desapontá-lo. Assim, por mais que lamentasse fazer um velho médico de bobo, aquela fora apenas mais uma dessas situações em que a sinceridade não teria sido a melhor política.

OS CUIDADORES

Adah começou a trabalhar no dia 1º de junho. Quase três meses depois de chegar ao Reino Unido. Estava tão orgulhosa do emprego e tão feliz naquela manhã de junho que via beleza em todas as coisas. Via beleza nos rostos dos outros passageiros e ouvia belos sons vindos dos rangidos chocalhantes do metrô em alta velocidade.

Naquele ano a primavera estava atrasada porque o inverno fora longo e gelado e, embora estivessem em junho, o frescor do ar correspondia ao do primeiro dia de abril.

Na estação central de Finchley, o trem emergiu de seu túnel subterrâneo para o ar livre como uma cobra saindo do buraco. Adah baixou a janela e aspirou o ar frio, puro, impregnado de água. Chovera na noite anterior e a umidade estava por toda parte.

Viu os quintais de muitas, muitas casas, quintais com flores de muitas variedades crescendo em profusão: lupinos, peônias, delfínios, ervilhas-de-cheiro e aquilégias. O halo esplêndido da flor de-mel nas bordas de muitas das trilhas existentes naqueles jardins dava um acabamento caprichado ao tapete de grama verde que parecia recobrir o solo. As árvores haviam explodido em verde e já não se assemelhavam a velhas ressecadas, áridas e nuas, impressão de Adah ao chegar à Inglaterra.

Agora tudo era jovem, limpo, úmido e sumarento.

Na biblioteca, muito depressa ela passou a protegida da bibliotecária-chefe – uma tcheca, explosiva em sua acolhida e muito, muito amistosa. A sra. Konrad era uma senhora ampla, de quadris largos, cintura larga e um rosto que lembrava um O achatado. Tinha finas rugas em torno dos olhos, rugas que ficavam mais marcadas quando ela sorria, ou seja, quase o tempo todo. Mesmo seus sorrisos eram largos, expondo dentes claros e regulares.

Aparentemente ela não dispunha de muito tempo para maquiagem. Seu cabelo castanho era aparado curto, como o que os homens costumavam usar antes da chegada da moda Jesus. Ela deixava um punhado de vigorosos cachos na nuca e outro no topete; estes costumavam desabar de um jeito engraçado sobre sua testa, e ela ficava o tempo todo os empurrando para trás, para o lugar onde supostamente deveriam estar. Os cachos da nuca simplesmente ficavam lá, tranquilos, mesmo quando a sra. Konrad se sacudia de tanto rir.

Suas saias eram sempre franzidas e feitas em casa. No inverno, eram saias franzidas de lã; no verão, saias franzidas de algodão. Modas passageiras não a afetavam. Podiam vir saias justas, saias largas, mídis, mínis, máxis: a sra. Konrad estava sempre com suas saias franzidas. Esse fato, associado às suas blusas singularmente justas, lhe dava o aspecto de uma dançarina de balé bem exagerada.

As outras garotas eram assistentes, muito jovens, de pernas longas e magras; para Adah, quase todas pareciam ser só pernas. Diferentemente da chefe, todas acompanhavam atentamente as tendências da moda. Faziam Adah sentir-se deslocada, por isso Adah nunca criou maior intimidade com elas. De certo modo elas a faziam sentir-se inferior, sempre falando sobre roupas e namorados. Adah teria gostado de participar dessas conversas, pois era da idade delas, mas sabia que se abrisse a boca suas palavras estariam impregnadas de amargura. Teria dito às colegas que o casamento não era um mar de rosas, mas um túnel de espinhos, fogo e pregos em brasa. Ah, sim, teria dito muitas coisas às colegas. Mas para que, ela se perguntava, estragar os sonhos das outras pessoas? Preferia ouvi-las e sorrir, sem se envolver no assunto.

Começou a trabalhar em seguida. Quase nunca se sentava, o que era um castigo para seus pés. Só Deus sabia o que os moradores de North Finchley faziam com todos aqueles livros que tiravam da biblioteca. Às vezes a fila era tão comprida que algumas pessoas tinham de esperar em pé do lado de fora. Que contraste com a biblioteca onde trabalhara antes! No consulado era preciso subornar as pessoas para que elas lessem ficção. Elas só gostavam de ler livros didáticos que as ajudassem a subir de status economicamente. Ninguém ligava para ficção, mas em North Finchley o número de leitores de ficção era tão assombroso que Adah resolveu imitá-los. Também ela começou a ler as obras de inúmeros romancistas contemporâneos, o que contribuiu muito para melhorar sua cultura.

No novo emprego, precisava ser muito rápida ao arquivar livros, ao preencher canhotos, ao decifrar canhotos de leitores, ao localizar canhotos extraviados. E ficava o tempo todo dizendo "obrigada"; "obrigada" ao receber de volta os livros emprestados, "obrigada" ao devolver os canhotos, "obrigada" ao entregar novos livros. Na verdade, trabalhar na Biblioteca de North Finchley era principalmente um emprego de ficar dizendo "obrigada, obrigada". No fim das contas, Adah estava feliz por ter conseguido um emprego de primeira; estava feliz por suas colegas de trabalho gostarem dela; estava feliz por apreciar o trabalho.

Para ela estava ótimo, ser uma cidadã de primeira classe durante a parte do dia em que trabalhava numa biblioteca limpa, com aquecimento central, mas – e seus filhos? Quem ia cuidar deles? Como o fim das férias escolares de verão estava se aproximando, Francis aceitou se ocupar dos filhos temporariamente. Enquanto ainda era novidade o fato dela ter conseguido um emprego numa biblioteca, fazendo um trabalho de cidadã de primeira classe, Francis concordava em tomar conta das crianças, mas não demorou para que o trabalho de Adah deixasse de ser novidade. Todo mundo o aceitava com um muxoxo de desdém.

"Quem vai tomar conta dos seus filhos para você?", perguntou Francis um dia, enquanto ela acomodava os bebês no sofá--cama. "Não posso continuar me encarregando, você vai ter que encontrar alguém. Não posso continuar tomando conta dos seus filhos para você".

Adah se virou, perplexa. Na verdade, não estava surpresa com o fato de Francis dizer aquilo, pois sabia que aquele momento chegaria. O que não percebera, porém, era o ressentimento em relação às crianças se acumulando em Francis. Deu-se conta da raiva contida do marido quando ele se referia aos pequenos como filhos "dela", e não "deles". Na Nigéria, quando os filhos se comportavam bem, eram do pai, haviam puxado por ele, mas quando se comportavam mal, eram da mãe, haviam puxado por ela e pela velha mãe da mãe. Adah se assustou.

Por Francis, captava os comentários dos vizinhos. O senhorio e a esposa tinham quase quarenta anos de idade e estavam casados havia dez ou mais, mas a esposa não tivera filhos.

Para começar, o casal não havia gostado da ideia de Francis de trazer os filhos para a Inglaterra. Haviam-no avisado de que teriam dificuldades, mas não disseram nada quando ele lhes contou que Adah já comprara as passagens. Se consolaram com o fato de que, afinal, as crianças não ficariam na companhia dos pais, na Rua Ashdown. Seria preciso confiá-los a pais adotivos. A maioria dos nigerianos com filhos entregava as crianças a pais adotivos. Nenhum casal em seu juízo perfeito sonharia em manter os filhos consigo. A noção de pais adotivos era tão generalizada que as donas de casa africanas que viviam na Inglaterra acabavam considerando a mãe adotiva a verdadeira mãe de seus filhos.

Dizem que na Inglaterra as crianças nigerianas têm duas mães – a mãe que põe no mundo e a mãe social. Nem bem se dava conta de que estava esperando um filho, em vez de comprar um carrinho e de tricotar sapatinhos, a dona de casa nigeriana publicava um anúncio procurando uma mãe adotiva. Ninguém se preocupava em saber se a mãe era ou não adequada, ninguém queria saber se sua casa era limpa ou não; a única preocupação de todas era que a mãe adotiva fosse branca. O conceito de "brancura" acobertava um sem-número de pecados.

A solução era perfeita para a esposa nigeriana que provava pela primeira vez a verdadeira liberdade de ser uma esposa. Ficava livre da parentela dando palpite e atrapalhando, ficava livre para trabalhar e ganhar dinheiro. Todo tipo de trabalho servia: faxina, empacotadora de artigos em fábricas, motorista de ônibus; qualquer coisa. O dinheiro que ganhava dessa forma ia em parte para a mãe adotiva; o resto era gasto em trajes coloridos, comprados em grandes lojas de departamentos.

A maioria das esposas nigerianas explicava a necessidade de afastar as crianças mencionando a inadequação das acomodações onde viviam, e havia boa dose de verdade nessa afirmação. O que nenhuma delas admitia, porém, era que quase todas haviam sido criadas em condições muito, muito diferentes daquelas em que se encontravam agora, na Inglaterra. Em casa, na Nigéria, tudo o que uma mãe precisava fazer com seu bebê era lavá-lo e alimentá--lo e, caso se tratasse de um bebê difícil, amarrá-lo às costas e ir em frente com as tarefas enquanto o bebê dormia. Na Inglaterra, porém, era obrigada a lavar pilhas e mais pilhas de fraldas, levar o bebê para passear no carrinho durante o dia para tomar sol, atender às suas necessidades com a regularidade de quem serve a um amo, conversar com a criança, mesmo que ela só tivesse um dia de vida! Ah, na Inglaterra, tomar conta de um bebê era, em si, um trabalho em tempo integral. Para uma esposa nigeriana era difícil fazer isso, especialmente quando percebia que já não podia contar com a ajuda que a família ampliada costumava prestar em situações daquele tipo. Assim, quase todas as crianças nigerianas filhas de pais "estudantes", como eles eram chamados, estavam condenadas a ser entregues para adoção.

Todo mundo esperava que Adah agisse da mesma forma. Assim, foi uma enorme surpresa ver que ela não estava fazendo o menor esforço para encontrar mãe adotiva para suas crianças. E agora vinha Francis dizendo que não ia mais tomar conta dos filhos dela.

As coisas também estavam difíceis para Francis. Nunca, em toda a sua vida, ele tivera permissão para cometer os próprios erros, já que nunca tomava suas próprias decisões. Sempre consultava a mãe, o pai e os irmãos. Na Inglaterra era forçado a se virar com os vizinhos nigerianos. Adah suspeitava que os vizinhos haviam zombado dele enquanto ela estava no trabalho. Sendo assim, respirou fundo antes de responder.

"Pensei que nós havíamos decidido que você tomaria conta deles enquanto a gente não encontrasse uma creche... Pensei...".

"Você quer dizer que você decidiu; você fez os planos, depois me disse o que eu teria de fazer. Neste lugar, todo mundo ri de nós. Nenhuma criança africana vive com os pais. Não dá certo, não é possível. As acomodações não permitem. Além disso, ficando em casa elas não aprendem inglês direito. É muito, muito melhor para elas serem cuidadas por uma inglesa".

"Mas você se esquece, Francis, de que quando nós éramos pequenos nosso iorubá era impecável, mesmo a gente sendo igbo. Aprendíamos a língua na escola, aprendíamos brincando... Não deve ser tão difícil. Nosso inglês, o seu e o meu, não é tão ruim assim", explicou Adah na mais gentil das entonações, consciente o tempo todo de que não estava argumentando apenas com Francis, mas com todos os outros moradores da Rua Ashdown.

Ele pensou no assunto por um momento, depois replicou: "Mas eles não têm amiguinhos com quem brincar".

"Mas terão, quando entrarem na creche. Tenho certeza".

Adah esperava o impossível. Seria mais fácil um camelo carregado passar pelo buraco de uma agulha do que uma criança com pai e mãe conseguir uma vaga na creche. A fila de espera media mais de mil metros.

Foi quando o senhorio deu início às intimidações. As crianças precisavam sair dali. Ele inclusive tomou a iniciativa de publicar um anúncio procurando mãe adotiva para eles. Por sorte, ninguém se ofereceu para ficar com "duas crianças negras, um menino e uma menina, com nove meses e dois anos de idade respectivamente". A senhoria percebeu que Adah não havia gostado e a deixou em paz.

Mas os homens não desistiram. Outro casal, os Ojo, que haviam deixado os quatro filhos na África, aconselharam Adah a mandar os dela de volta para a Nigéria. Todo mundo palpitava e especulava. O problema era que Adah parecia um pavão, não admitia perder. Só cidadãos de primeira classe viviam com os filhos, não os negros.

De certa forma, os vizinhos tinham razão. As condições de moradia eram tão ruins que às vezes ela passava dias sem Francis. Assim que chegava em casa do trabalho, o marido desaparecia para tomar ar. As crianças não tinham distrações e os pais não as deixavam sair, com medo de que quebrassem o pescoço nas escadas empinadas. Para não perturbar o senhorio e a esposa, eram instruídas a não fazer barulho. Quando chovia, o que era frequente, as fraldas eram postas para secar no mesmo quarto. O aquecedor de segunda mão que utilizavam sempre soltava fumaça. Os Obi não viviam como seres humanos. Viviam como animais.

Para completar, concluído o dia de trabalho, Adah não tinha espaço suficiente para dormir. Francis estava ficando muito gordo, e a cama de solteiro dos dois não era larga o bastante nem para ele, quanto mais para Adah, grávida. Assim, em geral, quando o marido não precisava dela, Adah se espremia no sofá com os pequenos.

Nessa época ela conheceu uma garota cockney chamada Janet, de quem ficou amiga.

Janet era a esposa do sr. Babalola. Sua história não era apenas notável: era também assombrosa.

O sr. Babalola viera para a Inglaterra, tal como Francis e Adah, com o objetivo de estudar. Só que, diferentemente de Adah e Francis, era solteiro e dispunha de uma bolsa de estudos da Região Norte da Nigéria. Isso significava que tinha mais dinheiro para gastar, já que os nortistas, diferentemente dos superinstruídos sulistas, faziam qualquer coisa para estimular seus homens a instruir-se de fato e assim ter condições de voltar para casa e obter os empregos do norte que estavam sendo ocupados pelos sulistas. O sr. Babalola era, portanto, um estudante muito rico.

Segundo os boatos, tinha um apartamento elegante e estava sempre recepcionando os amigos. Isso não era nenhuma surpresa para alguém que conhecesse os nortistas. Eles gostavam de gastar seu dinheiro, de desfrutar de verdade o que possuíam, e para eles o que possuíam era deles somente hoje; não amanhã ou no dia seguinte. Alá tomaria conta do futuro. Sem dúvida a filosofia de vida de Babalola era essa.

Por alguma razão, porém, o dinheiro do sr. Babalola parou de chegar, sem que ninguém soubesse por quê. Uma coisa era certa: ele não estava estudando coisa nenhuma, embora originalmente tivesse vindo para cursar jornalismo. Circulou a notícia de que ele estava ficando pobre. Que não tinha como manter o antigo nível de distrações, de modo que seus amigos dos dias mais felizes deram no pé. Deixaram de aparecer, e Babalola se mudou para uma área muito mais modesta: a Rua Ashdown, em Kentish Town.

Foi nessa época, quando seus rendimentos começaram a se esgotar e ele tentava desesperadamente convencer seu governo de que, se lhe dessem outra oportunidade, seria um aluno exemplar, que Babalola conheceu Janet.

Estava ao lado de uma cabine telefônica esperando impaciente que chegasse sua vez de telefonar, para ligar para um de seus amigos fujões. Esperou um tempo que lhe pareceu infinito; aparentemente a jovem que já ocupava a cabine passou horas pendurada no telefone. Muitos outros chegaram, cansaram de esperar e se afastaram resmungando. Mas Babalola esperou. Daria seu telefonema de qualquer modo, nem que tivesse de esperar o dia inteiro. Começou a chuviscar e ele foi ficando encharcado, de modo que bateu na porta da cabine e ameaçou a garota com o punho fechado para ver se ela se assustava. Depois olhou melhor e viu que a garota não estava ligando para ninguém: estava dormindo em pé.

A primeira reação de Babalola foi de medo. Quem sabe ela estava morta? Depois bateu na porta com mais força e a garota acordou. Ele ficou com tanta pena dela que a levou para casa.

Janet estava grávida. O pai do bebê era um caribenho não identificado. O padrasto de Janet só a deixaria entrar em casa se ela prometesse dar o bebê em adoção. Sua mãe morrera um ano antes, deixando sete filhos pequenos para o padrasto criar. Janet era a mais velha, por isso fora expulsa de casa. Ela não queria recorrer a uma assistente social, convencida de que a única coisa que a assistente social faria seria tratar de convencê-la de que, aos dezesseis anos, era jovem demais para ficar com o bebê. Mas Janet queria seu bebê.

O caso despertou em Babalola o espírito comunitário africano. Nunca lhe passou pela cabeça que poderia estar cometendo uma ilegalidade ao abrigar uma garota de dezesseis anos em sua casa. Ao contrário, começou a receber os raros amigos que lhe restavam na companhia de Janet. Nunca lhe passou pela cabeça que pudesse se apaixonar por ela, que pudesse querer protegê-la, torná-la sua esposa; ao mesmo tempo, Janet estava sendo oferecida a todo homem negro que quisesse saber qual era o aspecto de uma mulher branca nua. Quase todos os vizinhos de Adah haviam tido suas aventuras sexuais com Janet. Mas não demorou para aquilo tudo mudar.

Babalola se deu conta de que Janet podia obter dinheiro de auxílios sociais para si mesma e para o filho, dinheiro suficiente para pagar o aluguel. Janet, sem saber para onde ir e também, assim como Adah, aceitando as fraquezas de Babalola, concordou. Em pouco tempo Babalola começou a monopolizar Janet.

"Você não está pensando em se ajeitar com aquele estrupício que recolheu numa cabine telefônica, está?", perguntavam os amigos, atônitos.

Babalola não dizia nada, mas ordenou a Janet que deixasse de ser liberal com seus amigos. Janet, sentindo que finalmente alguém a queria, ficou felicíssima. Pouco depois do primeiro filho, engravidou do segundo, este de Babalola.

Isso foi na época da chegada de Adah. As duas ficaram amigas em seguida. Adah achava Janet muito inteligente e se deu conta de que os boatos sobre ela se deitar com os homens não eram verdadeiros. A única coisa que Janet queria era um teto sobre a cabeça para ter condições de criar seu filhinho, Tony. Naquele tempo Tony era um bebê barulhento de um ano e meio, um bom companheiro de brincadeiras para Titi.

Adah confiava seus problemas a Janet e Janet fazia confidências a Adah. Janet sugeriu que Adah procurasse uma cuidadora diarista para seus filhos até surgirem vagas para eles na creche. Mesmo Babalola estava disposto a ajudar – agora ele perdera o prestígio com os amigos porque se recusava a pôr na roda sua garota "da cabine". A busca foi uma coisa deprimente. Chegou um momento em que Adah teve de começar a bater de porta em porta. As coisas ficaram ainda piores quando Francis foi reprovado nos exames de verão. A culpa era dela, ele declarou. Se ela não tivesse trazido as crianças, se não as tivesse jogado para cima dele, se tivesse aceitado entregá-las para adoção, se não tivesse engravidado logo depois de chegar, ele teria sido aprovado.

Francis se esquecia de que tivera de repetir cinco vezes os exames da primeira fase para ser aprovado, de que não assistia a nenhuma aula porque estava convencido de que rendia mais estudando por conta própria, de que sempre resistia a levantar-se cedo pela manhã.

A sorte de Adah foi Babalola ouvir falar em Trudy. Mãe de dois filhos, ela aceitou tomar conta também dos dois filhos de Adah. Francis pôs Trudy nas alturas. Ela era limpa, bem-vestida e muito simpática. Adah ainda não a encontrara pessoalmente porque em geral trabalhava até tarde na biblioteca e quase sempre só voltava para casa às oito da noite.

Adah vestia as crianças e Francis as levava no carrinho até a casa de Trudy, que ficava a apenas um quarteirão de distância, e ia buscá-las às seis horas, depois de Trudy dar banho nelas e servir-lhes o chá. Pelo menos era o combinado.

Passadas algumas semanas, Adah percebeu que Titi parara completamente de falar. Adah ficou surpresa, porque Titi era uma tagarela de marca. Sem entender o que se passava, resolveu que ela mesma levaria as crianças até a casa de Trudy. Afinal, ela as carregara na barriga durante nove meses, não Francis. Ele ficou feliz com a decisão porque afirmava que os amigos faziam troça dele ao vê-lo empurrar as crianças no carrinho.

A primeira coisa que Adah estranhou foi o fato de que o leiteiro de Trudy entregava apenas duas garrafas de meio litro de leite todas as manhãs, embora Trudy tivesse recebido o cupom de leite dos filhos de Adah. Trudy, porém, disse a Adah que Titi e Vicky tomavam três garrafas de leite por dia e que seu leiteiro não entregava apenas as duas garrafas que ela havia visto, mas cinco garrafas por dia.

Adah não disse nada, mas começou a alimentar os filhos com cereal antes de sair para o trabalho. Isso significava um esforço adicional, mas ela faria tudo o que pudesse para que Titi voltasse a ser o bebê que era antes.

Ainda inquieta, começou a fazer visitas a Trudy no meio do dia. Não gostou do que viu. A casa de Trudy, como todas as outras daquela área, era um pardieiro, uma casa condenada à demolição havia décadas. O quintal estava lotado de lixo e móveis quebrados e o banheiro ficava logo ao lado de uma lixeira sem tampa – um banheiro à antiga, com canos esburacados, malcheiroso e úmido.

A primeira vez que foi até lá, Adah viu as duas menininhas de Trudy brincando no jardim da frente, ambas de calça vermelha e pulôver azul. Seus cabelos compridos e castanhos estavam atados com fitas vermelhas bem passadas. As duas riam e pareciam muito felizes. Sacudiam alguma coisa no ar, e Adah se deu conta de que as meninas de Trudy estavam brincando com as pazinhas e os baldes que ela mandara para seus próprios filhos brincarem. Seu coração ardeu de fúria, mas disse para si mesma que parasse de se comportar como a pequena tigresa igbo. Afinal, não passara cinco anos no Ginásio Metodista para Meninas em vão. Pelo menos aprendera a dominar as próprias emoções. Talvez seus filhos estivessem tirando uma sesta ou algo assim.

Foi em frente e entrou na sala do apartamento. Viu Trudy, uma mulher rechonchuda com maquiagem exagerada. Seus lábios estavam rubros e suas unhas também. A cor de seu cabelo era preta demais para ser natural. Talvez originalmente fosse castanho, como o das filhas; mas a tintura muito preta impregnava toda a sua personalidade de uma espécie de vulgaridade. Trudy ria alto de uma piada que partilhava com um homem que a abraçava num ângulo estranho. Adah fechou os olhos. O riso cessou abruptamente quando os dois se deram conta de sua presença.

"Ué, você não está no trabalho?", disse Trudy, confusa.

"Eu estava indo para a clínica, na Maiden Road, e tive a ideia de passar por aqui para saber como você estava se virando com Titi e Vicky".

Houve uma pausa, durante a qual Adah pôde ouvir seu coração bater acelerado. Sentia dificuldade crescente em controlar a ira. Lembrou-se da mãe. Se estivesse na mesma situação em que ela estava agora, Ma teria estraçalhado os tecidos gordinhos daquela mulher. Bem, ela não era Ma, mas era filha de Ma e, fosse como fosse, continuava sendo uma igbo. Berrou:

"Onde estão meus filhos? Sua pu...", Adah parou no meio da frase. Já ia chamando Trudy de puta, mas não sabia com certeza se o homem que olhava para elas de braguilha aberta era ou não o marido dela. Contudo, o homem pediu licença às pressas e se retirou, e Adah se arrependeu de não ter ido até o fim do que estava por dizer. O homem não era marido de Trudy. Era um amante; um cliente ou um namorado, ou quem sabe uma mistura dos dois. Adah não estava interessada. Queria ver os filhos.

Trudy apontou para a porta. Os olhos de Adah seguiram o dedo que apontava para o quintal. Sim, Adah podia ouvir a vozinha de Vicky balbuciando alguma coisa em seu idioma particular. Correu para fora e viu os filhos. Ficou ali parada, de joelhos trêmulos, e caiu no choro.

Vicky estava ocupado retirando lixo da lata e Titi lavava as mãos e o rosto com a água que escorria do vaso sanitário. Quando viram a mãe, os dois correram para ela, e Adah percebeu que Vicky estava sem fraldas.

"Eles se recusam a falar conosco. No outro dia eu dei um sorvete a Titi e ela não sabia o que fazer com ele. Eles molham a roupa o tempo todo", Trudy falava sem parar, como uma mulher possuída.

Adah embrulhou as crianças, acomodou-as no carrinho e as levou até o serviço social infantil da Maiden Road. Afinal, Trudy era uma cuidadora de bebês registrada, fosse qual fosse o significado disso.

A assistente social fez muitos sons de indignação. Adah recebeu uma xícara de chá e o conselho de não se preocupar muito. Afinal, as crianças estavam bem, não estavam?

As duas ainda conversavam quando Trudy chegou, banhada em lágrimas. Insistiu que só havia permitido que as crianças fossem para o quintal naquele dia por ter recebido um visitante inconveniente que não queria se retirar. Por acaso Adah não o vira? Ele a perseguia sem parar. Claro que as crianças haviam escapado para o quintal. Ela não teria coragem de deixar nem um cachorro ficar naquele quintal, quanto mais uns "anjinhos" como os filhos de Adah. Era uma cuidadora registrada. Registrada pelo Condado de Camden. Se não tivesse um bom padrão, não teria conseguido o registro, para começar. Adah que perguntasse à srta. Stirling.

A srta. Stirling era a responsável pelo serviço social infantil. Estava de vestido vermelho e óculos sem armação, do tipo que os acadêmicos das fotografias antigas costumam usar. Piscava muito. Estava piscando agora, quando seu nome foi mencionado. Mas não conseguia contribuir com nenhum comentário, porque Trudy não lhe dava oportunidade de falar.

Quanto a Adah, ouvia Trudy destruir para sempre um dos mitos em que acreditava porque era o que haviam lhe ensinado: que os brancos não mentem. Crescera entre missionários brancos dedicados à sua igreja, depois trabalhara com diplomatas americanos em posto na Nigéria para trabalhar por seu país, e desde que chegara à Inglaterra os únicos outros brancos com que convivia atualmente eram as garotas da biblioteca e Janet. Nunca, até aquele dia, encontrara uma pessoa como Trudy. Na verdade, não conseguia acreditar em seus ouvidos; simplesmente presenciava aquilo estarrecida.

Trudy chegou ao ponto de dizer à assistente social que os filhos de Adah tomavam cinco garrafas de leite por dia. Ela adorava as crianças, disse, e para provar isso tentou agarrar Titi, mas a menina se esquivou, protestando freneticamente.

Trudy foi admoestada e prometeu melhorar seus modos. Nunca mais deixaria as crianças saírem de sua vista. Não era tão fácil conseguir seis libras por semana, ainda mais uma mulher que passava o dia em casa.

A mulher voltou para casa tagarelando sem parar, contando a Adah toda a história de sua vida, bem como a história da vida de seus pais e de seus avós. Mas Adah não conseguia parar de pensar no que havia descoberto: que os brancos eram tão falíveis quanto qualquer pessoa. Havia brancos maus e brancos bons, assim como havia negros maus e negros bons! Por que, então, eles diziam que eram superiores?

Daquele dia em diante, ouvia todas as afirmações de Trudy com uma ponta de desconfiança. Francis insistiu que não se preocupasse. Mesmo que as crianças tivessem ido para o quintal, tinha certeza de que o quintal devia estar limpo antes das crianças desarrumarem tudo. Mandou Titi e Vicky se comportarem e nunca, nunca chegarem perto da lata de lixo de novo, porque latas de lixo eram sujas. Os pequenos simplesmente olhavam para ele. Depois ele disse a Titi que se ela não parasse de fazer xixi nas calças, ele lhe daria uma surra de cinto.

Mas como Titi podia obedecer a uma ordem que não compreendia? Na Nigéria e no navio, era uma criancinha comunicativa, falando e cantando em iorubá como todos os seus amiguinhos. Adah estava lhe ensinando frases em inglês, e às vezes lia para ela historinhas infantis, entre as quais sua favorita era "Béé béé, ovelhinha negra". Mas agora Titi simplesmente se recusava a falar. Adah estava muito preocupada com isso e conversava com Deus sobre o assunto em suas orações.

Aí, um dia uma amiga e colega de classe foi visitá-los. Sem ter nada de melhor a oferecer, Adah resolveu preparar um pote de creme de ovos. Quando virou as costas, a amiga começou a incentivar Titi em iorubá, insistindo para que ela falasse. Cansada do silêncio de Titi, a amiga de Adah reclamou da menina: "Por acaso você perdeu ou vendeu sua língua? Na Nigéria você sempre falava comigo. Por que não quer falar agora?".

Então a pobrezinha da Titi retrucou em iorubá: "Não fale comigo desse jeito. Meu papai vai me dar uma surra de cinto se eu falar iorubá. E não sei inglês direito. Não fale comigo".

Adah ficou tão surpresa que derramou o creme quente que estava preparando. Então era isso! Francis queria que a filha deles começasse a falar apenas inglês.

Era esse o resultado da Nigéria ter sido governada durante tanto tempo pelos ingleses. A inteligência da pessoa era avaliada pela forma como ela falava inglês. Mas não importava nem um pouco se os ingleses eram ou não capazes de falar as línguas dos povos que governavam. Essa exigência teve um efeito terrível sobre a pequena Titi. Mais tarde ela superou sua dificuldade em falar, mas já estava com bem mais de seis anos quando conseguiu dominar suficientemente uma das línguas para ser capaz de produzir uma conversa inteligente. Aquela confusão precoce atrasou muito seu desenvolvimento verbal. Graças a Deus, porém, esse fato não a levou a uma dessas escolas especiais para crianças retardadas!

Depois dessa revelação, Adah começou a insistir com a srta. Stirling para que encontrasse uma vaga na creche para os filhos. Contudo, como podia atestar toda jovem mãe que quisesse pôr o filho numa creche, não havia vaga para eles.

Adah foi obrigada a se contentar com Trudy, sabendo o tempo todo que as crianças continuavam brincando no quintal e que as fraldas de Vicky nunca eram usadas, mas ensopadas com água para parecerem usadas.

Adah orava a Deus sobre isso tudo e torcia para que nada de horrível acontecesse com os filhos. Ou Deus estava cansado de atender às suas orações ou queria dar uma lição a Adah, porque uma coisa terrível aconteceu. Não com Titi, mas com Vicky.

UMA LIÇÃO ONEROSA

Numa bela manhã de julho, Adah acordou muito cansada. Havia várias razões possíveis para explicar sua fadiga: as condições em que a família vivia, amontoada em meio aposento; sua preocupação constante com a maneira como Vicky e Titi eram tratados; sua gravidez. Para completar, ela e Francis só se comunicavam por monossílabos e, mesmo assim, apenas quando a conversa era muito necessária.

Adah começou a perder a confiança em si mesma. Teria sido um acerto seu sonho de ir para o Reino Unido, ou ela não passava de uma sonhadora inconsequente? Mas Francis havia concordado! Qual teria sido seu erro? Desejava que a Presença ainda estivesse ao seu lado para lhe dar uma pista, mas aparentemente ela a abandonara desde seu desembarque na Inglaterra. A Presença seria seu instinto? Na Nigéria ela estava sempre tão ativa... Seria porque na Nigéria ela estava mais próxima da Mãe Natureza? Adah só queria uma coisa: alguém que lhe dissesse qual havia sido seu erro.

Com esse peso, que era como a pesada carga de Cristão em *A jornada do peregrino*, ela saiu da cama com relutância. Passou um ou dois minutos olhando para o marido que roncava, com o peito peludo subindo e descendo como ondas agitadas. Teve vontade de sacudi-lo para lhe dizer a que ponto se sentia exausta e com que relutância sairia de casa e deixaria as crianças para trás naquele dia, mas sabia que, em primeiro lugar, ele não a ouviria e que, mesmo que ouvisse, não daria atenção a seus sentimentos e diria que era tudo superstição, exatamente como César não dera atenção ao sonho da esposa sobre os Idos de Março.

Adah se vestiu, lavou as crianças e lhes deu o café da manhã. Francis acabou acordando com o barulho dos pratos e o choro de Vicky.

"Que barulheira é essa, tão cedo de manhã? Não posso nem ter minhas oito horas de sono em paz?", perguntou, irritado.

"Vicky não quer comer o cereal de arroz. Não sei o que há com ele esta manhã. Não está com febre nem nada do tipo, mas reclama de tudo, cria problema por nada", explicou Adah.

Francis olhou para o filho por um momento. Vicky estava em pé no meio do quarto fazendo bico, numa atitude resoluta de raiva, com leite pingando do babeiro. Francis suspirou e estava a ponto de se virar para o outro lado na cama quando Adah falou:

"Esta manhã estou sentindo um peso tão grande... além disso, também estou sem apetite. Será que você poderia levar as crianças até a casa da Trudy para mim? Já estou atrasada".

"Ah, droga", grunhiu o marido.

"Você leva eles para mim?", insistiu Adah.

"E eu tenho escolha?", quis saber Francis.

Esse tipo de pergunta não necessitava de resposta, concluiu Adah consigo mesma, mas mesmo assim ficou decepcionada. Será que Francis não podia ter perguntado a ela como estava se sentindo, ou algo do tipo? Seria uma coisa assim tão difícil?, pensou. Ordenou a si mesma que parasse de ser ultrarromântica e sensível. Nenhum marido perderia tempo perguntando à mulher grávida como ela estava se sentindo logo cedo pela manhã. Esse tipo de coisa só acontecia em *Histórias verdadeiras* e em *Romances verdadeiros*, não na vida real, especialmente não com Francis, aliás. Só que, apesar da rigidez de sua conversa consigo mesma, Adah ainda queria ser amada, queria sentir-se casada de verdade, queria ser cuidada. Começava a entender por que algumas jovens esposas chegavam ao extremo de trair seus maridos, só para se sentirem humanas, só para encontrarem outro ser humano que ouvisse suas vozes, que lhes dissesse que tudo ia ficar bem.

Francis só servia para fazer filhos nela e ponto final. Sentiu-se vingativa. Não arrumou as coisas do café da manhã, não trocou o babeiro molhado de Vicky, não enxugou o leite de sua boca; simplesmente extraiu a bolsa da montoeira de roupas das crianças e avançou para a porta, prestes a sair.

Nesse ponto Vicky, ao ver que estava sendo deixado para trás pela mãe, começou a chorar. Na pressa de agarrar-se à saia dela, derramou mais leite no assoalho sem tapete. Adah sorriu por dentro. Francis teria um dia agitado.

Adah pegou Vicky no colo, conversou com ele para que se acalmasse, beijou-o. Mas Vicky não queria deixá-la sair. Se abraçou nela com todas as suas forças. Que esquisito, pensou Adah. Vicky era um bebê tranquilo, gordo, que normalmente, quase todas as manhãs, dava "tchau" a ela e pronto. Mas não naquele dia. Adah sentou-se outra vez e o acalentou, cantou para ele, e conseguiu o "tchau". Um tchau relutante, lacrimoso. Ele andou até a porta, dessa vez agarrado a uma colher, sempre com o babeiro ensopado. Quanto a Titi, não havia o que fazer. Parecia nem registrar a agitação que a cercava. Parecia ter se conformado com a inevitabilidade de tudo. Parecia dizer a seu pequeno ser que chorar não adiantava nada, que era preciso aceitar as coisas do jeito que eram.

O salário que Adah recebia no emprego mal dava para pagar o aluguel, os estudos de Francis, as taxas de seus exames, comprar os livros dele e pagar Trudy. Sobrava pouco, de modo que Adah ficava impossibilitada de almoçar no trabalho. Em geral levava um ovo cozido, em vez de comê-lo durante o café da manhã. Mas às vezes se cansava daquele único ovo cozido e do café fornecido pela biblioteca e não comia nada. Nessas ocasiões, sentia aquele tipo de fome que pensava que havia ficado para trás. A fome que apertava os dois lados da barriga da pessoa com tanta força que o proprietário da barriga tinha a sensação de que ia desmaiar. Às vezes sua barriga choramingava e roncava de aflição. Os ruídos surdos produzidos pela barriga de Adah a deixavam infinitamente constrangida. Tudo bem na Nigéria, quando era uma criada e uma órfã, mas agora, que era uma mulher independente, mãe de duas crianças, aquilo era muito desagradável!

Durante o intervalo do almoço, Adah percebeu que as pontadas de fome estavam a ponto de começar, por isso resolveu acalmá-las com uma caminhada. O tempo estava úmido e a sala do pessoal da biblioteca estava acolhedora e quentinha. As garotas já estavam sentadas, comentando suas conquistas e, como sempre, falando em casamento. Adah começava a concordar com elas: alguns casamentos podiam conduzir à felicidade, já que as garotas só falavam dos casamentos felizes. Bom, o dela não era feliz, embora ela ainda acreditasse que um casamento feliz fosse a vida ideal para uma garota.

Uma das garotas, Cynthia, estava noiva e tinha certeza de que seu casamento ia dar certo. Adah já concordara tantas vezes com ela que estava sem vontade de ouvir sua conversinha feliz naquele dia. Cynthia ia ouvir o ronco de seu estômago e lhe oferecer alguma coisa para comer, além de perguntar se ela estava bem e aquela coisa toda, de modo que resolveu sair para a caminhada.

Em geral suas caminhadas eram pela Finchley Road, admirando todas as vitrines dos restaurantes pelos quais passava. Costumava dizer para si mesma que, quando Francis se formasse e ela tivesse virado bibliotecária, Francis iria levá-la para comer naqueles restaurantes. Sentia que, em seu caso, era um sonho vazio. Mesmo que Francis se formasse, ele nunca teria coragem de levá-la a um restaurante. Não em Londres, pelo menos, porque acreditava firmemente que aqueles lugares não eram para negros. Adah sabia que a cor dele, sua sensação de negror, estavam firmemente ancoradas em sua mente. Sabia que havia discriminação por toda parte, mas a mente de Francis era um território fértil no qual esse tipo de atitude podia crescer e prosperar. Ela, pessoalmente, se tivesse dinheiro, teria entrado num daqueles lugares sem vacilar e tinha certeza de que seria atendida. Mas de que adiantava ficar sonhando com essas coisas, se não tinha dinheiro? Sendo assim, regalava os olhos com aquela comida exposta com tanta arte. Uma iguaria, em especial, a atraiu naquela tarde. Era um pudim de peixe numa peixaria. O pudim tinha uma cor marrom-amarelada em toda a volta e era muito apetitoso. Sua boca se encheu de água como a boca de um cachorro faminto, por isso se afastou. O desconforto que sentira cedo pela manhã pareceu tomá-la novamente, com uma intensidade tal que achou que ia desmaiar. Por nenhuma razão em absoluto, tomou depressa o rumo da biblioteca. Quando chegou, pensou em beber alguma coisa e descansar antes de voltar ao trabalho. Graças aos céus, aquele era um dos dias em que o serviço acabava cedo. Sairia por volta das cinco horas.

Encontrou Cynthia na porta de entrada da biblioteca enfiando às pressas sua leve capa de chuva, de verão.

"Graças a Deus, você chegou. Eu estava saindo para ver se encontrava você".

"Meus filhos. O que aconteceu com eles? Estão bem?".

"Como você sabe?", perguntou Cynthia, assustada. "Quem lhe contou?", continuou perguntando, enquanto entrava correndo na biblioteca atrás de Adah.

Pois é, como ela soubera? Como uma mãe vai dizer a outra mulher que nunca deu à luz que ela às vezes vivia em seus filhos? Como explicar que, se por acaso seu filho sofresse uma operação, o corpo dela doeria? Como Adah ia contar a Cynthia que no momento em que estava olhando para o pudim de peixe vira, refletido na vitrine, o rosto úmido de Vicky contorcido de dor? Havia muito a explicar; muito sobre ela mesma como ser humano que desconhecia. Simplesmente sentia aquelas coisas.

Adah não chorou. Victor estava em perigo, mas não morto, e enquanto ele estivesse vivo, Deus haveria de ajudá-lo.

"Você não recebeu o recado?", indagou a outra assistente.

E então Adah foi informada do que já pressentira. Trudy havia telefonado, disseram; Vicky estava passando muito mal, e ela não podia mandá-lo para um hospital porque estava esperando Adah chegar em casa.

A sra. Konrad, bendita seja, levou-a de carro até a estação. Adah correu da estação Kentish Town até a casa de Trudy. Havia uma ambulância esperando na frente da porta. Uma pequena multidão já se reunira, falando, discutindo e arriscando palpites. Todos eles conheciam Adah, já a haviam visto muitas vezes levando os filhos até a casa de Trudy. Titi olhou para a mãe com expressão patética enquanto ela entrava correndo na sala de Trudy.

Trudy estava com Vicky no colo, passando no rosto dele um trapo tão sujo quanto um velho pano de chão. Mergulhava o trapo numa tigela de água igualmente suja e com ele corria todo o rosto de Vicky. Disse que estava tentando baixar a febre do menino. Um médico alto e calvo estava ao lado, de maleta na mão. O médico indiano a cujos cuidados Francis e Adah haviam sido confiados estava ocupado e não pudera vir, e o sujeito alto e calvo de terno preto com colete viera em seu lugar. Estava ali, o tal doutor, olhando objetivamente para as providências de Trudy como se nada daquilo lhe dissesse respeito.

Quando Adah entrou, Vicky ergueu uma das mãos e chamou a mãe. Ele ainda me reconhece, pensou Adah, tomando-o do colo de Trudy. Abraçou-o com força, como se fazendo isso fosse capaz de instilar saúde no menino enfermo.

"O que ele tem?", perguntou, primeiro ao médico e depois a Trudy. Como nenhum dos dois respondeu, virou-se para a srta. Stirling, que estava logo ao lado torcendo as mãos. Se eles sabiam qual era o problema de Vicky, não iam lhe dizer.

"A ambulância está esperando. Em breve a senhora ficará sabendo. Enquanto isso, temos de levá-lo para o hospital o mais depressa possível", declarou o médico.

Embora houvesse uma ponta de urgência na voz do médico, pelos cálculos de Adah, Vicky não estava assim tão doente. Estava com febre, quase trinta e oito, mas Adah não achava que houvesse necessidade de pânico. Na sua opinião, provavelmente Vicky estava tendo uma crise de malária, que para ela era como um resfriado comum. A malária podia provocar febre alta numa criança, febre essa que baixava assim que a criança tomasse cloroquina. Na verdade, se Vicky tivesse tido o surto em casa, era isso que ela teria feito. Até onde sabia, a julgar pela experiência adquirida com Titi, a malária era a única doença que atingia as crianças. Por que todo aquele pânico então?, pensou ela. Qualquer mãe podia curar uma criança de malária sem telefonar para os homens da ambulância nem chamar o médico, que se limitava a ficar ali parado, achando que não ia fazer outra coisa senão assinar um atestado de óbito.

"Vicky, dê *tchau* à Trudy", disse ela avançando para a porta com Vicky nos braços. Vicky acenou debilmente e articulou a palavra com aquele seu jeitinho especial.

Todos eles – Trudy, a srta. Stirling e o médico – abriram as bocas como se fossem dizer a Adah que o bebê estava fraco demais para falar. Mas ficaram em silêncio quando Vicky falou. Adah se sentiu triunfante. Seu filho tinha febre, só isso. Não estava morrendo, de modo que era melhor eles se acostumarem com a ideia. Sentia-se como Jesus, que deixou seus discípulos boquiabertos ao dizer "Lázaro não está morto. Ele dorme".

O médico grandalhão viu através de sua ansiedade, de seu medo, e tocou seu ombro gentilmente quando ela estava a ponto de sair para a calçada. "Seu filhinho está muito doente. Não sei o que ele tem, mas tenho certeza de que no Royal Free Hospital será feito tudo o que for possível".

Adah agradeceu, mas estava decidida a não permitir que a deixassem infeliz, a não aceitar que lhe dissessem para esperar o pior. "Acho que sei qual é o problema", ela se gabou. "Acho que é malária. Sabe, em meu país as crianças têm malária assim como vocês, aqui, têm resfriados".

"Talvez não seja malária, sabe?", avisou o médico enquanto ele e a equipe de resgate ajudavam Adah a entrar na ambulância.

Na ambulância, os pensamentos de Adah ficaram confusos. Seu cérebro funcionava tic-toc, como se diz em iorubá. Sempre que alguém estava com o pensamento acelerado, dizia que seu cérebro era como um relógio falante. Tentou entender o que poderia estar errado com uma criança que naquela manhã lhe dissera *tchau*. O que poderia estar tão errado a ponto de Vicky merecer uma ambulância e um médico? Em Lagos era preciso ser ou milionário ou parente do médico para conseguir uma visita. O médico não ia à casa da pessoa só por causa de uma criança com febre. Agora, só por isso, estavam indo a toda velocidade para o Royal Free de ambulância. Por que o hospital se chamava Royal Free? Será que era um hospital para os pobres, para gente de segunda classe? Por que haviam incluído a palavra *free*, gratuito, em seu nome? O medo começou a envolvê-la. Será que estavam mandando seu Vicky para um hospital de segunda classe, um hospital gratuito, só porque eles eram negros? Ah, Deus, por que se envolvera naquilo? Poderiam até usar os órgãos de seu filho para salvar a vida de outra criança, provavelmente uma criança branca e rica, e que seria internada num hospital sem *free* no nome. Um hospital pago. Na época Adah não acreditava que nada de bom pudesse vir de uma coisa pela qual você não pagasse. Via todas as coisas gratuitas com suspeita e relutância. Na Nigéria era preciso pagar pelo tratamento. Quanto mais recheada a carteira, mais intensivo o tratamento. Nunca vira nem ouvira falar de um lugar onde uma criança recebesse tanta atenção dos adultos de graça. Devia haver uma armadilha em algum lugar. Quando a ambulância chegou ao hospital, Adah já estava convencida de que Vicky ia ter suas entranhas roubadas.

Essa ideia a dominara a tal ponto que no início não quis permitir que lhe tirassem Vicky. Duas enfermeiras a ampararam e a conduziram até uma saleta com cadeiras macias encostadas na parede. Prepararam uma xícara de chá com muito açúcar para ela. Adah tomou o chá com avidez, agradecendo, saboreando o gosto do açúcar, que normalmente detestava. Quase nunca ingerira açúcar na vida porque as mães africanas achavam que açúcar e carne dão vermes. Mais tarde começara a apreciar o consumo de carne, mas nunca tomara gosto de fato por açúcar. Naquele dia, no Royal Free, porém, estava faminta demais para se incomodar. Gostou do chá. Disseram-lhe que teria de esperar enquanto Vicky era examinado. Adah esperou e esperou, até quase adormecer. Então começou a se preocupar com Titi. Tomara que Francis se lembrasse de ir buscá-la. Era até engraçado: não lhe ocorrera ir atrás de Francis. Não queria que ele ficasse preocupado; não era nada grave. Para Francis, ela ainda estava no trabalho e Vicky, na casa de Trudy.

Por alguma razão, não lhe saía da cabeça que precisava avisar o marido. Mas como ia avisar, se não sabia onde ele poderia estar àquela hora do dia? Ele deixara de assistir às aulas regulares para estudar por conta própria. Isso significava que poderia estar em qualquer biblioteca de Londres, ou quem sabe com uma de suas namoradas. Adah era a última pessoa a perturbá-lo, caso estivesse ocupado com uma ou outra dessas coisas. Quando chegasse em casa, contaria tudo a ele.

A enfermeira e dois jovens médicos vieram falar com ela. Disseram-lhe que Vicky estava muito doente, mas que tinham feito todo tipo de exame de laboratório e enquanto não recebessem os resultados não tinham como tratá-lo. Vicky precisava ficar no hospital em observação.

Para Adah, normalmente hospital significava uma de duas coisas: ou era o lugar aonde você vai para seu bebê nascer, ou o lugar aonde vai quando está prestes a morrer. Sua primeira internação fora para ter Titi. Que ela soubesse, a única outra pessoa da família que estivera num hospital fora Pa. Pa fora até o hospital para fazer um checape e nunca mais voltara. Esses pensamentos se perseguiam em sua mente enquanto ela tentava concluir qual era a decisão correta a tomar. De alguma forma, sentia que, no caso, dispunha de poucas opções. Vicky já fora internado num quarto. Um quarto na área de isolamento, para o caso de sua doença ser contagiosa.

Deixaram-na entrar para vê-lo. Ele estava bem aconchegado em sua caminha: um berço azul com cobertores azuis felpudos. Não dormia, mas fitou a mãe com o olhar de uma pessoa com uma crise forte de enxaqueca. Dava a impressão de ter dificuldade para mover os olhos. Seria possível que os outros tivessem razão afinal? Vicky estava muito doente? Adah se agarrou às grades do berço.

Estava sendo observada através da divisória de vidro. Uma enfermeira se aproximou e lhe disse que agora tinha de sair; Vicky precisava dormir e descansar. Adah concordou com a cabeça e se despediu de Vicky, mas Vicky não respondeu, seus olhos cansados pareciam estar fitando alguma coisa que só ele podia ver. Adah não tinha autorização para ficar com o menino, precisava sair do quarto.

Por que, refletiu ela consigo mesma, as autoridades não permitiam que mães de bebês pequenos ficassem no hospital acompanhando os filhos enfermos? Na Nigéria, onde o clima era quente o bastante, ela poderia ter ficado do lado de fora do hospital, no complexo, debaixo de uma árvore grande. Agora, não sabia o que fazer. Esperar no corredor? Alguém lhe diria para sair. Mas enquanto isso não acontecesse, era o que ia fazer: que absurdo internar uma criança de um ano num hospital e não lhe dar nenhum tratamento porque ainda estavam procurando o diagnóstico para os sintomas! Imagine se a criança tivesse convulsões, como costumava acontecer com seus filhos quando tinham febre alta? As enfermeiras se limitariam a encher a criança de injeções, mas a vida inteira Adah vira bebês com ataques de malária e conhecia todos os remédios adequados para os primeiros socorros. Talvez o hospital não conhecesse, de modo que era melhor ficar por ali.

Adah cochilou num banco de madeira. Quando abriu os olhos, ficou surpresa ao ver a bonita enfermeira de voz suave que antes lhe dissera que estava na hora de sair.

Ela ficou muito tempo olhando para Adah, depois sorriu.

"Victor é seu único filho?".

Adah fez que não, Vicky não era o único, havia outro, mas era *só uma menina*.

"Só uma menina? O que você quer dizer com só uma menina? Ela também é uma pessoa, sabe, exatamente como seu filho".

Adah sabia aquilo tudo. Mas como dizer àquela bonita criatura que na sua sociedade ela só podia ter certeza do amor de seu marido e da lealdade de seus sogros se tivesse e mantivesse vivas tantas crianças quantas possível, e que, embora uma menina pudesse ser contada como uma filha, para seu povo um menino tinha o valor de quatro crianças? E se a família pudesse dar uma boa educação universitária ao menino, a mãe do menino receberia o status de homem, na tribo. Como ia explicar tudo isso? Que sua felicidade dependia muito do fato de seu filho permanecer vivo?

"Sabe, estou fazendo outro!", informou, para mostrar à enfermeira que boa esposa ela era.

A enfermeira, que ou não entendeu ou tinha uma ideia diferente sobre o que fosse uma esposa boa e valiosa, balançou a cabeça, mas não disse nada.

Se Adah não se retirasse, mandariam buscar seu marido, falou. Adah precisava ir embora.

Adah disse que só iria embora à força e, enquanto não fizessem isso, ficaria. Mas desceu até o corredor do andar de baixo e viu quando algumas mulheres das Bahamas chegaram para fazer seus serviços de limpeza.

Mais tarde naquela noite, Francis apareceu. Titi estava passando a noite na casa de Trudy, de modo que ele viera em busca dela. Por um momento pareceu que a doença de Vicky pudesse reaproximar os pais. Francis não disse a ela que não se preocupasse: não sabia como fazer esse tipo de coisa, não sabia como ser um homem. Em lugar disso, chorou junto com Adah, feito uma mulher.

Três dias mais tarde, foi constatado que Vicky estava com meningite viral. Adah leu tudo o que havia na biblioteca sobre aquela coisa horrível, com seu nome horrível, impronunciável. Estudou as causas e tomou conhecimento de todos os efeitos.

"Mas onde ele apanhou isso? Nunca ouvimos falar nessas coisas na minha família e nunca ouvi Ma mencionar que houvesse na sua família também. Onde ele apanhou então? Preciso saber, porque gostaria de evitar que aconteça no futuro, quer dizer, se é que ele tem algum futuro".

"Aqui eles curam todas as coisas", respondeu Francis, fitando o espaço.

"Ele tem pouquíssimas chances de sobrevivência, segundo as estatísticas que eu consultei numa enciclopédia médica. Preciso saber onde meu filho apanhou esse vírus. Segundo os livros médicos, ele deve ter apanhado pela boca. Tenho o maior cuidado com Vicky e fiz muito menos erros com ele do que com Titi. Preciso saber onde ele apanhou e, sabe, Francis, já não estou interessada em saber o que você acha, porque vou descobrir. A Trudy vai me dizer".

"O que deu em você?", ele perguntou, sem acreditar em seus ouvidos. "O que está acontecendo com você?".

"Você quer saber o que está acontecendo comigo? Eu lhe digo. Mais cedo ou mais tarde você vai ter de saber. Se acontecer alguma coisa com meu filho, vou matar você e aquela prostituta. Você dorme com ela, não dorme? Você compra calcinhas para ela com o dinheiro do meu trabalho e, enquanto estou no trabalho, vocês dois gastam juntos o dinheiro que pago a ela. Não me interessa o que você faz, mas preciso de meus filhos sadios e perfeitos. A única coisa que eu ganho sendo escrava desse casamento são as crianças. E, Francis, estou lhe avisando, Titi e Vicky têm de ser crianças perfeitas".

Francis deu a impressão de olhar para ela com novos olhos. Alguém dissera a ele que o maior erro que um africano podia cometer era levar uma garota com instrução para Londres e permitir que ela andasse com mulheres inglesas de classe média. Em pouco tempo elas tomavam conhecimento de seus direitos. O que estava acontecendo com elas?, Francis se perguntou. Na sociedade deles, na África, os homens podiam ir para a cama com quem quisessem. Davam à mãe que estivesse amamentando uma folga para cuidar de seu bebê antes da gestação seguinte. Mas aqui em Londres, com os contraceptivos e essa coisa toda, os homens podiam dormir o tempo todo com as esposas. Não era essa a educação que ele recebera, no entanto. Fora ensinado a gostar de variedade. Em casa, as mulheres nunca protestavam, e Adah já havia dito que não se incomodava, mas, ao perceber a intensidade de sua fúria, ele achou que ela se incomodava, sim. Nenhum homem gosta de ter sua liberdade cerceada, especialmente por uma mulher, pela própria mulher. Ele não ia discutir, por causa do bebê, não ia espancá-la para que se submetesse, mas também não ia ficar amarrado a Adah. Ora, na cama ela era tão fria quanto um cadáver!

Adah continuava falando. Ia ter uma conversa com Trudy. Ia obrigá-la a contar a verdade, nem que tivesse de morrer.

"Deus que lhe ajude", disse Francis. "Aqui não é como em casa, você sabe. Você pode acabar presa por falsa acusação. Vai arrumar encrenca se inventar briga com uma mulher na própria casa dela, sabe? E, afinal, ela está cuidando da Titi para nós".

"É, eu sei que ela está cuidando da Titi; assim você pode fingir que vai até lá ver sua filha às onze horas, todas as noites. Ontem você saiu de casa às onze e só voltou quando eu já estava saindo para o trabalho. Visitando a Titi!".

Houve uma pausa desconfortável, durante a qual Adah deu a impressão de estar avaliando sua nova liberdade. Afinal, quem ganhava o dinheiro da família era ela.

Adah prosseguiu, num tom estranho, ameaçador: "Se ela não me responder direito, levo a Titi comigo para casa e paro de trabalhar para você enquanto as crianças não forem para a creche ou você concordar em tomar conta delas. Não me interessa o que seus amigos vão dizer. Vou até a casa da Trudy agora. Ela precisa me contar certas coisas".

"No fim das contas, você é igualzinha à sua mãe. Aquela encrenqueira brigona! As pessoas dizem que as mulheres, quando crescem, ficam iguais às mães. Mas, infelizmente para você, você não é tão alta e ameaçadora quanto ela era. Você é miúda, e garanto que Trudy vai lhe ensinar uma lição".

"Isso nós vamos ver", respondeu Adah, chispando porta afora.

"No hospital, disseram que Vicky está com meningite viral. E ele ainda corre risco de vida. Eu quero...", começou Adah.

Mas Trudy a interrompeu.

"Eu sei, telefonei para o hospital e eles me disseram. Por isso informei a eles que você tinha trazido o menino para Londres há uns poucos meses. Talvez ele tenha se contagiado com a água que bebia em casa, entende, antes de vocês virem para cá...".

Adah cravou os olhos em Trudy; não conseguia acreditar em seus ouvidos. Estaria sonhando? O que era aquilo que Trudy acabara de dizer, sobre a criança nascida no melhor hospital da Nigéria, na melhor enfermaria, atendida pelo melhor ginecologista suíço que os americanos haviam conseguido para ela, já que ela era membro da equipe do consulado – apenas um dos inúmeros benefícios adicionais decorrentes de trabalhar para os americanos? Quis explicar tudo aquilo a Trudy, mas naquele momento viu Titi chegando do quintal, imunda como da outra vez. Adah nunca soube o que a tomou. A única coisa que sabia era que havia perdido o controle da situação. Caleidoscopicamente, seu olho da mente continuava vendo Vicky e Titi na lata de lixo do pátio interno de Trudy. Não conseguia extirpar aquela cena que girava em sua cabeça, e fez a única coisa que lhe ocorreu instintivamente. Diante dela estava uma inimiga, insultando seu país, sua família, sua pessoa e, o que era pior, seu filho.

Alguém deixara um varredor de tapete ao lado da porta. (Mais tarde, Adah tentou deduzir por que o objeto estaria ali, já que não havia tapetes em nenhuma das duas peças da casa de Trudy.) Sem pensar, empunhou o varredor, pesado como era, e deu um golpe às cegas na direção da cabeça de Trudy! Trudy viu o varredor se aproximando e desviou o corpo. Alguém, alguma vizinha de Trudy que estava em pé junto à porta, segurou Adah por trás.

"Não, não, não faça isso", disse, atrás dela, a voz dessa vizinha, calma, racional, tranquilizadora.

Adah cuspiu, com a boca espumando, exatamente como o povo de sua tribo teria feito. Se estivesse entre os seus, poderia ter matado Trudy e as outras mães lhe forneceriam uma retaguarda sólida. Aqui ela não dispunha nem mesmo da alegria de esmurrar aquela mulher gorda, de carnes frouxas, cabelo tingido e olhos de gata dengosa até fazê-la perder os sentidos. Ela pertencia à nação de pessoas que haviam introduzido a noção de "lei e ordem".

Seu ventre começou a doer, como se estivesse tendo um início de indigestão. Adah não estava habituada a reprimir a própria fúria. Ora, então Pa não lhe dissera que fazer isso prejudicava a saúde? Assim, para expelir o vapor, ameaçou:

"Vou matar você. Está me ouvindo? Vou matar você, se alguma coisa acontecer com meu filho. Vou entrar na sua casa sem ninguém ver e matar você durante o sono. Se eu não fizer isso, vou pagar alguém para fazer por mim, mas pode acreditar, vou matar você, e com um sorriso na cara. Vi com meus próprios olhos Vicky mexendo na lata do lixo. Sinto seu cheiro no meu marido. Pago você com o dinheiro que ganho trabalhando, deixo meu marido ir para a cama com você, e como retribuição você quer matar meu filho!".

E então Adah se rendeu e começou a chorar, sua voz saía estrangulada e áspera, como a voz de alguém sob tortura. As outras mulheres brancas ficaram ali olhando para ela, chocadas. Provavelmente nunca haviam visto uma mulher igbo enfurecida antes.

    Se elas ficaram surpresas, Adah ficou muito mais; sentiu-se horrorizada com o próprio comportamento. Já não era capaz de se controlar. Fora obrigada a trancar tantas coisas dentro de si... Na Inglaterra, não podia ir à casa da vizinha e desabafar, contando seus problemas, como teria feito em Lagos; aprendera a não falar sobre sua infelicidade para as pessoas com quem trabalhava, pois, naquela sociedade, ninguém estava interessado nos problemas dos outros. Se você não conseguisse mais suportar seus problemas, havia sempre a solução de dar fim à própria vida. Esse ato também era permitido. A tentativa de suicídio não era considerada um pecado, mas uma forma de atrair a atenção para a situação infeliz em que a pessoa se encontrava. E a pessoa atrairia a atenção de quem? De ouvintes pagos. Ouvintes que fazem a pessoa perceber que é um objeto a ser estudado, diagnosticado, computado e tabelado. Ouvintes que se referem a você como um "caso". Você não tem a senhora da porta ao lado que, ao ouvir uma discussão entre marido e mulher, entra na casa para esbofetear o marido, repreendendo-o e tudo o mais, sabendo que suas palavras serão respeitadas por ela ser velha e experiente. Na Inglaterra, em vez disso, você tem pessoas como a srta. Stirling, cujo escritório era na Maiden Road, em frente da casa de Trudy. Felizmente alguém fora chamá-la e ela chegou ofegante, piscando descontroladamente.

    A srta. Stirling ouviu com muita paciência a história de Adah e pareceu concordar com ela, embora não fizesse nenhum comentário. Em vez disso, ficou um instante em silêncio, enquanto Adah olhava em volta para aqueles desconhecidos. Ninguém a culpava, ninguém culpava Trudy. Ninguém dizia nada. Adah se sentiu uma tola. Estava aprendendo. As pessoas na Inglaterra não dizem tudo; não dizem coisas como: "Inclusive deixei meu marido ir para a cama com ela como parte do pagamento". Mas percebeu uma coisa: Trudy estava com uma cara péssima, parecia que alguém a estava obrigando a comer merda. Sua boca ficou feia, e a maquiagem de seus olhos escorreu, deixando listras em todo o seu rosto. Até seu cabelo preto estava com algumas mechas marrons.

Então a srta. Stirling falou: "Temos vagas em creches para as crianças. Sua menininha poderia começar na segunda-feira e, quando o bebê sair do hospital, também haverá uma vaga para ele".

Adah explodira outro mito. Cidadãos de segunda classe podiam manter os filhos consigo, mas vejam o preço que eram obrigados a pagar! Vicky ainda corria risco de vida, seu casamento estava por um fio – e agora aquela briga toda.

Ela não sabia se devia se sentir envergonhada ou agradecida. Sentia as duas coisas, de certa forma, especialmente porque agora tinha a sensação de que suas ameaças haviam sido só da boca para fora. Haviam ficado desnecessárias.

Não pediria desculpas a Trudy; de todo modo, aquela mulher era uma mentirosa nojenta. Retiraram o nome dela da lista municipal de cuidadoras aprovadas e, talvez porque ainda estivesse apavorada com as ameaças de Adah, ela se mudou da Maiden Road para algum lugar em Camden Town, então, mesmo que Vicky tivesse morrido, Adah não teria podido concretizar suas ameaças.

Adah se afastou do grupo de pessoas e foi andando para casa, chorando um pouco, sozinha consigo mesma. Era um choro de alívio.

"DESCULPEM, PESSOAS DE COR NÃO SERÃO ACEITAS"

Uma manhã, quando Adah, na pressa de apanhar o trem para o trabalho, tratava de amarrar sua lappa colorida em torno da cintura que ia se espessando, seu marido, que saíra do quarto, voltou numa espécie de transe. Parecia abatido, decepcionado, e Adah teve a impressão de que suas mãos estavam trêmulas.

Olhou para ele, com o cordel da lappa ainda entre os lábios, e seus olhos começaram a implorar por uma explicação. Francis se deu conta, mas parecia resolvido a não lhe contar nada por enquanto. Em vez disso, despencou no único lugar disponível para alguém se sentar naquela sala: a cama desfeita deles.

"Notícias tristes", acabou cuspindo, como se tivesse na boca algo tóxico, de sabor desagradável. Adah achava que ele parecia uma cobra cuspindo veneno. Francis tinha boca pequena e lábios finos, finos demais para um africano típico, assim, quando ele fazia bico com aqueles lábios, parecia tão irreal que o observador pensava em outros animais, não num ser humano.

Adah, que o conhecia bem, não o apressou. Ele era capaz de decidir não lhe contar absolutamente nada e, nesse caso, o dia de Adah ficaria arruinado com a preocupação de saber o que afinal ele estava querendo dizer. De modo que esperou.

"Que notícias tristes?", perguntou, com o coração alvoroçado atrás das costelas. Fazia um esforço tremendo para que sua voz saísse com tonalidade normal, sem pressa. Faria qualquer coisa para ter paz na vida.

Francis ergueu um envelope, um tipo impessoal de envelope, um daqueles horríveis, de cor cáqui, que em geral traziam a conta do gás ou o extrato em papel rosa da Companhia Elétrica de Londres. Fosse o que fosse, aquele tipo de envelope nunca levava boas notícias a ninguém.

"Notícias muito, muito ruins. E pode acreditar: estou perdendo a confiança na natureza humana", prosseguiu ele, saboreando a ansiedade de Adah. Ela não se surpreendeu com esta última declaração de Francis. Ele sempre se decepcionava com a natureza humana quando outros humanos se recusavam a se curvarem aos seus desejos. Agora estava sentado ali, estalando repetidamente os labiozinhos úmidos, como uma ratoeira de brinquedo.

Adah não conseguiu mais aguentar a dúvida. Sentia-se impaciente e começava a detestar a cena toda. Detestava ser tratada como uma nativa, que não deveria tomar conhecimento dos eventos importantes da família enquanto eles não fossem bem discutidos e analisados pelos componentes masculinos. Bem, Francis não estava autorizado a fazer isso, pelo menos não naquele apartamento de uma peça onde eles viviam. Por isso, Adah queria ficar sabendo na mesma hora. Jogou no lixo a cautela, avançou com ar ameaçador para o marido, arrancou o envelope das mãos dele, para assombro de Francis, abriu-o e correu os olhos pelo conteúdo da mensagem.

Ela era curta, objetiva. Sem lenga-lenga.

Certo advogado, representando o senhorio, solicitava que eles deixassem o imóvel e desistissem de todo e qualquer reclamo quanto à locação da quitinete que ocupavam na Rua Ashdown. No prazo de um mês!

Adah sentiu um vazio torturante por dentro.

Depositou a carta sobre a mesa e continuou se vestindo. Não tinham necessidade de perguntar um ao outro o que iam fazer, porque não havia nada que pudessem fazer. Adah já sabia que aquela notícia chegaria. Na verdade não recebera confirmação concreta de nenhum dos outros inquilinos; tampouco tivera qualquer tipo de desentendimento com a senhoria, porque sempre fazia de tudo para evitar esses confrontos, mas contra ela havia muitos fatores adversos. Com efeito, para a maioria dos vizinhos nigerianos, ela estava no melhor dos mundos. Tinha um emprego de branco, embora todos ali tivessem manifestado suas críticas, e pelo jeito pretendia continuar nele. Não aceitava entregar os filhos em adoção como os outros; em vez disso, as crianças viviam com eles, como se ela e Francis fossem cidadãos de primeira classe, como se estivessem em seu próprio país. E, para completar, eram igbos, o povo detestado que sempre acredita cegamente nas próprias ideologias. Bom, se Adah e Francis queriam ser diferentes de todos os demais, então que fossem morar em outro lugar. Quando circulou a informação de que Vicky havia sido internado no hospital, todos começaram a olhar para Adah com uma solidariedade do tipo "Eu não disse?". Mesmo a senhoria, que não tinha filhos, conseguiu engolir a novidade de que Adah estava esperando seu terceiro com equanimidade porque na época tinha certeza de que Vicky ia morrer. Só que, três semanas depois, Vicky voltara para casa do hospital, fraco, mas vivo, e com uma vaga na creche esperando por ele. Isso era mais do que os vizinhos podiam tolerar. Adah e o marido teriam de sair dali.

Foi uma surpresa para Francis, que estava convencido de que, pelo fato de que confiara neles e se adaptara a seus parâmetros, seria aceito pelo grupo. Só que se esquecia do ditado iorubá que diz: "Um cão faminto não brinca com um cão de barriga cheia". Francis se esquecia de que, para a maioria dos vizinhos, ele tinha o que eles não tinham. Estava estudando em tempo integral e não precisava se preocupar com dinheiro porque sua esposa ganhava o suficiente para manter a família. Podia ver os filhos diariamente e tinha inclusive a audácia de dar um terceiro à mulher. Nunca se sabe, podia até acontecer de Adah e Francis terem um segundo menino. Pois eles que se afastassem o máximo possível da Rua Ashdown. Todos sabiam muito bem que o casal e os filhos ficariam numa situação muito difícil, mas era exatamente isso que desejavam.

Sempre que pensava em seu primeiro ano na Grã-Bretanha, Adah não conseguia deixar de considerar a hipótese de que a genuína discriminação – se é que o nome correto é esse – que sofrera fora mais obra de seus conterrâneos que dos brancos.

Se os negros pudessem aprender a viver harmoniosamente uns com os outros, se um senhorio caribenho pudesse aprender a não desprezar os africanos, e se os africanos pudessem aprender a contar menos vantagem quanto às riquezas naturais de seus países, talvez houvesse menos sentimento de inferioridade entre os negros.

Fosse como fosse, Francis e Adah precisavam ir atrás de outro lugar para morar. Se tivesse sido possível para eles encontrar uma alternativa, teriam se mudado algumas semanas depois da chegada de Adah a Londres. Só que não fora. Durante os dias e semanas que se seguiram, ela perguntou aos colegas de trabalho se sabiam de algum lugar. Lia e relia todos os anúncios exibidos nas vitrines das lojas. Quase todos esses anúncios incluíam o aviso "Desculpem, pessoas de cor não serão aceitas". Sua busca de casa ficava ainda mais difícil porque era negra; negra, com dois filhos pequenos e grávida de mais um. Estava começando a aprender que sua cor era uma coisa da qual supostamente deveria se envergonhar. Na Nigéria nunca se dera conta disso, mesmo estando entre brancos. Decerto aqueles brancos haviam tido algumas aulas sobre cor antes de ir para os trópicos, porque nunca permitiam que de suas bocas cautelosas saísse a informação de que em seus países o negro era inferior. Mas agora Adah estava começando a descobrir, por isso não desperdiçou seu tempo procurando acomodações em bairros limpos e agradáveis. Ela, que apenas alguns meses antes só teria aceitado o que houvesse de melhor, agora se condicionara a esperar por coisas inferiores. Estava aprendendo a desconfiar de tudo o que fosse bonito e puro. Essas coisas eram para os brancos, não para os negros.

A conclusão teve um curioso efeito psicológico sobre ela. Sempre que entrava em grandes lojas de roupas, automaticamente se dirigia aos mostradores de artigos manchados ou com defeitos, temerosa do que os vendedores da loja pudessem dizer. Mesmo que tivesse dinheiro suficiente para artigos melhores, começava sua busca pelas imperfeitas para depois ir subindo de nível. Era nisso que diferia de Francis e dos outros. Eles achavam que deviam começar pelos artigos inferiores e ficar por lá, porque o fato de ser negro significava ser inferior. Bem, Adah ainda não acreditava inteiramente nisso, mas uma coisa ela sabia: o fato de ser considerada inferior tinha um efeito psicológico sobre ela. O resultado era que ela começava a agir do modo que se esperava que agisse porque ainda era nova na Inglaterra, mas passado algum tempo deixaria de aceitar essa atitude, viesse de quem viesse. Passaria a se considerar tão boa quanto qualquer branco. Só que por enquanto precisava procurar um lugar onde viver.

Todas as portas pareciam trancadas para eles; ninguém considerava a hipótese de acomodá-los, embora eles estivessem dispostos a pagar o dobro do valor do aluguel normal. Adah procurou o quanto pôde, no horário do almoço e ao voltar para casa do trabalho. Depois que ela chegava, era a vez de Francis. Tiveram uma ou duas experiências promissoras, mas foram rejeitados assim que informaram que tinham filhos.

Os senhorios estavam nas nuvens. Finalmente haviam dobrado o casal orgulhoso. Começaram a se queixar de tudo. Quando as crianças choravam, o senhorio batia os pés no assoalho no andar de cima para avisá-los de que estavam incomodando os outros moradores. A senhoria, ainda sem filhos, proclamava que Adah exibia os dela para humilhá-la. Se não fosse assim, por que permitir que as crianças cruzassem seu caminho quando ela saía de casa para buscar água? Ela que trancasse os filhos no quarto. A senhoria se queixava com o marido, dizendo que Adah levava os filhos para baixo só para provocá-la.

Adah não sabia como lidar com a situação. Se dava a impressão de estar se exibindo, sentia muito, porque sabia o que sua Ma havia sofrido por não voltar a engravidar depois do nascimento de Boy. Por causa dessa experiência de infância, Adah aprendeu a não externar o orgulho que sentia dos filhos. Sempre tomava o maior cuidado ao contar a uma mulher sem filhos o que Vicky ou Titi haviam dito, embora pudesse tagarelar infinitamente a respeito com outras jovens mães como ela. Mas o que fazer? Até que disse às crianças que não andassem atrás dela. Mas, francamente, como uma mãe vai dizer aos filhos pequenos que não andem atrás dela quando esses filhos passaram o dia inteiro na creche, sendo cuidados por outra pessoa? O único jeito que essas crianças tinham de olhar para a mãe era andando atrás dela!

O assunto ficava ainda mais difícil porque, mesmo cozinhando no quartinho da família, a única torneira de água para os moradores ficava no térreo. Isso significava que Adah tinha de subir e descer muitas vezes. E, quando ela estava embaixo, as crianças chamavam por ela, querendo ouvir sua voz para se sentirem seguras. Bem, vocês sabem como são as vozes de crianças dessa idade, especialmente aos ouvidos de pessoas que nunca tiveram filhos e que estão sonhando que, quando tiverem, irão educá-las de modo a fazê-las se comportarem como crianças "corretas" desde a mais tenra idade.

Uma das peculiaridades da maioria das línguas nigerianas é o fato de que é possível, com elas, fazer canções sobre qualquer coisa. As donas de casa nativas usavam muito esse método. A esposa mais velha de um casamento polígamo que quisesse ficar em pé de igualdade com a rival mais jovem favorita do marido podia inventar todo tipo de canção sobre a mais jovem. Muitas mulheres podiam mesmo ensinar os filhos a cantar essas canções, cuja função era servir como uma espécie de pressão psicológica sobre a jovem.

Claro, na Rua Ashdown os vizinhos começavam a cantar assim que viam Adah se aproximar. A maioria das canções era sobre o fato de que ela e o marido em breve teriam de ir morar na rua. E, quando isso acontecesse, qual seria a utilidade da instrução de Adah?, perguntavam as canções. Quando isso acontecesse, para quem ela ia exibir os filhos? Tudo tão nigeriano. Tudo tão típico.

A situação atingiu um novo patamar quando o senhorio ficou tão farto deles que resolveu deixar de aceitar o dinheiro do aluguel do quarto. Somente alguém que já viveu esse tipo de situação sabe a tortura emocional que ela pode ser. Adah e Francis eram bombardeados semanalmente com as cartas do advogado fazendo a contagem regressiva para eles, exatamente como, para os astronautas, a do dia do lançamento do foguete. Eles sabiam que não eram bem-vindos; porque eram igbos, porque mantinham os filhos com eles, porque Adah trabalhava numa biblioteca e porque tinham dificuldade em se adaptar ao padrão segundo o qual se esperava que vivessem.

Enquanto isso as canções e risadas iam assumindo uma forma muito mais direta. "Não vejo a hora de ver esse pessoal pegar os pirralhos e sair da nossa casa", dizia a senhoria em voz clara e sonora ao passar pelo corredor, para ninguém em especial, feito uma doida que perambula pelo pátio de um manicômio. Ao chegar ao fim de sua declaração, a mulher largava a cantar uma de suas canções improvisadas, às vezes dançando como uma possessa ao som da melodia. Tudo isso dava nos nervos de Adah, quase a deixando louca. Mas Adah era obrigada aguentar sem reagir na mesma moeda porque, depois de viver a maior parte de seus anos de formação numa escola religiosa privada, esquecera a arte de atacar os outros com canções ofensivas. Às vezes, porém, cantava aos berros *Os sinos de Aberdovey* ou *O bosque de freixos*, só que seus ouvintes não entendiam sobre o que ela estava cantando. E mesmo que entendessem, as canções eram tão inadequadas quanto usar terno e colete numa tarde ensolarada de Lagos. Aquilo se prolongou por tanto tempo que Adah começou a achar que havia perdido a razão. Ria alto de qualquer bobagem, só para mostrar aos vizinhos como era feliz. O engraçado da situação era que ela estava plenamente consciente de que seu comportamento espalhafatoso não tinha razão de ser. Só que parecia que, assim como Francis, perdera o controle da situação. Tal como acontece com a pessoa que vive com um maluco. A pessoa começa a se comportar e agir como um maluco quando vive cercada de malucos. Seria isso que as pessoas chamam de "adaptação"?, matutava.

Duas semanas depois, no quadro de avisos na frente da agência dos correios de Queen's Crescent, Adah leu num cartãozinho azul que havia um quarto disponível. O cartão não falava em "Desculpem, pessoas de cor não serão aceitas". Adah não acreditava em seus olhos. E o quarto vago não ficava muito distante do lugar onde eles moravam: era logo virando a esquina, na Rua

Hawley. Para garantir que o quarto ficaria reservado para eles, resolveu telefonar para a proprietária assim que chegasse à biblioteca. Telefonaria quando os outros funcionários não pudessem ouvir, do contrário eles iam achar que ela estava louca ou algo assim. Tinha tudo planejado na cabeça. Já fazia quase seis meses que trabalhava e falava em Londres, de modo que estava começando a reconhecer os sotaques. Sabia que qualquer branco reconheceria a voz de uma mulher africana ao telefone. Assim, para suprimir isso, apertou as narinas com os dedos como se quisesse se proteger de um cheiro ruim. Praticou diversas vezes no toalete e aprovou o resultado. Estava segura de que a senhoria não a tomaria por uma mulher de Birmingham ou Londres, mas acharia que talvez ela fosse irlandesa, escocesa ou italiana falando inglês. Pelo menos todas essas pessoas eram brancas.

Mas era tolice dela, já que a senhoria acabaria descobrindo. Estava simplesmente dando uma oportunidade à compaixão humana. Quando a senhoria descobrisse que eles eram negros, Adah suplicaria, insistiria para que ela lhes desse um lugar onde morar, pelo menos até seu filho nascer. Tinha certeza de que seu apelo comoveria qualquer um, esquecida de que seu drama não comovera seus conterrâneos.

A voz que atendeu o telefone correspondia à de uma mulher de meia-idade. Parecia ocupada e ofegante. Não era uma voz muito culta, parecia mais a voz de uma mulher esganiçada que vendia repolho no mercado de Queen's Crescent.

Sim, os dois quartos ainda estavam disponíveis. O aluguel era exatamente o mesmo que Francis e Adah pagavam na Rua Ashdown. Sim, reservaria os quartos para eles. Não, não se opunha à presença de crianças. Ela própria era avó, mas seus netos estavam em algum lugar da América. Adah era americana?, quis saber a voz. Pelo jeito de falar, parecia americana, continuou a voz. Ficaria muito feliz em recebê-los, assim mantinham sua casa viva.

Tudo tão amistoso, tão compassivo. Mas o que aconteceria quando a proprietária dos quartos se defrontasse com dois rostos negros? Adah disse para si mesma que seria melhor adiar a descoberta até o último minuto.

Impossível prever, tratou de consolar-se, quem sabe a mulher nem se incomodasse com o fato deles serem negros? Por acaso não havia achado que ela era americana? Adah se deu conta de que nesse ponto talvez tivesse cometido um pequeno equívoco. Deveria ter aproveitado na hora a sugestão da mulher e dito que era americana. Afinal, havia americanos brancos e americanos negros!

Enquanto isso, Adah estava no céu. A mulher abrira as portas para ela e Francis e nada mais importava. Por que imaginar que seriam rejeitados, se a mulher parecia tão exultante? A caminho de casa, na plataforma da estação Finchley de metrô, os olhos e ouvidos de Adah tiveram a sensação de que o trem que deslizou graciosamente à frente dela cantava com ela, partilhando sua felicidade e seu otimismo. Tudo daria certo, parecia que os passageiros silenciosos lhe diziam com os olhos, não com as bocas. Na verdade, por todos os lados, todas as coisas pareciam saturadas de felicidade.

O verão chegava ao fim. O vento que soprava tinha um gostinho outonal. As folhas continuavam nas árvores, mas começavam a secar, penduradas como pássaros prestes a levantar voo. Sua cor era de um amarelo quase marrom. Uma ou duas folhas mais impulsivas já haviam caído, mas eram casos isolados, muito escassos para serem computados. No que dizia respeito a Adah, ainda era verão. As árvores ainda estavam cobertas de folhas, e para ela era isso que importava.

Ao chegar em casa, bateu na porta, impaciente. Francis veio abrir, envergando o casaco de malha verde-claro solto, desabotoado, barriga saliente como a da esposa grávida. As pontas de sua camisa pendiam displicentemente para fora da calça cinza. Ele olhou para Adah por cima dos óculos sem armação, piscando irritado e tentando adivinhar o que dera na mulher para agir daquele jeito provocador numa casa onde ainda eram tratados como mendigos.

"Não olhe para mim desse jeito", ela exclamou, tomada de alegria. "Conseguimos um quarto – não, dois quartos. O anúncio falava em um quarto, mas quando eu telefonei ela disse que havia dois quartos vagos. E, imagine só, vamos pagar só as mesmas quatro libras que pagamos aqui. Dois quartos para nós em Londres!".

A novidade era demais para Francis. Ou antes ele estava lendo, profundamente concentrado, ou dormia, até ser acordado pela pancada de Adah na porta. Em qualquer dos casos, parecia uma pessoa em transe, e precisou de um bom momento para voltar a si. Afinal fez um esforço e conseguiu recuperar o autodomínio.

"Quem, o que, hmm...? Um minutinho. Quem é essa pessoa que nos oferece um quarto, hmm, hmm... dois quartos? É uma pessoa direita? A tal mulher. Quer dizer... ela é direita, não é?".

"Claro que é direita. Vamos ver os quartos hoje à noite. Eu disse a ela que iríamos às nove. Janet fica com as crianças. Precisamos alugar os quartos", Adah explicou, com uma tonalidade musical na voz.

Mas Francis continuou achando que em algum lugar da história havia uma armadilha. Continuou interrogando Adah. "Você disse que falou com ela. De modo que ela ouviu sua voz, não é? Incrível, de fato".

Adah esperava de todo o coração que a mulher os aceitasse. A alegria no rosto de Francis era como a de um menino. Ele sempre a fazia pensar no pequeno Vicky, quando estava feliz. Ela não se iludia com a expectativa de que Francis a amasse. Ninguém nunca o ensinara como amar, mas ele tinha um jeito cativante de ficar com expressão feliz diante dos feitos de Adah. Ela esperava nunca deixar de realizar feitos. Quem sabe isso segurasse o casamento deles até voltarem para a Nigéria.

Antes, os filhos eram um dos grandes feitos que Francis apreciava, mas em Londres o custo, os inconvenientes, até mesmo a vergonha de tê-los haviam corroído o orgulho que sentia dos filhos. Enquanto Adah fosse capaz de trazer pequenos triunfos como aquele para casa, ele manteria aquela expressão satisfeita.

Adah não contou que havia apertado o nariz enquanto falava com a mulher; também não contou que havia marcado a visita para as nove horas porque estaria escuro e quem sabe a mulher não se desse conta a tempo de que eles eram negros. Se pelo menos pudessem pintar os rostos; só até depois de pagarem o primeiro aluguel. Descartou a ideia, sobretudo por saber que Francis não entraria no jogo. Não havia nada que ela pudesse fazer além de torcer para dar certo. Mesmo que no fim tudo saísse errado, sentia-se grata pela felicidade temporária que ela e o marido estavam sentindo. Francis começou a chamá-la de "querida" e falou com ela exatamente como os maridos comuns falam com as esposas. Chegou a se oferecer para buscar as crianças na creche para que Adah pudesse se encarregar da cozinha. Foi como uma hora roubada. Ela até começava a achar que talvez Francis estivesse apaixonado por ela afinal. Tudo o que precisava fazer era aparecer com surpresas como aquela de vez em quando. Não se permitiu imaginar que talvez não conseguissem os quartos. O desapontamento seria um peso grande demais para suportar.

Janet, agora muito amiga de Adah, não precisou de muito convencimento para ir até o quarto deles tomar conta das crianças enquanto eles saíam. Estava tão animada quanto Adah e, antes deles saírem, as duas ficaram imaginando como o apartamento de Adah ficaria bonito. Porque, dizia Janet, dois quartos são um apartamento. Então Adah não sabia?

O ar da noite tinha um fundo de friagem, mas da Ashdown à Hawley era uma caminhada de não mais de dez minutos. No começo os dois andaram depressa, ardendo de esperança. Mas quando se aproximaram da Rua Hawley, Francis começou a assoar o nariz e a ficar para trás, como se estivesse a caminho da castração.

Olhou em torno, ainda tomado pelo entusiasmo daquela tarde, e exclamou: "Deus do céu, este lugar parece um cemitério".

Adah foi obrigada a rir. Uma risada de alívio. De fato, a casa ficava numa área desmantelada em que a maioria das edificações estava em ruínas e as demais em diferentes estágios de demolição. A área tinha um ar desolado como o de um cemitério abandonado. Algumas das casas estavam com os telhados arrancados, deixando as paredes tão nuas quanto Eva, só que sem folha de parreira. As paredes despojadas poderiam ser lápides ou ruínas de casas bombardeadas por Hitler.

Adah não estava preocupada com as ruínas e a demolição, porque quanto mais insalubre o lugar, mais provável a senhoria aceitar inquilinos negros.

Bateram à porta. Uma cabeça miúda de mulher se espichou para fora de uma das janelas, como a de uma tartaruga tomando sol. A cabeça parecia um esfregão sendo sacudido na direção deles. A voz era estridente e parecia ansiosa, como na conversa telefônica daquela manhã com Adah. Pela cabecinha, coberta de cachos soltos, impossível adivinharem a idade da mulher. Mas uma coisa Adah soube dizer: a proprietária daquela cabeça ou não conseguia ver direito ou era daltônica. Ou quem sabe ela de fato não se importasse com a cor deles. Adah começou a tremer, não em decorrência da friagem do ar, mas daquele tipo de calafrio que emana do coração.

"Os quartos, o anúncio no quadro de avisos", gritou Francis para a cabeça trêmula.

"Sim, um minutinho. Já desço para mostrar os quartos a vocês. Esperem um minuto".

Em seguida a cabeça desapareceu. Estava parecendo que eles seriam aceitos como inquilinos. *Deus, por favor, nos ajude*, rezou Adah. Os dois estavam estarrecidos demais para falar. Adah enfiou as duas mãos nos bolsos do casaco para disfarçar a cintura saliente. Lembrou-se de que não havia dito à mulher que em menos de quatro meses haveria mais um pequeno Obi no grupo. Esse era um problema a enfrentar no futuro. Por enquanto, teria de deixar o bebê na sombra.

Puderam acompanhar os passos leves descendo as escadas. Mesmo Francis estava começando a ficar confiante. A mulher não se importava com o fato de haver negros vivendo em sua casa. Os passos ecoaram na entrada e as luzes se acenderam. Chegara o momento da verdade, pensou Adah. As luzes sem dúvida os mostrariam como eram. Negros.

A porta estava sendo aberta...

No início Adah achou que a mulher estava prestes a ter um ataque epilético. Ao abrir a porta, apertou a própria garganta com uma das mãos, enquanto sua boquinha se abria e fechava como se ela estivesse se afogando e necessitasse de ar, e seus olhos brilhantes, de gato, se dilataram até atingir a máxima extensão possível. Mais de uma vez ela tentou falar, mas o som não saía. Era visível que tinha a boca completamente seca.

Depois de algum tempo, a mulher conseguiu falar. Ah, sim, encontrou sua voz, onde quer que ela tivesse se escondido logo antes. Aquela voz agora lhes dizia que ela sentia muito, os quartos haviam sido tomados pouco antes. Sim, os dois quartos. Fora uma tolice de sua parte, admitia, devia tê-los informado agora há pouco, da janela do andar de cima. Mas deixaria os nomes deles anotados, porque tinha certeza de que em breve haveria outro quarto disponível um pouco mais adiante na mesma rua. Apontou para algum ponto da terra devastada logo abaixo. Se havia alguma casa na direção que o dedo da mulher apontava, só ela era capaz de vê-la. Adah e Francis só conseguiam ver ruínas amontoadas. Esperava que eles compreendessem. O quarto havia sido tomado agora mesmo. O ar lhe faltava, estava nervosa e até amedrontada enquanto explicava.

Francis e Adah ouviram calados àquela enxurrada de palavras. Adah nunca se defrontara com rejeição como aquela. Não assim, diretamente. Rejeição por uma criatura como aquela, encolhida, de corpo trêmulo, cabelo desgrenhado, desfeita, suja e malcuidada, tentando explicar-lhes que eles eram inadequados para uma casa semiabandonada e provavelmente condenada, cujas escadas rangiam. Só porque eram negros?

Ficaram ali, como se tivessem criado raízes. A mulher amedrontada queria muito que eles se retirassem. Implorou-lhes outra vez que entendessem que os quartos não estavam livres. Seus olhinhos dardejaram na direção de Francis, e Adah teve certeza de que a mulher ia soltar um grito de pavor, porque o rosto dele estava com um aspecto terrível. Todas as letras que formavam a palavra "ódio" pareciam gravadas indelevelmente nele, como entalhes numa pedra. Francis fitava aquela mulher e parecia olhar para além dela. Ela começou a fechar a porta com firmeza. Esperava uma oposição que não encontrou. Adah não conseguiu nem externar a súplica que havia ensaiado. Aquele era um choque que ela nunca esqueceria.

"Vamos", disse Francis.

Os dois se afastaram em silêncio. Adah não conseguiu se conter. Precisava começar a gritar ou então falar tudo que lhe viesse à cabeça. Primeiro contou a Francis a história de Jesus. Contou por um tempo infinito como eles haviam sido recusados em todas as casas decentes e como Maria teve o bebê na manjedoura.

Francis dava a impressão de estar em outro mundo, sem ouvir o que ela dizia. Não havia nada que Adah pudesse fazer senão continuar falando e tentar acompanhar as passadas de Francis, embora ele agora andasse depressa, como se demônios o perseguissem. E então de repente ele estacou. Adah levou um susto. Será que ia matá-la ali mesmo?, pensou.

Mas Francis não encostou a mão nela. Limitou-se a dizer: "Daqui a pouco você vai começar a contar para todo mundo que está esperando um novo Jesus. Mas se é assim, em breve vai ser obrigada a procurar seu próprio José".

"Mas Jesus era árabe, não era? Ou seja, para os ingleses, Jesus é de cor. Todas as estampas mostram Jesus com o tipo de pele de cor clara, como a sua. Ou seja, você não vê que essa gente adora um homem de cor e mesmo assim se recusa a acolher uma família de cor em suas casas?".

Se Francis estava ouvindo, não deu sinal disso. Provavelmente percebeu que Adah precisava falar, porque não a mandou se calar. Parecia estar apreciando ouvir a voz dela, mas sua mente não registrava o que ela dizia.

Exausta, Adah parou de falar. Estavam chegando em casa, na Rua Ashdown. Estavam se dando conta de que agora só um milagre os salvaria.

E o que os salvou foi praticamente um milagre.

O GUETO

Outro grupo de nigerianos já viera para a Inglaterra. Esse grupo de homens chegara no fim da década de 40, quando a Nigéria ainda era uma colônia. Mesmo durante o regime colonial, eram homens da classe média nigeriana. Eram instruídos, haviam estudado em boas escolas secundárias ou seus equivalentes, suficientemente qualificados para ocupar cargos administrativos no serviço público do país. Esses homens estavam a par da situação política mundial e sabiam que o colonialismo, tal como acontecera com o comércio de escravos, em breve se tornaria caro demais para os amos coloniais; que o desenlace seria a independência – num movimento semelhante ao da libertação dos escravos quando sua manutenção se tornara excessivamente cara. O último prego do caixão havia sido a independência da Índia. Logo chegaria a vez deles. Em breve a Nigéria se tornaria independente.

Esses homens estimavam que com a independência viria a prosperidade, o momento de terem um governo independente, além de disponibilidade de empregos de alto nível e mais dinheiro, dinheiro à bça. Só que era preciso ter qualificação para esses empregos, pensavam eles. O único lugar capaz de assegurar essa qualificação, esse passaporte para a prosperidade, era a Inglaterra. Era preciso ir para a Inglaterra, fazer cursos rápidos de direito e voltar para governar seu país. O que poderia ser mais adequado?

A reação que se seguiu a essa percepção repentina se espalhou como incêndio na mata. Homens responsáveis, ocupando altos postos no serviço público, jogaram seus empregos para o alto, acertaram as contas, se demitiram, abandonaram os filhos, entregaram vinte libras ou algo assim às esposas analfabetas, e fizeram as malas para a viagem ao Reino Unido em busca de treinamento, em busca de qualificação. A qualificação que faria deles homens livres, livres para governar a Nigéria, livres para ocupar empregos bacanas e possuir carros americanos, enormes e cintilantes, dotados de aletas traseiras. A qualificação que os habilitaria a declarar as velhas esposas analfabetas obsoletas e os autorizaria a tomar por esposas mulheres com formação universitária – recentíssimas na Nigéria. Sim, sim, o Reino Unido faria muito por esses homens.

Para correr atrás desse sonho, ou dessa realidade, ou de seja lá o que fosse que preferissem denominá-lo, eles venderam tudo, abandonaram tudo o que haviam considerado importante. Eram como aqueles homens da Bíblia a quem Jesus dissera que vendessem tudo o que possuíam e o seguissem. Os homens da Bíblia tinham pouco a perder. Somente suas redes de pesca. Mas os nigerianos tinham muito: esposas, status, empregos e muitos, muitos filhos. As mães dessas crianças, mesmo que pouco convencidas quanto ao plano dos maridos como um todo, mesmo que preocupadas com o que seria delas e de suas proles, não ousaram dizer nada, do contrário teriam ficado marcadas como mulheres malignas, que travavam o avanço de seus ambiciosos maridos. Claro, os maridos prometeram às esposas que seriam melhores maridos, pais bondosos e ricos para os filhos, homens de quem todos se orgulhariam quando e se voltassem da Inglaterra. Os filhos, pobrezinhos, quase sempre ficavam exultantes por ter um pai no Reino Unido. Mas, se voltaram a ver seus pais, ou se estes foram mesmo pais melhores por terem ido para a Inglaterra, é coisa que não chegou ao conhecimento de ninguém.

Como é bem sabido nesses casos, muitos receberam o chamado, mas poucos foram os escolhidos. Boa parte da primeira geração de políticos nigerianos – que brotaram por toda parte, como cogumelos, depois da independência – veio desse grupo de homens. Na verdade, alguns deles chegaram lá; homens que voltaram para a Nigéria equipados com diplomas em direito e um belo talento para a loquacidade na oratória. Haviam adquirido um repertório de termos políticos que lhes permitia transformar a reivindicação básica por alimentos suficientes para todos numa lenga-lenga atraente que deixava os ouvintes perdidos na barafunda de palavras longas, palavras de dar câimbra no queixo. Alguns desses ouvintes por vezes se perguntavam se não estavam em melhor situação sob o domínio dos brancos, que pelo menos se davam ao trabalho de aprender o inglês pidgin que os nigerianos conseguiam entender.

Nada de preocupante, porém; ser independente e aprender a ser um estadista de calibre mundial exigia certas coisas. Era preciso habilidade retórica, mesmo que desprovida de sentido!

Mas a maioria dos homens que foram em busca do reino dos eleitos não chegou lá. Como as sementes daquele semeador da Bíblia, caíram ao pé do caminho e vieram as aves e os comeram. Vieram para a Inglaterra, não conseguiram tomar pé, buscaram consolo nos bares, se envolveram com o tipo de mulher que frequentava os bares – porque isso era logo depois da guerra, quando muitas dessas mulheres sem compromissos circulavam pela cidade –, o que, é claro, significou o fim dos estudos de direito e a feliz inauguração de uma casa cheia de crianças mestiças! Quase todos os que falharam se casaram com mulheres brancas. Talvez fosse a única maneira de recompensar seus egos. Ou seria um jeito de acertar as contas com os senhores coloniais? Qualquer mulher servia, desde que fosse branca. O conjunto de homens africanos que começou a fazer distinção entre as mulheres com e sem estudo surgiu mais tarde. Mas, para aqueles homens que não chegaram lá, com estudo ou sem estudo dava no mesmo, irlandesa, inglesa ou grega dava no mesmo. A mulher era branca. Quando se lembravam, tinham pontadas de culpa pensando nas famílias que haviam ficado na Nigéria, mas sufocavam a culpa com o consolo de que, afinal, agora eram casados com brancas. Isso, pelo menos, não teria sido possível na Nigéria. Quando se lembravam do sonho original, o sonho de estudar direito e entrar para a elite em seu país recém-independente, sepultavam-no no fundo de seus corações amargurados. Era um desapontamento tão imenso, amargo demais para ser posto em palavras. Quando esses homens caíam de forma assim catastrófica, seus sonhos viravam pó dentro deles. O sonho de se tornar um aristocrata se transformava na realidade de ser um negro, um joão-ninguém, um cidadão de segunda classe.

Havia um velho nigeriano, o nome dele era sr. Noble – pelo menos era como o chamavam na época, sr. Noble, mas Adah ficou sabendo mais tarde que não era esse o nome que ele havia recebido do pai e da mãe. O nome lhe fora dado ao chegar à Inglaterra, ao tornar-se uma pessoa sem importância, quando virou de segunda classe. No início dos anos 60, quando Adah conheceu esse homem, corria todo tipo de história a seu respeito. Essas histórias eram tantas, tão embaralhadas e tão contraditórias, que ele se transformou numa lenda viva. A versão relatada a Adah era a de que ele era um funcionário público aposentado, único filho de um certo chefe na cidade de Benim, que possuía seis esposas e cerca de vinte filhos, e que abandonara todos eles para ir para a Inglaterra estudar direito. Mas, em poucas palavras, fracassara em seu projeto.

Seu fracasso resultara de um grosseiro erro de cálculo. A pensão e a gratificação que trouxera consigo não eram suficientes nem para o teste de seleção, nem para a matrícula, nem para seja lá o que fosse que chamassem aqueles exames na época. Foi reprovado repetidas vezes e seu dinheiro se evaporou, como se o tivesse usado para apostar em jogos de azar. Mas o sr. Noble não se abateu. Ia trabalhar e estudar. Procurou emprego em todos os escritórios que sua mente desapontada conseguiu imaginar, sem sucesso. Então resolveu ser ascensorista do elevador de uma estação do metrô. Seu trabalho era gritar "Cuidado com as portas!" o dia inteiro e recolher as passagens e às vezes o dinheiro dos que tentavam viajar sem pagar a tarifa. Se estava decepcionado com o trabalho e com a situação em que se encontrava, afogou sua insatisfação na bebida, frequentando bares e boates. Seus companheiros de trabalho não eram maus. Gostavam dele porque o transformaram num palhaço, num bobo da corte. Invariavelmente lhe pediam que executasse algum truque africano, só para dar risada, e o sr. Noble sempre fazia o que lhe pediam. Ninguém sabia o que havia dado errado, mas fato é que o sr. Noble começou a se comportar como uma criança. Quem foi que disse que a sociedade é que nos constrói? Teria sido Durkheim? Bem, se Durkheim disse isso ou algo semelhante, tinha razão no caso do sr. Noble. Ele deixou de ser um homem respeitado por seus méritos e virou palhaço para homens com idade para ser seus filhos. Em certa ocasião lhe pediram para tirar as calças; seus companheiros queriam verificar se os africanos tinham ou não tinham cauda, porque era isso que lhes contavam durante a guerra. Adah se lembrava do pai dizendo uma coisa do tipo a alguns de seus amigos, mas era jovem demais para entender. Quando ficou sabendo do caso do sr. Noble, compreendeu que aquelas histórias eram mesmo contadas. Fosse como fosse, o sr. Noble tirou as calças em troca de uma caneca de cerveja. Foi nessa ocasião que se tornou suficientemente popular, popular e generoso, para ser rebatizado com o nome "Noble". Era um homem tão nobre que fazia qualquer coisa por seus companheiros, até tirar as calças!

De modo que o sr. Noble gostou do nome, que grudou nele como uma sanguessuga. Descobriu que, quando se apresentava como sr. Noble, as coisas ficavam muito mais fáceis para ele. Pelo menos seu nome era inglês. Mas, numa tarde tranquila, suas apresentações cômicas quase o mandaram para junto de seu Criador. Adah não sabia muito bem o que acontecera de fato. A história era ilógica demais, mesmo para a ficção. Mas as pessoas acreditavam que era aquilo mesmo que ocorrera. O sr. Noble tinha seus ombros para apresentar como prova, portanto devia haver alguma verdade na coisa.

A história era que, numa tarde em que não havia muito movimento no elevador, um dos colegas do sr. Noble lhe dissera para operar o elevador manualmente, sem usar a eletricidade disponível. O sr. Noble sempre falava que os africanos eram muito fortes. Naquela tarde lhe disseram para provar isso em troca de uma caneca de cerveja. O sr. Noble se inclinou, como um grande bobo, para encaixar o elevador sobre os ombros. Só Deus sabe como aquele cérebro confuso lhe disse que seria capaz de fazer aquilo, mas, mesmo assim, ele fez a tentativa só para provar como era forte. Em troca de uma caneca de cerveja. Alguma coisa no elevador grunhiu, se retorceu e despencou por cima dele, aprisionando seu ombro. Os colegas se apavoraram. Alguns fizeram menção de sair correndo, mas dois ou três não conseguiram ficar surdos aos gemidos de cortar o coração que o sr. Noble soltava. Era um som horrendo: o som que um homem provavelmente produziria se estivesse sendo esquartejado vivo, logo antes de perder a consciência. Os colegas tentaram ajudá-lo. Puxaram e bufaram à porta do elevador, mas o ombro do sr. Noble estava preso em meio à ferragem retorcida. O socorro acabou aparecendo, o sr. Noble foi levado às pressas para o hospital. Não o operaram, mas aquele ombro direito ficou inutilizado pelo resto da vida. Mais adiante o braço inteiro foi afetado, a ponto do sr. Noble dar a impressão, a um primeiro olhar, de ser um homem de um braço só. Seu ombro ficou permanentemente deslocado.

As autoridades ferroviárias foram muito generosas. Pagaram-lhe uma quantia rechonchuda para compensá-lo pelo ferimento, que foi tratado como acidente de trabalho. Todos os seus colegas foram ao tribunal depor a favor dele. Foi assim que Pa Noble recebeu sua segunda pensão.

Dessa vez ele tomou a decisão de encarar a realidade. Suas esperanças de algum dia se tornar um advogado cheio de erudição sumiam vertiginosamente, de modo que investiu o dinheiro recebido na compra de uma velha casa geminada, na Willes Road, logo ao lado da estação Kentish Town. Só teve condições de pagar a mais barata que encontrou, pois não queria ficar preso a uma hipoteca infinita. De todo modo, não tinha como obter uma hipoteca e foi obrigado a pagar à vista. Hipotecas e coisas do tipo eram para pessoas em empregos plenos, jovens e, na época, brancos, sobretudo.

A compra da casa embutia uma grande armadilha, mas, na época, levado por uma onda vigorosa de otimismo, o sr. Noble caiu nela. A casa tinha três pisos, e os dois pisos superiores eram ocupados por duas irmãs que haviam nascido na casa. Quando Pa Noble ficou sabendo, disse para si mesmo que as duas mulheres fatalmente se mudariam assim que soubessem que o novo senhorio era negro. Ledo engano. Não sabia o que significava ter um inquilino com aluguel controlado. Achava que ser dono de uma casa na Inglaterra fosse como ser dono de uma casa na Nigéria, onde o proprietário desfrutava de maior liberdade com o que lhe pertencia. Nunca ouvira falar numa situação em que o senhorio fosse mais pobre que os inquilinos. Não sabia que a lei podia ser tão incisiva em defesa do inquilino. Comprara a casa sonhando com todos os melhoramentos que ia fazer com o belo aluguel que passaria a receber quando as irmãs brancas se mudassem.

Mas as duas mulheres não só se recusaram a sair da casa como se recusaram a pagar mais aluguel – de menos que uma libra por semana pelos dois andares. O sr. Noble foi diversas vezes até a prefeitura, em Euston, para se queixar do caso, mas não havia nada que os funcionários pudessem fazer. Era a lei. Ninguém podia pôr para fora um inquilino que pagava aluguel controlado, nem subir o aluguel, nem mesmo no caso de querer usar o dinheiro para fazer melhorias. O sr. Noble achou que ia ficar maluco.

E seus problemas não ficaram por aí. Deixou de frequentar bares, mas não antes de conseguir uma das mulheres que os frequentavam. Essa mulher – seu nome era Sue – começou a fazer o papel que lhe cabia, abençoando o sr. Noble com filhos e mais filhos. A coisa chegou ao ponto de não haver mais lugar na casa para as crianças dormirem. O sr. Noble foi de novo ao tribunal, mas perdeu. As duas idosas eram inquilinas com aluguel controlado. Ele não poderia despejá-las, muito embora o filho de uma delas, de quarenta anos de idade e subgerente num escritório, morasse com a mãe. Ele também se recusava a pagar um aluguel mais alto ao sr. Noble.

A resistência do sr. Noble chegou ao fim. Depois de passar a maior parte da vida na Nigéria, numa aldeia onde a maioria das pessoas sabia como aplicar pressões psicológicas umas nas outras, o sr. Noble resolveu usar aquele tipo de recurso. Disse às velhas senhoras que a mãe dele era a maior feiticeira de toda a África negra. Disse-lhes que tinha se queixado delas com sua grande mãe, e que ela iria matá-las. Passou a cantar e dançar uma canção com essa ameaça até mesmo quando via as velhas senhoras na rua. Se elas ficaram assustadas, fingiram que não. Mas o sr. Noble sabia que elas estavam começando a sentir medo dele. Encontrava-se em campo seguro, porque aquelas pobres criaturas, que estavam presas na mesma situação em que ele mesmo estava, não tinham como provar sua crueldade psicológica no tribunal. Faziam de conta que o ignoravam. Enquanto isso, o sr. Noble dizia a todo aquele que quisesse ouvi-lo que denunciara as duas senhoras à sua falecida mãe. Muitos africanos levavam-no a sério porque esse tipo de coisa acontece na Nigéria. Mas os europeus que o ouviam descartavam o que ele dizia como desvarios de um louco. Sua mulher, Sue, achava graça em tudo aquilo.

E então chegou o grande inverno de 1962 e 63. Fazia tanto frio que muitos idosos não conseguiam nem sair para deixar as garrafas vazias de leite do lado de fora da porta para o leiteiro. As paredes da casa do sr. Noble começaram a se ressentir da pressão do clima. Ele não podia repará-las porque as velhas inquilinas não pagavam aluguel suficiente. Uma delas morreu. O sr. Noble proclamou que sua falecida mãe finalmente estava agindo para favorecê-lo. O clima frio não cedeu. Continuou. Nevou incessantemente durante semanas. Numa das semanas gélidas que se seguiram, a outra irmã morreu. O filho fugiu aterrorizado.

O sr. Noble se gabou: "Eu disse a elas. Minha velha mãe, de seu túmulo, acabou com elas". Mas o que o sr. Noble não contou aos amigos foi que o telhado da casa estava com goteiras, que as escadas eram geladas e rangiam, que as paredes ficavam úmidas e que as vidraças estavam rachadas. Mas a história colou. Virou assunto em conversas sussurradas sobre o poder do sr. Noble. Todos sabiam que ele detinha o poder de matar.

Durante algum tempo, o sr. Noble se regalou com a popularidade que a história lhe proporcionava, mas deixou de regalar-se quando viu que ninguém queria morar em sua casa. A casa era velha demais, maltratada demais para qualquer família branca. De modo que passou a contar com seus conterrâneos da Nigéria para ocupar os aposentos vazios. Estava informado quanto à escassez de alojamento que eles enfrentavam. Mas as pessoas sempre hesitavam diante da ideia de morar em sua casa. Os poucos que o fizeram, fizeram-no apenas como quebra-galho enquanto não encontravam outro lugar. Ninguém queria ficar por muito tempo. Por isso os quartos de Pa Noble estavam quase que invariavelmente desocupados.

Francis e Adah ficaram sabendo que Pa Noble tinha um quarto disponível. Conheciam a história das irmãs mortas; haviam ouvido comentários sobre o grande poder que ele tinha sobre os outros; também estavam cientes de que a esposa dele, Sue, era uma mulher imunda, que invariavelmente roubava pequenos pertences dos inquilinos. Mas para onde iriam? O bebê de Adah nasceria em alguns meses, o inverno se aproximava depressa e o atual senhorio não queria saber de mudar de ideia. No começo Adah se recusou a ouvir as indiretas de Janet e a falar a Francis sobre a possibilidade de irem conversar com os Noble. Continuava esperando que não fosse necessário chegar a esse ponto.

Mas foi o que aconteceu; quando não tinham mais que dois dias do prazo estendido que o advogado do senhorio lhes concedera, Adah resolveu tocar no assunto com Francis. Tomou o cuidado de escolher o momento certo. Esses momentos costumavam ocorrer quando Francis estava cheio de desejo por ela. Ela o estimulava a ir em frente e aí suscitava discussões importantes, por exemplo, onde eles iam viver. Nessa ocasião específica, Francis parecia um touro enfurecido.

"Por que você precisa vir falar nisso justo agora, às três da manhã? Por quê, sua bruxa do mal? Então um homem não pode mais sentir desejo pela mulher?", ele explodiu, sacudindo Adah brutalmente pelos ombros.

Adah gemeu de dor, mas estava decidida a não se render. Não enquanto eles não falassem dos Noble e não decidissem onde o bebê ia nascer. Tudo bem para Maria ter o dela num estábulo em Belém, mas aquilo fora séculos atrás e no deserto, onde sempre fazia calor. Não na Inglaterra, onde às vezes, no inverno, fazia um frio de necrotério. Pelo menos era o que haviam dito a Adah. Francis precisava ser obrigado a falar no assunto, e aquele era o único jeito. Três da manhã era o único horário adequado. Uma hora em que já estava tarde demais para que Francis corresse para uma de suas namoradas em busca de ajuda; a hora em que só Adah poderia atender a todas as suas vontades; a única hora em que ela e somente ela, de todas as mulheres do mundo inteiro, poderia satisfazê-lo. Adah sabia a que ponto Francis ficava vulnerável em momentos como aquele, por isso sentou-se na beirada da cama, com pouca roupa sobre o corpo, cobrindo a cabeça com as mãos e olhando para baixo, para a barriga protuberante.

A voz de Adah também fazia parte da cena, uma voz grave e sussurrada, mas ela insistiu no que desejava: "Nós vamos ou não vamos falar com os Noble?".

"Vamos, vamos, vamos sim", respondeu Francis, jogando-se para cima dela. Ela se esquivou, o que irritou seu marido, que perguntou: "Que droga, o que você quer mais? Eu já lhe disse que a gente vai falar com eles. O que mais você quer?".

Adah agora estava em pé ao lado da pia, com muita vontade de rir de Francis, também de pé, todo inflamado. A que ponto todos nós nos parecemos com os animais quando estamos consumidos por nossos desejos fundamentais, pensou Adah, parada ao lado da pia como uma sedutora cruel atraindo seu macho para a destruição. Para ser confundido com um gorila, Francis só precisava dobrar um pouco os joelhos.

"Sim, eu ouvi o que você disse, mas quero que a gente vá até lá amanhã, para, se possível, fazer a mudança no fim de semana", declarou ela, sem ceder terreno, voltando para baixo os grandes olhos cansados. Se o encarasse, o truque deixaria de funcionar.

Francis prosseguiu, implorando, como um tolo: "Ah, sim, vamos amanhã. É só isso que você queria? Já recusei alguma coisa que você tenha pedido? Por acaso você não é como minha mãe neste país? Alguma vez me recusei a obedecer a uma ordem sua?".

Nesse ponto Adah teve de rir. Ordem sua, francamente! Como os homens podem ser engraçados! Seu riso era de zombaria, mas Francis o entendeu como um riso de aquiescência. Agora era melhor ceder a ele, do contrário poderia vir pancada. Adah aceitou o que lhe foi dado a partir daí e, pela noite inteira, orou esperando que seu bebê não nascesse três meses antes do tempo. Ouviu o sino da igreja dar sete horas, e Francis rolou para seu lado da cama, como um bêbado exausto. O assunto estava encerrado, mas eles iam falar com os Noble.

Era um dia úmido e ventoso de setembro. O outono já se avizinhava. O vento jogava a chuva fria em seus rostos, mas os corações deles estavam em pânico, e seus passos, hesitantes. Mesmo assim, avançavam. Estavam a caminho da casa dos Noble. Francis não se esquecera da promessa da noite anterior. A Willes Road era estreita e, depois de uma curva, desembocava na Prince of Wales Road.

Quem entrasse na Willes Road vindo de Queen's Crescent dava com uma rua de aspecto sombrio e pouco acolhedor, mas mais adiante, na parte próxima à Prince of Wales Road, ela se alargava e exibia um conjunto bem preservado de casas geminadas em estilo eduardiano, com jardins fronteiros lindamente cuidados. Essas casas – as limpas, bonitas da rua – pareciam pertencer a um bairro diferente; na realidade, a um mundo diferente.

Como era de esperar, a humilde morada do sr. Noble estava situada no meio da parte sombria da rua. Havia uma edificação portentosa em curva para a direita no trecho central da rua, separando a parte alegre da parte sombria, como se sua firme intenção fosse separar os pobres dos ricos; as casas do gueto; os brancos dos negros. A ponta saliente dessa edificação era uma espécie de fronteira social, sólida, visível e inamovível. O edifício, construído com tijolos vermelhos, era uma escola ou algo assim, e chegava exatamente à frente da casa do sr. Noble, de modo que uma de suas pontas dava para o lado bom da rua e a outra para seu lado ameaçador. A casa do sr. Noble não precisava de descrição. "Vá até a Willes Road e pergunte pela casa do negro, que lhe mostram onde fica", dissera Janet, com toda a razão. Francis e Adah não tiveram dificuldade em encontrar a casa. Ela era inconfundível.

Pelo aspecto, era a casa mais antiga da rua, ensanduichada entre duas casas pertencentes a uns gregos. Essas casas também eram velhas, mas haviam sido pintadas havia pouco e seus jardins fronteiros ainda tinham flores. Nas janelas havia cortinas brancas rendadas, e nas portas, aldravas de bronze. A casa do sr. Noble parecia um anão entre dois gigantes. A dele era negligenciada. O jardim da frente abrigava pilhas de lixo acumulado, e a cerca precisava de conserto. A casa inteira pedia uma demão de tinta.

Francis bateu à porta usando a aldrava curva, escurecida. A pancada fraca e vacilante foi engolida pela música altissonante que saía do televisor. Era no tempo em que os Beatles ainda eram garotos bonitos executando seu lance de "He loves you, yeah, yeah". O "yeah, yeah" ecoava pela casa. Francis teria que bater com mais força. Adah quis dizer a ele que fizesse isso mesmo, mas resolveu ficar quieta, do contrário eles entrariam na casa dos Noble discutindo qual dos dois tinha razão e qual era um tonto.

A intensidade das pancadas foi num crescendo, da primeira pancada suave até uma última estrondosa. A casa inteira tremeu e duas janelas com cortinas, dos dois lados da porta, executaram estranhos movimentos, como se estivessem ocultando os curiosos. Francis olhou desesperadamente para a direita e para a esquerda, como um homem que considera a hipótese de sair correndo. Adah olhou para ele, o rosto silencioso e triste indagando o que ele ia fazer. Francis pensou melhor no assunto. Talvez evocando o preço que fora obrigado a pagar para vir até ali, resolveu esperar.

Então ouviram um par de pés se arrastando num assoalho recoberto por linóleo. O dono dos pés não estava com muita pressa, vinha com toda a calma, isso era certo. A porta se abriu um pouquinho e alguém espiou pela fresta para vê-los. A pessoa ficou ali olhando durante um tempo que pareceu séculos, quem sabe avaliando o casal para decidir se Adah e Francis deveriam ou não ser admitidos no interior da casa.

Em seguida, repentinamente, ouviram uma risadinha engraçada. O tipo de risada em geral associadas a fantasmas, em lugares como a tumba de Tutancâmon. Era como o som produzido por um sapo velho. O sr. Noble tinha inclusive o aspecto de um fantasma negro, pois sua cabeça era desprovida de cabelos e ele parecia ter tingido a pele da cabeça de preto. Passaram-se alguns instantes até Francis e a mulher se darem conta de que o ruído rouco era a forma de Pa Noble lhes dar as boas-vindas.

O ruído foi diminuindo lentamente de intensidade, até ser substituído por um sorriso num rosto; o rosto de um velho. Um rosto que sofrera os maus-tratos de uma enxurrada de chuva africana, que tostara quase ao ponto de torrar, por anos e anos de sol nigeriano direto, e que mais adiante, na Inglaterra, fora assolado por muitos ventos cortantes, hibernais; um rosto coberto de mágoas, frustrações e, quem sabe, de alegrias ocasionais, como uma esteira de juta. Estava tudo ali, no rosto de Pa Noble, tal como uma lenda indelével gravada pela Mãe Natureza em um de seus filhos. No centro de seu pescoço, havia uma cavidade. Dois ossos proeminentes formavam um triângulo que emoldurava essa cavidade, e sempre que Pa Noble falava, algo que parecia um naco de carne no interior de sua garganta dançava assustadoramente naquela cavidade emoldurada, e o observador começava a ser tomado pelo impulso de implorar que ele parasse de falar. Mas essa era a última coisa que Pa Noble podia fazer; ele nunca parava de falar. Ele parecia um velho moribundo ansioso para contar tudo ao mundo dos vivos antes de atravessar para o outro lado e sua voz ser silenciada para toda a eternidade. Para realçar o que estava dizendo, o que fazia com grande frequência, Pa Noble engolia.

O velho abriu mais a porta e deu as boas-vindas a Adah e Francis. Foi então que mostrou as mãos. Eram mãos tão semelhantes a garras... encarquilhadas, mais negras que o negro usual; na verdade pareciam tocos calcinados a que estavam presos dedos diminutos, igualmente negros. Quanto ao braço deslocado, fazia qualquer um pensar naquelas pobres crianças vítimas da talidomida. Pa Noble se aproximou para poder apreciar melhor os dois visitantes. Foi nesse momento que removeu os enormes óculos quadrados para fitá-los uma e outra vez, como um morcego cego. Seus olhos ficavam fundos em relação ao rosto: posicionados em cavidades profundas. Adah não conseguia ver direito o branco daqueles olhos, mas mesmo assim teve a impressão de estar sendo examinada por um par de olhos travessos, muito sábios e muito velhos. Eram olhos tão intensos, tão precisos, mesmo estando assim afundados naquele rosto... Adah se esquivou do acolhimento efusivo do sr. Noble. As palavras e frases que ele pronunciou eram cordiais, mas aqueles olhos, aquele rosto, aquela risada! Adah pediu a Deus que fizesse o sr. Noble pôr de novo os óculos. Pelo menos assim as duas covas ficariam cobertas. Era por isso que ele usava óculos? Para cobrir as cavidades da caveira? Sem a menor dúvida, ele dava a impressão de ver melhor sem os óculos.

Deus ouviu as preces silenciosas de Adah, e o sr. Noble recolocou os óculos. Estava vestido com camadas e mais camadas de roupas, coletes, camisas e velhos moletons, e, por cima de tudo, uma japona de outra encarnação, com bolsos desbeiçados. As calças pareciam ter pertencido originalmente a alguém maior que ele: ficavam soltas como as roupas de uma marionete de televisão. Os pés estavam cobertos por inúmeras meias de lã derreadas nos tornozelos, pois as sanfonas elásticas já não funcionavam havia muito. O conjunto todo, os pés e as meias esgarçadas, estava enfiado em dois grandes chinelos desemparelhados. Um dos chinelos era de couro marrom, o outro de lona azul. A aparência daquele homem correspondia exatamente à descrição que as pessoas faziam dele: um feiticeiro.

"Entre, entre, *igawo*". *Igawo* é a palavra iorubá que designa uma jovem esposa, não necessariamente uma noiva. O sr. Noble devia ter tido a impressão de que Adah era muito jovem. "Entrem e sejam bem-vindos", disse, exibindo os dentes cintilantes. Deus tinha piedade: dar aqueles dentes perfeitos a um velho tão feio. Aqueles dentes davam vida ao rosto, fazendo-o adquirir alguns traços de humanidade.

Pa Noble puxou Adah e Francis para dentro. Os dois entraram no vestíbulo e esperaram que ele fechasse a porta.

De repente, outra voz se ergueu acima do som da televisão, mais alta do que os Beatles. A voz era de mulher; sonora, autoritária e direta.

"Papa! Papa! Quem é? Quem é, Papa? Papa? Pa...".

"Visitas!", grasnou o sr. Noble, quase perdendo a velha voz na tentativa de falar. O calombo em sua garganta dançou furiosamente. "Visitas", repetiu, dessa vez num tom mais grave, enquanto conduzia as duas criaturas trêmulas até a sala.

Quando eles entraram, o aposento hiperaquecido, a televisão aos berros e a atmosfera sufocante se combinaram para recebê-los com um poderoso bafejo. A peça era pequena. Uma vasta cama de casal ocupava parte considerável do espaço. Do lado oposto à cama havia uma mesa onde se amontoavam todos os tipos de artigos infantis: mamadeiras, um prato de plástico, roupas. No centro da barafunda se erguia a majestosa televisão, trombeteando com gosto, como se quisesse fazer notar sua presença em meio àquela tralha descorçoante. Havia resíduos infantis acumulados por toda parte, no assoalho e nas cadeiras; nem as paredes haviam sido poupadas de pequenas manchas. Havia pilhas e mais pilhas de roupas em diferentes graus de limpeza sobre lugares desconfortáveis. Uma criança dormia na cama, aparentemente cansada demais para ser perturbada pelo barulho. Sentada bem perto da criança, com os pés esticados diante de si, havia uma mulher: a sra. Noble.

A sra. Noble era uma mulher de ossos sólidos, de Birmingham, ainda jovem e ainda bonita, com uma cascata de cabelo acaju solta sobre os ombros. Seus olhos azuis eram diretos e francos, e pareciam decididos a descobrir na mesma hora o que trazia Francis e Adah até ali. Aqueles olhos estavam sempre desconfiados das pessoas. O cabelo, assim solto e espesso e cacheado em alguns lugares, lhe dava o aspecto de uma beldade cigana selvagem. Se ela estivesse usando brincos, Adah teria jurado que a sra. Noble era a mesmíssima mulher que a abordara semanas antes em Queen's Crescent dizendo-lhe que teria sorte com os homens e muitos namorados.

Os olhos dela, em seu rosto largo, estavam agora ocupados em examiná-los, aparentemente incertos quanto à forma de receber aqueles visitantes. Involuntariamente, Adah teve necessidade de cumprimentá-la. Não foi simples emitir seu "Olá", pois a televisão continuava aos berros. Com o cumprimento, abriu um sorrisinho instável.

Os olhos da sra. Noble entraram em ação no ato. Dançaram alegremente, os centros cintilando como ondas azuis distantes num dia ensolarado; gritou, dando-lhes as boas-vindas, como se tivesse passado a vida toda esperando por eles. Deu um salto gracioso da cama coberta de badulaques, surpreendentemente ágil para seu volume imponente, e dedicou-se aos dois com espalhafato, olhos brilhantes, rindo o tempo todo. Era acolhedora, gentil, amável, estridente e plena, o tipo de mulher que não hesita em dizer a primeira coisa que lhe vem à cabeça.

Os visitantes relaxaram, sobretudo por causa dela.

A sra. Noble começou a tomar providências. Amontoou duas ou três pilhas de roupas, algumas úmidas e outras secas, para abrir espaço para Adah e Francis. Mergulhou às cegas numa das pilhas de roupas úmidas, pescou uma toalha e a esfregou energicamente em duas cadeiras de encosto reto, depois os convidou a sentar.

Pa Noble tirou o casaco branco de Adah e pendurou-o num prego atrás da porta. Francis se recusou a tirar o casaco por causa do pulôver surrado e começou a suar de calor. Foi então que Adah se deu conta de que fora um erro permitir que Pa retirasse o casaco dela. O que diriam aquelas pessoas quando se dessem conta de que ela e Francis não eram apenas visitantes, mas candidatos a inquilinos? Dava para perceber que estava grávida, e eles logo saberiam que havia mais duas crianças. Não seria fácil explicar tudo isso. Quem sabe eles não teriam notado... De modo que fez esforços desesperados para executar seus exercícios de respiração. Chupou a barriga, sentindo a dor. Depois que acabassem as perguntas, relaxaria.

A sra. Noble estava decidida a desempenhar o papel de perfeita anfitriã até o fim, completamente desatenta aos pensamentos de Adah.

"Oh!", exclamou ela, quando Adah começou a se instalar na cadeira que lhe foi oferecida. "Oh, essa cadeira é muito dura para você". Adah deu um salto. Os olhos da mulher não perdiam nada. Será que Adah preferiria sentar na cama? Era muito mais confortável, muito mais macio: "Você sabe o que eu quero dizer". E deu a Adah uma boa piscadela de olhos azuis, uma piscadela que tinha a intenção de ser conspiratória. Adah fez que não entendeu, mas a sra. Noble soltou uma risada poderosa. Impossível dizer se era uma risada a favor dela ou contra ela, pensou Adah. Mais tarde ficou sabendo, porém, que sempre que a sra. Noble achava que havia feito uma brincadeira, ria daquele jeito, obrigando os ouvintes a rir com ela, tivessem ou não entendido a piada. Seu riso se prolongou tanto que até Francis, que raramente sorria, teve de se unir aos outros. Era tão contagiosa, aquela mulher!

O chá foi servido em xícaras e canecas lascadas. O de Adah veio numa caneca grande, com açúcar e leite demais.

"Você precisa tomar por dois", explicou amavelmente a sra. Noble.

Adah se encolheu de medo, evitando os olhos de Francis. Agradeceu em voz alta, mas no fundo do coração entregou-se ao Criador. Se pelo menos pudesse interromper aquela conversinha, a área estaria livre para que eles apresentassem sua solicitação.

Mas a sra. Noble não parava nunca; falava sobre todas as coisas e sobre nada em particular. Parecia acreditar que se houvesse algum silêncio seria porque estava falhando como anfitriã. Atraiu Adah para a órbita de seus assuntos ao lhe perguntar se os filhos haviam começado a comer comida inglesa. A pergunta surpreendeu Adah, porque não sabia que os Noble sabiam que eles tinham outros filhos. Provavelmente também conheciam a razão de estarem fazendo aquela visita. Pelo jeito, os vizinhos nigerianos haviam se encarregado do falatório.

"Não, eles não são muito fãs da comida inglesa, mas adoram fritas", respondeu Adah.

"Todas as crianças gostam de peixe e fritas. As nossas não querem saber de batatas cozidas nem de batatas assadas, mas é só fritar, que as batatas desaparecem na hora! Acho que as crianças

133

do mundo todo gostam de peixe e fritas. É uma comida internacional, não só inglesa", disse Pa Noble sem muita ênfase, de olhos grudados na televisão.

A esposa olhou para ele com curiosidade e perguntou: "Papa, você comia peixe e fritas quando era pequeno?".

Papa, que até aquele momento parecia ter esquecido a existência dos outros, saltou de volta à vida. Tirou uma latinha de rapé do bolso e introduziu a substância nas narinas, depois espirrou e voltou a espirrar, e aí endireitou o corpo com um safanão e guardou de novo o rapé num dos bolsos desbeiçados do casaco, bateu as mãos que pareciam garras de um modo pouco natural, ergueu o ombro incapacitado e esfregou a cabeça pelada. Sua esposa se recostou com gosto, acomodando-se entre as pilhas de roupa, relaxada, a postos para se divertir.

Papa Noble contou que havia nascido numa árvore. Sua mãe o amamentara até ele ter quase doze anos. Fora preciso desmamá-lo porque já estava suficientemente crescido para trabalhar com os homens na roça. Sempre andara nu; só começara a usar roupas ao entrar para o exército. Sim, disse, todas as crianças da Nigéria eram criadas assim. Não havia comida, as pessoas morriam todos os dias de disenteria. Ele só comia carne duas vezes por ano, durante o festival do inhame e no festival dos deuses de seu pai. Na verdade, só começara a viver depois de ir para a Inglaterra. E, naturalmente, só começara a desfrutar da vida depois de encontrar sua Sue.

"Por que você não disse à sua esposa que seu pai tinha uma cauda, Pa Noble?", deixou escapar Adah. Sentia-se enojada. Por que Pa Noble precisava se rebaixar daquele jeito? Só para se casar com aquela mulher?

Pa Noble não fez mais que rir, ou melhor, coaxar: "*Lyawo*, você é muito, muito jovem e inexperiente. Espero que aprenda muito em breve".

"Ela é só uma mulher", disse Francis, à guisa de pedido de desculpas.

A sra. Noble tinha se divertido tanto que começou a rir sozinha. Francis, que, como Pa Noble, sempre sentia uma certa ternura por toda mulher branca, sorriu para ela. Parecia que a amizade deles se estabelecera com aquele sorriso. Adah se sentiu traída, mas ficou ciente de uma coisa. Eles iam conseguir o quarto que queriam. Pa Noble estava velho demais para Sue.

RECONHECIMENTO
DE UM PAPEL

m dia, semanas depois, quando Adah, Francis e os dois filhinhos já estavam instalados na casa dos Noble, Adah ficou sem vontade de ir trabalhar. Sentia-se indisposta e excepcionalmente pesada. Bem que poderia ter ficado mais tempo na cama, mas precisava estar na biblioteca às nove e meia. Triste, e com muita pena de si mesma, como costumava acontecer em dias como aquele, ela se levantou com dificuldade, invejando o marido, que ainda roncava. Ficou com vontade de acordá-lo, só pelo prazer de fazer isso. Estava estendendo a mão na direção dele, prestes a puxá-lo, quando o pedaço de humanidade que estava em seu interior lhe aplicou um chutezinho gentil. Ele parecia dizer: *O que você pensa que está fazendo, hein?* Aquele empurrãozinho fora seguido de pontadas que pareciam produzidas por setas. Uma das pontadas foi tão intensa que ela foi catapultada para a realidade.

De acordo com seus cálculos, o bebê nasceria no começo de dezembro. Na verdade o bebê podia chegar a qualquer momento, porque estava quase na hora. Já estavam em dezembro, no segundo dia do mês. O bebê não chegaria no segundo dia, pensou consigo mesma. A data correta era o nove. De modo que estava segura de que a criança dentro dela estava simplesmente dando uma espreguiçada matinal. Será que os bebês fazem exercícios matinais na barriga das mães? A verificar!

Mas uma coisa estava começando a preocupá-la: o volume de seu ventre. Sua chefe ficava olhando para ela com ar pensativo, sempre que achava que ela não estava prestando atenção.

Adah mentira no trabalho e para o médico, dizendo que o bebê nasceria no começo de fevereiro. Queria ficar o maior tempo possível no emprego. Assim teriam dinheiro suficiente para cobrir os gastos até ela voltar ao trabalho. Convencera Francis de que o certo seria ele trabalhar nos correios durante o período de Natal. Com isso, só se Adah trabalhasse o máximo de tempo possível eles conseguiriam pagar o aluguel e a creche das crianças, e ainda fazer uma pequena reserva até ela ficar suficientemente recuperada para retomar o trabalho.

Quando lembrava daquele tempo, ela ainda se perguntava por que nunca havia estranhado que só ela se preocupasse em saber como eles iam fazer para sobreviver, por que ela, e ela apenas, tinha a sensação constante de estar deixando desprovidas as pessoas que amava, caso se afastasse do trabalho, mesmo que fosse para ter um filho. O mais engraçado de tudo era ela sentir que tinha o dever de trabalhar, e seu marido não. Francis deveria levar uma vida tranquila, a vida de um estudante mais velho, estudando em seu próprio ritmo.

Naquela manhã, Adah se aprontou e saiu às pressas para a estação de Kentish Town. Ao chegar lá, percebeu que os funcionários da ferrovia estavam num daqueles dias de operação tartaruga. Não estava informada do fato porque andava tão completamente isolada das outras pessoas que, se não fossem as idas ao seu local de trabalho, não saberia de nada do que acontecia fora de sua casa. Francis não acreditava em amizade. Os únicos amigos que estava começando a cultivar eram um ou dois fiéis das Testemunhas de Jeová, que os visitaram um par de vezes no quarto onde viviam. Andavam com maletas tão grandes que Adah se lembrou dos açougueiros ambulantes hauçá de Lagos. Adah não se incomodava com eles, quem sabe até transformassem Francis num marido fiel. Mas os pregadores das Testemunhas de Jeová não tinham como informá-la de que haveria uma greve ferroviária. Eles nunca liam os jornais: seria jogar dinheiro fora, segundo Francis. Não tinham rádio nem televisão. Assim, estavam completamente segregados de todos os veículos de comunicação. Embora de vez em quando Francis descesse para o aposento da sra. Noble para assistir à televisão deles, Adah estava proibida de descer porque a mulher seria uma má influência para ela. Adah não sentia um afeto especial pela sra. Noble e estava sempre muito ocupada com as próprias tarefas, por isso não protestava. Simplesmente aceitava seu papel, tal como definido por seu marido.

Na plataforma havia um ajuntamento de inocentes. Talvez, como Adah, também eles estivessem completamente isolados dos acontecimentos da sociedade, ou quem sabe achassem que os funcionários da ferrovia haviam mudado de ideia durante a noite. As pessoas esperavam, pacientes, embora resmungassem como abelhas iradas.

Os empurrões e cutucões no interior de seu corpo ficaram mais decididos. Ela tentou adivinhar o que aquele diabinho queria que ela fizesse. Que gritasse, ali na plataforma? Um senhor enorme e amável, de chapéu-coco, terno escuro, pasta e guarda-chuva bem enrolado ofereceu a ela seu lugar num dos bancos de madeira e lhe indicou com um gesto que se sentasse. "Talvez ainda seja preciso esperar por um bom tempo", disse ele, sorrindo. Seu grande rosto parecia o rosto de um menininho. Adah agradeceu. Tinha certeza de que ele era diretor de uma escola de garotos. Não se preocupou em descobrir a razão pela qual havia chegado a essa conclusão.

Ficou sentada ali. Nada de trem, mas mais cutucões. As pessoas começaram a se dispersar. Um ou dois passageiros teimosos continuaram olhando insistentemente para o túnel escuro, como se quisessem forçar o trem a se materializar. Mas nenhum trem apareceu.

A essa altura, Adah já tinha entendido que os funcionários da ferrovia haviam entrado em greve naquele dia pelo bem dela. Os empurrões, mesmo não sendo constantes, eram determinados demais para ser ignorados. Mas o que Francis ia dizer?, pensou amedrontada. Acusá-la de preguiçosa e adverti-la de que precisavam do dinheiro dela. *Oh, Deus*, orou em silêncio, *por favor mande um sinal a Francis, uma prova qualquer que o faça acreditar em mim. Como pode ver, Deus querido, estou sentindo dores. Não é desculpa para não ir trabalhar, são dores de verdade.* E então voltou a pensar. E se fingisse? Se começasse a berrar, como se o demônio queimasse suas entranhas? Seria bacana. Receberia o apoio que desejava. Resolveu que era exatamente isso que faria. Francis receberia a prova mais terrível que já vira. Bem, ele estava pedindo, e ela ia dar. Sentiu-se feliz. Deus ouvira as suas preces. Com esse pensamento na cabeça, sentiu-se feliz. A pessoinha em seu interior pareceu ficar feliz com ela. Parecia ter esquecido como chutar. Parecia estar na hora do recreio, ou algo do tipo.

Mas como ela ia começar a berrar quando o bebê estava no descanso e ela não sentia dor alguma? Devia chamar a dor, só para ter algum motivo para começar a berrar? Foi dominada por um outro medo. De repente se lembrou de que quando tivera os outros bebês, berrar era tão cansativo quanto propriamente ter a criança. Ainda ouvia a voz da sogra durante o trabalho de parto de Titi, dizendo-lhe que as mulheres que berram são covardes, que quanto mais elas berram, menos energia lhes resta. Assim, quando chegava a hora do bebê nascer, elas estavam extenuadas porque haviam drenado todas as suas energias berrando feito loucas. De alguma maneira, Adah sabia que isso era verdade. Durante a gravidez de Titi, ela acabara de abandonar a escola e, embora tivessem lhe dado algumas noções de ciência da saúde, ninguém a avisara de que os primeiros partos demoram tanto, tanto tempo. Daquela vez ela havia gritado, não de dor, mas de medo, porque demorava tanto. E quando, no fim, o bebê nasceu, ela ficou completamente inconsciente. Com Vicky ela já estava informada. Lera tantas coisas que até parecia que pretendia estudar medicina. Assim, sabia o que estava acontecendo em cada estágio do parto. Só que de alguma maneira todo aquele conhecimento parecia ter se evaporado, porque não havia sogra ao seu lado para lhe dizer o que fazer. Porque, pelo que havia ouvido, em Londres as parteiras davam analgésicos e gás às parturientes. A parte do gás a preocupava um pouco. Lógico que não podia ser o mesmo gás que você utiliza quando quer se matar... Se fosse, como eles faziam para saber que estava na hora de parar? Com certeza aquilo a mataria. E aí ela não chegaria a ver a pessoinha em seu interior, não veria Titi e Vicky crescerem e irem para a escola. Ah, não, tudo isso é tão injusto. Quando eles dão o gás à pessoa?, tentou adivinhar. Refletiu novamente. Deve ser quando você berra demais. A Inglaterra é um país silencioso; as pessoas aprendem a esconder seus sentimentos e trancá-los muito bem trancados, como o gim ilegal que seus pais bebiam em casa. Se você se enganasse e desarrolhasse a garrafa, o gim sairia borbulhando. Uma ou duas vezes ela já vira ingleses e inglesas se comportarem como seres humanos, mas por que seria que eles só se comportavam assim quando saíam dos bares cambaleando, nos sábados à noite? Bem, se eles iam lhe dar gás para fazê-la calar a boca, então não ia berrar. Enfrentaria Francis e esclareceria as coisas com ele. Conhecia Francis, antes ter uma briga com ele que com um deus ou deusa que não conhecia. Porque como ela podia saber aonde ia parar com a história do gás?

Foi para casa. Contou a Francis por que não podia ir para o trabalho, contou da greve dos funcionários da ferrovia reivindicando aumento de salário. Sabia que era por aumento de salário porque ouvira os murmúrios irados da multidão de desavisados nervosos na plataforma. Contou a ele como o homem do guarda-chuva lhe oferecera seu lugar no banco de madeira e como as ripas do banco haviam machucado seu traseiro. Contou como todos haviam aguardado, na esperança de que, aguardando, de alguma forma obrigassem um trem a surgir de seu túnel; contou como nada daquilo havia adiantado, pois não houvera trem, e todos haviam ido para casa, inclusive ela. Fora forçada a vir para casa.

Francis ainda estava de pijama. Ouviu tudo o que ela tinha a dizer de cenho franzido, como um espião do mal num filme de James Bond. Depois perguntou a Adah como ela sabia que todo mundo havia ido para casa. Todos os passageiros haviam dito isso a ela ou era tudo invenção? Era a história da greve que ela estava maquinando quando olhara para ele na cama, convencida de que ele estava dormindo? Ele vira o olhar dela. Primeiro havia pensado que ela ia esmagar seu crânio, tamanho o ódio no olhar dela. Pois devia ter inventado uma história melhor. E devia saber que faria todos eles sofrerem, inclusive a pessoa que estava em seu interior, além dela mesma.

Adah não conseguia dizer nada. Não sabia se agira certo ao não escolher a outra alternativa. Deveria ter optado por berrar e encarar o gás e Júpiter ou Lúcifer ou mesmo os anjos. Os anjos talvez a recebessem cantando o coro da *Aleluia*, de que ela gostava tanto. Depois, a dúvida torturante voltou. E Titi? E Vicky? Bem, os anjos podiam esperar. Porque agora ela tinha certeza de que iria ao encontro dos anjos; Jesus não dissera que aqueles que sofrem aqui na Terra herdam o Reino dos Céus? Ela gostaria de ir até lá um dia, junto com os filhos. Francis que fosse para onde bem entendesse. Ele que tomasse conta de si mesmo.

O empurrão voltou, seguido de chutes decididos, e ela ficou com vontade de berrar, mas disse para si mesma que não cedesse porque a parteira inglesa poderia lhe dar gás, e isso talvez a enviasse, não aos magníficos anjos cantando o coro da *Aleluia*, mas a Lúcifer com seus chifres de fogo. E aí, quando Vicky tivesse um chilique e cuspisse seu cereal de arroz, e Titi entrasse num daqueles seus silêncios de túmulo, recusando-se a falar, quem ia dizer a eles que eram crianças lindas? Quem faria cócegas neles até eles rirem e Vicky cobrir o rosto da pessoa com mais cereal de arroz cuspido e Titi começar a falar sem parar, como um aparelho de rádio de má qualidade que perdeu o interruptor? Os anjos podiam ficar com seu Paraíso; ela, Adah, ia ficar exatamente aqui, ao lado dos filhos. Porque, mesmo que o bebê estivesse numa posição esquisita, ela viveria não só para ver os netos, como também os bisnetos. Isso se todos eles não fossem estraçalhados pela bomba!

Em seguida veio o sermão. Francis era especialista em sermões. Vinha sempre com Deus Jeová disse isso, Deus Jeová disse aquilo. Adah estava relaxando um pouco depois da primeira investida de seu bebê, por isso foi com os olhos vidrados, feito os olhos da cabeça do porco sobre o balcão do açougueiro, que ela observou e ouviu o marido pregar para ela sobre a diligência das mulheres virtuosas, cujo valor era mais alto que o dos rubis. Essa mulher virtuosa sobre a qual Francis estava ganindo acordava com o primeiro canto do galo. Adah tentou imaginar onde ia achar um galo para acordá-la. Mas Francis foi em frente, na manhã daquele segundo dia de dezembro. Deus Jeová abençoava essa mulher. O marido dessa mulher seria respeitado mesmo além dos portões. Adah gostaria de perguntar a que portões ele se referia, mas estava atordoada com a cena. Imagine, disse para si mesma, Francis pregando para ela o sermão da diligência às dez e meia da manhã, ainda de pijama. Começou a amaldiçoar a sogra por estragar todos os seus filhos. Havia tantas meninas na família que os meninos cresceram pensando que eram algo especial, criaturas sobre-humanas. Adah continuou ouvindo sobre aquela mulher virtuosa cujo valor era mais alto que o dos rubis, mas o sermão entrava por uma orelha e saía pela outra.

Pelo menos a felicidade que ele sentia em ouvir a própria voz o levava a deixá-la em paz para refletir sobre o que ia fazer com aquele bebê, cujas pernas pareciam estar chutando não sua parte da frente, como haviam feito os outros, mas suas costelas. Por causa disso, ela estava sentindo dificuldade para respirar. Adah imaginou o bebê deitado na transversal, na jaulinha formada por suas costelas, chutando com vontade, despreocupado de tudo. Não mais que dois dias antes Francis declarara que possuía mais costelas que ela, porque Deus Jeová tomara uma das dele e a quebrara em sete pedacinhos para com elas fazer a caixa torácica de Adah. Essa era a razão pela qual em inglês ela era chamada de *wo-man*, porque ela fora construída a partir das costelas de um homem, um *man*, como ele próprio. Fazia algum sentido quando ele estava falando, já que *woman* era uma palavra que podia ser considerada uma palavra composta, *wo* e *man*. Qual seria a interpretação de Francis para a palavra que designava mulher em igbo ocidental, *opoho*, que não tinha a menor relevância para a palavra que designava o ser humano masculino: *okei*? Francis teria de inventar uma outra história para as duas palavras, porque a explicação da estrutura das costelas não se aplicaria nem um pouco. Mas ele ia em frente com o falatório, sobre como Jeová abençoaria a mulher virtuosa.

Era provável que Adah tivesse cometido um erro ao permitir que seu rosto exprimisse a descrença que estava sentindo, porque Francis a acusou de não acreditar em suas palavras. Por acaso ela achava que ele estava mentindo? Por que olhar para ele com aquela cara? Francis se exaltou, empolgado por seu fervor religioso. Ia mostrar a Adah que tudo o que dissera estava escrito no *Palavra de Deus*. *Palavra de Deus* era um livro com uma capa feita com o tipo de tecido barato usado pelos encadernadores, em Lagos, para encadernar as cartilhas nas quais as crianças aprendiam a ler. As páginas do livro eram feitas com um papel parecido com o papel dos mata-borrões. A diferença entre as páginas daquele livro e o papel de mata-borrão era que este era alvejado e ficava branco, mas as páginas do tal livro não eram brancas nem amarelas, e sim entremeadas com fibras pardas como as veias da mão. No interior do livro havia imagens de Adão comendo a maçã e de Eva falando com a serpente. Os dois com folhas de parreira cobrindo o sexo. Não pareciam muito consternados depois de comer a maçã, mesmo Francis dizendo que estavam. Se estivessem, já não usariam suas folhas de parreira. O fato de se cobrirem daquele jeito demonstrava que tinham conhecimento do bem e do mal. Adah não sabia como agir, nas circunstâncias. Tirava a roupa? Se recusava dali em diante a comer maçãs do Crescent? O próprio Francis vestia um pijama que precisava ser lavado. As calças eram tão grandes quanto as calças largas usadas pelos tamboreiros nigerianos, e seu sexo, no interior das calças largas, balançava para cá e para lá como o pêndulo do Big Ben. Ela nunca vira o Big Ben, mas estava segura de que um relógio grande como aquele teria um pêndulo. O sexo de Francis estava balançando exatamente daquele jeito.

E naquele momento balançava muito mais furiosamente, para cá, para lá, depois voltava outra vez, porque Francis estava exaltado. Mostraria a Adah as provas do que estivera dizendo sobre a mulher virtuosa. Ia conseguir o livro cujo título era *A verdade vos libertará*. O mais depressa possível. Adah sabia que agora ele começaria outro sermão sobre o Paraíso, depois lhe pediria para ler uma passagem, depois lhe perguntaria se havia entendido, e ela teria de responder que sim, que havia entendido direitinho. Ele então a chamaria de *Irmã*, não de esposa, porque essas eram as ordens de Deus Jeová. Todas as fiéis do sexo feminino deveriam ser chamadas de irmãs e todos os fiéis do sexo masculino de irmãos. Não importava se a fiel do sexo feminino era sua esposa ou sua mãe. Não importava se o fiel do sexo masculino era seu marido ou seu pai. Todos os fiéis eram irmãos e irmãs. Às vezes Adah ficava pensando se Deus realmente dizia tudo aquilo. Uma coisa que ela sabia era que o livro que mais entende de psicologia humana é a Bíblia. Se a pessoa fosse preguiçosa e não quisesse trabalhar, ou se tivesse fracassado em conquistar seu espaço na sociedade, uma coisa que ela sempre poderia dizer era "Meu reino não é deste mundo". Se a pessoa fosse uma mulher da alta sociedade que acreditava em ir para a cama com quem bem entendesse, com ou sem o risco das doenças venéreas, ela sempre poderia dizer "Maria Madalena não tinha marido, mas por acaso não lavou os pés de Nosso Senhor? Não foi ela a primeira pessoa a ver nosso salvador ressuscitado?". Se, por outro lado, a pessoa acreditasse na inferioridade dos negros, sempre poderia dizer: "Escravos, obedeçam a seus amos". A Bíblia é um livro misterioso, um dos livros mais importantes que há, se não o mais importante de todos. Por acaso não contém todas as respostas?

Mas uma coisa que Adah não tolerava era quando um grupo de pessoas pegava uma parte da Bíblia e interpretava essa parte do jeito que mais atendesse aos seus interesses para depois vir lhe dizer que engolisse tudo assim, de uma vez só. Ficava cheia de desconfiança. Não se importava de Francis acreditar naquelas histórias, a não ser quando o assunto interferia com os estudos dele ou no caso de uma das crianças necessitar uma transfusão de sangue e ele não permitir. Pensar nisso a fez sorrir, porque quando ela precisara de sangue, no nascimento de Titi, Francis esquecera a Palavra e doara sangue. Francis não era um homem ruim, só um homem que não sabia mais como lidar com a sociedade ultraexigente na qual vivia.

Estava dobrado ao meio, agora, procurando furiosamente *A verdade vos libertará*, jogando as roupas das crianças para todos os lados. Adah viu seu cachecol, mergulhou para apanhá-lo e avançou depressa na direção da porta. Ouviu Francis aos brados, chamando-a de volta porque havia encontrado o livro. Ela precisava voltar, ordenou, porque ele ainda não terminara de dizer o que queria dizer a ela. Adah achou que ele estava parecendo Nero em *Quo vadis*, acusando os cortesãos de morrerem sem sua permissão.

Em passos incertos, Adah foi o mais depressa que pôde até o ambulatório da dra. Hudson, no Crescent. Era um dia horrendo, cinzento, com a neve rarefeita da noite anterior ainda presa ao solo. A neve não conseguia derreter porque o sol fantasmagórico que brilhava por entre as nuvens pesadas estava turvo; turvo demais para ter algum efeito sobre a neve teimosa. Nessas condições, ficava perigoso caminhar. De todo modo, Adah foi em frente oscilando, como um pato, primeiro para a direita, depois para a esquerda.

Talvez as pessoas estranhassem ao cruzar com ela na rua. Talvez ficassem tentando adivinhar qual seria o seu problema, para andar daquele jeito, como um pato. Talvez uma ou duas pessoas tivessem pensado em lhe perguntar se precisava de alguma ajuda, mas não se atreveram, ao ver o olhar decidido que ela dirigia a todos. Adah foi em frente, sem ver as pessoas.

No ambulatório, achou um cantinho para sentar-se. Pelo menos, se ficasse mesmo com vontade de berrar, ali poderia fazer isso sem ninguém estranhar. O que a perturbava era que aquela dor que sentia, por mais que a incomodasse, não chegava a ser suficientemente forte para ser o parto de verdade – aquelas dores intensas que fazem qualquer mulher enlouquecer. Adah não conseguia entender. A pessoa dentro dela não parava de empurrá-la, às vezes para cá, às vezes para lá, de modo que sentar era um problema; ficar em pé, um problema; andar, mais problema ainda. Assim, ela sentou na cadeira de metal do ambulatório trocando o traseiro de posição no assento como uma pessoa sentada sobre espinhos. Fitou o cartaz na parede que avisava "Proibido fumar" e explicava que o fumo provoca câncer de pulmão. Havia um desenho das costelas com o pulmão estufado por trás. Adah tentou adivinhar se aquele desenho era de um homem ou de uma mulher. Como saber? Francis dissera que os homens têm mais costelas que as mulheres. E não só têm mais costelas como todas as costelas da mulher são feitas com uma só costela de um homem.

Adah observou mais uma vez o desenho das costelas e concluiu que só podiam ser as costelas de uma mulher. Eram fininhas demais, regulares demais para pertencer a um homem. Imaginem uma mulher que precisa trabalhar, precisa abrigar no ventre bebês que ficam empurrando as mães e, para completar, precisa ter câncer. Será que Eva havia sido a única pessoa a comer a maçã? Será que o homem, Adão, também não tinha comido um pedaço? Por que seria que as mulheres precisavam receber quase todos os castigos? Não era nem um pouco justo.

Os pacientes começaram a escoar, um a um. Ela não estava com pressa de voltar para casa. Em casa não havia mais nada para ouvir além de Francis e seus sermões. Ficava mais tranquila ali do que em casa. Uma mulher que chegara depois dela com um bebê vermelho como cenouras novas insistiu para que ela entrasse. Ela respondeu dizendo à mulher que passasse antes dela. A mulher com o bebê lhe disse que havia chegado depois dela, não antes. Adah lhe disse que entrasse na frente mesmo assim. A mulher estava a ponto de começar seu próprio sermão sobre o fato de Adah precisar urgentemente de um médico. Adah a ignorou e começou a matutar tudo de novo: as costelas à frente seriam de um homem ou de uma mulher? A mulher a fitava como se ela fosse uma louca fugida do hospício. Pensou melhor e resolveu levar seu bebê vermelho para ver a dra. Hudson. Com isso a sala de espera ficou vazia, fora a servente. O rosto da servente também era vermelho, e sua barriga, grande. Não estava grávida, pois seu cabelo era branco e fofo como algodão pronto para ser fiado. A mulher sorriu para Adah. Os dentes eram muito próximos uns dos outros, muito regulares para serem naturais, mas mesmo assim seu sorriso era amável. A faxineira queria conversar. Adah teria gostado de conversar com ela, mas como saber se aquela senhora já tinha ouvido falar em bebê atravessado na barriga da mãe? Resolveu não falar nada para ela. Mas a mulher ficou comentando isso e aquilo. Como o sermão de Francis, sua conversa entrava por um ouvido e saía pelo outro.

A faxineira parou de falar porque dava para ouvir vozes vindo do alto das escadas, as vozes da médica e da mulher do bebê cor de cenoura. A mulher com o bebê devia ter assustado muito a médica, porque a médica correu para Adah chamando-a de "querida" e a conduziu para o alto como se ela fosse um grande ovo prestes a se quebrar e emporcalhar as escadas. A médica entrou com Adah no consultório e lhe disse que se deitasse na maca. Adah não conseguiu subir na maca, por isso foi examinada sobre uma cadeira.

"Seu parto está muito adiantado para ser confortável. A senhora deveria ter telefonado logo para a ambulância. Precisa de um leito para descansar. Tenho certeza de que seu bebê vai nascer em menos de vinte e quatro horas, se tudo correr bem".

Adah olhou para ela, agora apavorada. Por que deveria ter pedido uma ambulância, se dissera à médica que ela e Francis haviam decidido ter o bebê em casa? Então o hospital não lhe dera uma lista das coisas que deveria comprar para o parto, e Francis não lhe perguntara irritado se ela estava se preparando para casar, comprando tudo aquilo? Francis não decidira que as seis libras que ela receberia se tivesse a criança em casa seriam bem-vindas? Adah concordara com ele. Teria o filho em casa e ganharia seis libras. Não haveria necessidade de comprar duas ou três camisolas, nem de comprar um roupão, nem chinelos, nem uma nécessaire. Sim, as seis libras alimentariam a família por uma semana.

Adah disse à médica que não ia ter o bebê no Hospital Universitário, que teria o bebê em casa, em seu quarto da Willes Road. A médica quis saber por que Adah havia mudado de ideia, depois de todo o trabalho que ela, médica, tivera para fazer a reserva para o parto de Adah naquele hospital específico, com uma lista de espera longa? Então Adah não sabia que a comida era ótima naquele hospital, e que seria bom para ela tirar uma folga da família? Aliás, como Adah pretendia fazer? Ela só tinha um quarto, não era verdade? Então, o que havia dado na cabeça dela para se recusar a ter o bebê no hospital? Então Adah não sabia que muitas mulheres agarrariam a oportunidade sem pestanejar?

A médica continuou falando. Era mestra em falação, aquela médica. Estava zangada, agora, lavando suas mãozinhas esguias, splash, splash, splash, espremendo uma mãozinha contra a outra, splash, splash. Adah acompanhava seus movimentos com o olhar. Que dia aquele, só sermão, pensou. Mas o sermão da médica não entrava por um ouvido e saía pelo outro. Adah ouvia e deixava que as palavras penetrassem em sua mente. Como ia fazer para contar à dra. Hudson que precisava ter o bebê no quartinho onde a família vivia para assim ganhar seis libras, porque as seis libras alimentariam a todos por uma semana, quem sabe até por oito ou nove dias? A médica ia querer saber por que o marido dela não saía para trabalhar e ganhar as seis libras. E para responder essa pergunta, Adah teria de contar à médica que seu marido acreditava em Armagedom e que por isso não era necessário que ele se esforçasse muito neste mundo, do contrário perderia sua cota do reino. Tomaria muito tempo contar a história toda e, ao contá-la, ia chorar. De modo que Adah preferiu deixar a história de lado. Só disse à médica que agora gostaria de ir embora, pois precisava pedir a Francis que telefonasse para a parteira. A médica suspirou. Disse a Adah que fosse depressa para casa e que ela mesma ligaria para a parteira.

De alguma maneira, Adah conseguiu chegar em casa. O trajeto tomara muito tempo, com um descanso aqui e uma sentadinha ali. Ao chegar, tocou a campainha porque, na pressa para sair de perto de Francis, esquecera sua chave. Recriminou-se por isso. Na Inglaterra, a todo momento esquecia a chave de casa. Na África era raro ela precisar de uma chave: as portas das pessoas ficavam sempre abertas. À tarde, todas as pessoas saíam para suas varandas, conversando e comendo cana-de-açúcar, coco ou banana. Na Inglaterra as pessoas se trancavam dentro de casa; transformavam suas salas de estar em paraísos, porque quase não ficavam do lado de fora, não como se faz na África. Francis ficava o tempo todo falando para ela levar sua chave sempre que saísse; um dia a sra. Noble podia estar de lua e se recusar a abrir a porta da frente. E aí, o que ela ia fazer? Seria obrigada a ficar do lado de fora e congelar. Exatamente como aquela idiota da mulher do Lot, que não fizera o que haviam lhe dito para fazer e ficara o tempo todo olhando para trás, por isso fora transformada num grande bloco de sal. Aliás, devia ter sido um bloco grande mesmo. Será que as pessoas faziam sopa com aquele tipo de sal, sal feito de mulher? Ui, devia ser um sal bem ruim aquele. Sorte dela, não ter nascido em Sodoma e Gomorra.

Adah tocou de novo a campainha, desta vez apertando com força e por muito tempo. Não estava preocupada com a possibilidade de incomodar a sra. Noble ou o sr. Noble ou mesmo Francis. Não estava mais preocupada. Só se preocupava com a possibilidade de Francis ficar irritado e aparecer vestindo seu pijama de pano de má qualidade, com as calças largas e a coisa dele balançando para cá e para lá por ele estar sem cueca. Adah pediu a Deus que inspirasse Francis a se lembrar de vestir seu roupão de lã. O roupão era correto; novo, pois ela o comprara na Inglaterra. Mas o pijama, embora tivesse uma etiqueta "Feito na Grã-Bretanha", fora comprado em Lagos. Adah tentou se lembrar quem, na Grã-Bretanha, dissera a eles que em Lagos as pessoas não precisavam de coisas de boa qualidade. Se lembrou de observar os biscoitos que a sra. Noble dava a Kimmy, seu cachorro preto. Tocara os biscoitos e, se não fosse o fato de haver gente olhando, teria provado um deles. Aqueles biscoitos não eram do mesmíssimo tipo vendido às pessoas na África? Aqueles, especificamente, não eram os mesmíssimos que seu Pa e seus tios costumavam levar para ela e seu irmão Boy do acampamento do exército, depois que a guerra acabou? Fosse como fosse, eles não haviam morrido, haviam até ficado mais fortes, porque aqueles biscoitos duros, secos, sem açúcar, eram um bom exercício para os dentes quando eles eram pequenos. Será que ainda vendiam aqueles biscoitos em Lagos, agora que os japoneses haviam se dado mal e estavam distribuindo alimentos e artigos de luxo em Lagos quase de graça?

Adah rezou com mais empenho ainda ao ver, mais adiante na rua, duas mulheres pedalando furiosamente em duas bicicletas cinzas e conferindo os números das casas. Viu seus casacos pretos disformes e seus chapéus pretos. Os sapatos também eram pretos e disformes. Que nem sapatos de homem. Adah concluiu que eram as parteiras chegando para ajudá-la a dar à luz. Por engano, as duas passaram a casa de Adah, que não as chamou, para ter alguns minutos mais para tocar de novo a campainha e mandar Francis vestir o roupão de lã, caso ainda estivesse com o pijama amarrotado. Suas preces foram atendidas, pois Francis desceu, apressado em sua ira, mas não só despira o pijama como vestia roupa de rua, calça cinza de flanela, camisa creme e cardigã verde-claro de ponto trabalhado. Quando ele estava a ponto de abrir a boquinha chinesa para perguntar a Adah o que ela achava que estava fazendo, tocando a campainha daquele jeito quando devia estar com sua chave o tempo todo, como um talismã, as duas parteiras se deram conta de seu engano e frearam as bicicletas cinzas felicitando-se como duas crianças que acabam de descobrir um tesouro escondido. Não montaram mais nas bicicletas, mas voltaram atrás empurrando-as, com as correntes fazendo tuc-tuc-tuc. As duas ciclistas riam de orelha a orelha enquanto trotavam levando suas bicicletas ao lado como cavalos mansos. Uma das parteiras era inglesa; o ar superior era inconfundível. Tinha cabelo branco, pelo menos a parte que escapava do chapéu preto. Tinha ossos grandes, quarenta e poucos anos e olhar decidido. A outra mulher era sua assistente, mais moça e estrangeira. Talvez fosse japonesa ou chinesa, pois tinha o tipo peculiar de olhos que dão a impressão de estar afundados no crânio da pessoa. A mulher jovem tinha rosto redondo como um perfeito O. Sua boca e seu nariz eram pequenos demais para o rosto.

As duas ficaram sérias assim que se deram conta de que Adah era a sra. Obi.

"Você não sabe ler inglês?", perguntou a parteira mais velha, de cabelo branco. Adah se deu conta de que, para a parteira grande, se você não sabe ler e falar inglês é porque você é analfabeta. Adah não queria ser considerada analfabeta, por isso disse que sabia. Então a parteira grande de cabelo branco e ar autoritário perguntou por que, então, não as chamara antes. Será que Adah não lera as instruções que diziam que a parteira deve ser chamada no início das dores? O que ela achava que estava fazendo, querendo ser muito espertinha?

"Ória, ória, ela está sangrando", bufou a enfermeira jovem, de rosto em forma de O.

Adah tentou decifrar o significado daquela declaração. Estava tendo seu terceiro bebê, como todo mundo sabia. Qual a razão para a enfermeira fazer tanto escândalo?

A parteira grande, que provavelmente trabalhava com a assistente havia algum tempo, entendeu perfeitamente o que ela estava dizendo, porque prosseguiu: "É isso mesmo que eu estou dizendo. Então você não está vendo que está sangrando muito? Vamos, já para a cama".

Então "sangulando" significava sangrando para a enfermeira japonesa, e quando ela dizia "ória", estava querendo dizer "olha"? Adah ia aprendendo.

As duas continuaram a examiná-la, cavoucando seu corpo. Um dedo, dois dedos, três dedos; prosseguiam sem intervalo, falando em voz baixa e utilizando seu código especial – pelo menos foi o que Adah pensou. Suas dores não ficaram mais intensas, mas de repente ela não aguentou mais. Francis, que havia provocado tudo aquilo, estava em pé olhando, como uma cabeça de porco no balcão do açougue, parado ao pé da cama, como um árbitro impaciente à espera de uma partida limpa. Naquele momento, Adah se lembrou de ter lido ou ouvido falar de maridos que entravam em pânico ou se preocupavam com a possibilidade das esposas morrerem. Mas Francis não. Ele estava seguro de que Adah viveria. Para ele, Adah era imortal. Só precisava ficar ali, tendo seus filhos, trabalhando para ele, apanhando dele, ouvindo seus sermões.

O quarto começou a girar e girar em todas as cores do arco-íris. Francis se transformara em Lúcifer. Seus olhos cruéis estavam vidrados, como se ele estivesse usando lentes de contato mal colocadas, vestia uma túnica de fogo, seus chifres eram maiores e mais complexos que os de um cervo e suas espadas soltavam chamas. Francis lhe dizia que ela estava sendo punida por não ter esperado para ouvir *A verdade vos libertará*. A dor que ela sentia era o resultado dela ter fugido em busca da doutora. Em seguida as vozes das duas mulheres flutuaram em sua consciência... um dedo, dois dedos... Em seguida ouviu a palavra "dilatada" ou "dilatação" repetida várias vezes. Nisso alguém cobriu seu nariz e sua boca com uma coisa de borracha. Quer dizer que estavam lhe dando gás... A voz de Francis não se interrompia nunca, fazendo uma contagem regressiva, como os sinos persistentes da morte. Então a morte era isso, era isso o que se sentia...

Ela não podia ter o bebê... Grande demais para ela, pobrezinho. E Francis voltou. Se ela não tivesse atrapalhado os prazeres dele com Trudy, se ela tivesse sido uma boa esposa, uma esposa virtuosa, cujo valor é mais alto que o dos rubis...

Ouviu os sinos, os sinos da ambulância. Mas eles soavam como se fossem o molho de chaves de Pedro para o Paraíso, dizendo-lhe que ela só poderia ouvir o tilintar das chaves do paraíso, mas que jamais entraria lá. Seu destino era Lúcifer, seu marido dos chifres de fogo. Alguém, dois homens, ou mesmo três, erguiam-na para algum lugar. Abriu os olhos; estavam descendo as escadas rangentes da casa dos Noble.

Então viu Vicky agarrado ao peito da sra. Noble, com o rostinho confuso. Adah viu as bochechas gordas, os patéticos olhos de bebê, e orou para que Deus a devolvesse inteira a seus filhos. Quis gritar para a sra. Noble e pedir-lhe que assoasse o nariz de Vicky, que estava escorrendo, que puxasse a calça de Titi para cima porque estava caída – o elástico estava frouxo e Adah se esquecera de trocá-lo. Não conseguiu. Sua mente falava, mas sua boca não conseguia. Aqueles homens da ambulância vestindo roupas pretas a envolveram em cobertores de um vermelho flamejante e saíram correndo com ela. A voz da parteira grande lhes dizia que fossem depressa, depressa...

Adah afundou no mundo dos sonhos.

Os sonhos eram como os de antes. Problemas. Não conseguia correr para o marido e pedir ajuda porque ele continuava com aquela espada de fogo na mão.

Não conseguia enxergar Pedro com as chaves, mas ouvia os sinos tocando, tocando. Às vezes ouvia a voz da enfermeira grande, que dizia "Depressa, depressa, precisamos correr". Depois a voz da enfermeira pequena dizia "Meu Senhor". Adah balançava de um lado para outro, correndo em círculos. Para correr em direção a Pedro, problema; para correr em direção a Francis, problema.

De modo que corria em círculos, sempre, sem parar, até ouvir uma voz forte, poderosa: "A senhora sabe o que nós vamos fazer; vamos tirar seu bebê para a senhora. É só uma picadinha, depois não vai mais sentir nenhuma dor". A voz forte continuava falando enquanto outra mão úmida arranhava sua coxa com uma coisa que dava a sensação de ser uma agulha. Adah sentia tudo isso, mas não via nada. Até que a paz desceu sobre ela como uma chuva de bênçãos.

Paz, paz por toda parte. O bebê nascera e agora era um menino de cinco anos. Francis já não era um Lúcifer, mas um próspero agricultor. Tinham casa própria, grande, com aposentos espaçosos, varandas arejadas. Ela estava sentada na varanda bebericando o suco extraído de algumas mangas maduras. Conversavam e riam. Ela e Francis. Francis a relembrava dos tempos terríveis que haviam vivido em Londres. E ela ria, ria, ria... porque aquilo acontecera havia tanto tempo, quando eles eram muito jovens. Mas agora tudo aquilo chegara ao fim. Titi estudava numa escola de freiras na Inglaterra e Vicky em Eton. Havia ainda outros filhos, só que muito pequenos para estudar no exterior. As crianças moravam com eles, pedindo isto e pedindo aquilo. Francis era um homem tão feliz, lá vinha ele, se aproximando da cadeira de vime onde ela estava sentada, beijando-a suave, muito suavemente, dizendo-lhe como ela era virtuosa e como valia mais que rubis. E como todos os outros agricultores num raio de muitas milhas haviam vendido todas as suas lavouras para ele e como ele agora era o senhor e mestre de diversas lavouras, num raio de muitas milhas. O que mais um homem poderia desejar, além de uma esposa virtuosa como ela, que o ajudara a obter tudo aquilo?

E nisso, com a palavra "virtuosa", o problema voltou. A palavra rolou por muito tempo. E então todas as cores do arco-íris reapareceram, vermelho, azul, amarelo, rosa; não faltava nenhuma, estavam todas lá: todas as cores do arco-íris e em cada uma delas estava escrita a palavra "virtuosa". Virtuosa e mais virtuosa, eram tantas... Tão desconcertante. Virtuosa aqui e virtuosa acolá, tão desconcertante era o tumulto de cores e virtuosidade que ela fez a única coisa que lhe veio à cabeça: berrou, alto e forte.

Os berros continuaram, parecia que nunca iam parar.

E então ela de repente se calou. Alguém estava lhe dando um tapinha na coxa. Esse alguém se dirigia a ela chamando-a de "senhora". Esse alguém insistia com ela para que despertasse, pois já haviam acabado. Ela tentou abrir os olhos; sim, conseguia abri-los. Observou os arredores. Os homens e mulheres eram como anjos de luz, vestidos de branco. Estavam sorrindo para ela, ali deitada, agora não mais sob cobertores vermelhos flamejantes, mas sob lençóis brancos, limpos, macios e imaculados. A única pessoa com um respingo de sangue era o homem grande. Nenhuma dúvida quanto a isso. Ele era a pessoa que abrira sua barriga para retirar o bebê esquisito que ficara deitado dentro dela na transversal, em vez de ficar para baixo como qualquer outra criança. Ela agradeceu ao homem grande com os olhos, pois ainda estava fraca de tanto berrar, e também por ter sido aberta. Eles perceberam que ela estava perguntando por seu bebê.

Eles o trouxeram. Era um bebê tão grande e tão cabeludo que no começo Adah ficou assustada. Ele não só era grande e cabeludo feito um bebê gorila, mas também faminto como um lobo. Não chorava como os outros bebês, estava com a boca ocupadíssima chupando os grandes dedos, engolindo vento. Deus Pai, aquela era a criança que estivera dentro dela o tempo todo? Graças aos Céus que eles a haviam retirado a tempo. Estava com tanta fome que poderia ter comido suas entranhas.

"A senhora teve um menino", disse desnecessariamente a enfermeira que o segurava.

Adah sorriu com gratidão para todos eles e deslizou para dentro de um sono tranquilo.

APRENDENDO AS REGRAS

Quando acordou, Adah viu que estava numa grande enfermaria hospitalar. Sua cama ficava bem na ponta da enfermaria, perto da porta. Ao apreciar o cenário com olhos cansados, pensou no dormitório de sua antiga escola, só que, em lugar das camas ocupadas por jovens negras às risadas, aquelas camas abrigavam mulheres. Algumas não tão jovens, mas a maioria era de jovens mães como ela própria. Conversavam, ou a maioria, pelo menos; uma ou duas tentavam ler revistas. As conversas ao seu redor continuaram zumbindo, zumbindo. Todas aquelas mulheres eram livres e felizes. Pareciam conhecer-se umas às outras havia muitos e muitos anos.

Adah sentiu vergonha de si mesma porque alguém, ela não sabia quem, decidira ridicularizá-la. Ela estava ali deitada, toda amarrada à cama com fios de borracha, exatamente como os minúsculos liliputianos haviam amarrado Gulliver. Um tubo de borracha que saía de seu braço estava ligado a uma garrafa de alguma coisa que parecia água. A tal coisa que parecia água e que estava dentro da garrafa gotejava, uma gota de cada vez, e a gota corria pelo tubo e entrava em seu braço. Pelo menos foi o que lhe pareceu. O gotejo estava à direita da cama.

À esquerda havia um frasco grande que lembrava um balão, branco e translúcido. Dentro desse frasco, que no mais era limpo, como os utilizados para a confecção de vinho, havia uma água turva. A água continha um pouco de fuligem. O aspecto dessa água lembrava o da água fuliginosa que escorre pelos trilhos das ferrovias nos dias úmidos. Eles – aquelas pessoas invisíveis – haviam amarrado Adah àquele frasco turvo. Haviam enfiado em seu nariz um tubo de borracha ligado ao frasco, e o tubo chegava até o fundo de sua boca. Ficava difícil falar; mover-se era impossível. Ela simplesmente ficou ali deitada, tentando decifrar por que havia sido selecionada para aquele tratamento.

Como se tudo isso não fosse suficiente, uma jovem enfermeira chegou decidida trazendo um suporte como o que estava preso à garrafa com a gota e o posicionou perto de sua cabeça. Pouco depois apareceu outra enfermeira trazendo um frasco com sangue até a metade.

"Ah, então você está bem acordada. Ótimo", disse a primeira enfermeira à guisa de cumprimento.

A outra ergueu os olhos de debaixo da cama de Adah, onde estava aparafusando as porcas que prendiam o segundo suporte, e saudou-a com um sorriso pálido. "Acho que isto não será necessário, mas pelas dúvidas...", concluiu a segunda enfermeira. As duas, tanto a enfermeira número um como a enfermeira número dois, haviam virado o frasco com sangue de cabeça para baixo e conectado o frasco a um outro tubo, mas deixaram assim mesmo. "Talvez não seja necessário, mas pelas dúvidas...", dissera a enfermeira número dois.

As enfermeiras saíram em passo decidido, assim como haviam entrado. Adah virou os olhos para a mulher à sua direita; a mulher sorriu e perguntou como estava sua barriga. Adah tentou responder, dizer que no momento deuses irados haviam instalado uma espécie de moedor no interior dela; dizer que o tal moedor parecia inclinado a transformar tudo o que havia dentro de sua barriga num belo purê bem homogêneo; dizer que a garrafa com água presa a seu braço esquerdo havia sido colocada ali por aquelas enfermeiras e médicos com o objetivo de ajudar o moedor a moer suas entranhas bem depressa; dizer que enquanto toda essa moeção e gotejamento se desenrolavam, seu corpo estava quente, seus lábios ressecados como os de um peregrino do deserto, e sua cabeça girava em círculos como a roca de fiar algodão. Só que Adah não conseguiu pronunciar uma palavra sequer. O tubo de borracha que passava por seu nariz e chegava à sua boca não permitia.

Eram gentis aquelas mulheres da enfermaria. Durante os primeiros dias, quando Adah ainda estava resolvendo se valia a pena lutar para continuar vivendo aquela vida, as mulheres lhe mostraram muitas coisas. Pareciam dizer-lhe que olhasse em torno, pois ainda havia muitas coisas bonitas para serem vistas que ela não havia visto, muitas alegrias a desfrutar que ela não desfrutara, que ela era jovem, que tinha a vida inteira diante de si.

Adah nunca se esqueceria de uma mulher que parecia ter a idade de sua Ma. Aquela mulher fora casada por dezessete anos e nunca tivera filhos. Nunca tivera um aborto. E de repente Deus resolvera visitá-la, assim como visitara Sara, a mulher de Abraão, e ela engravidara e também tivera um filho. Aquela mulher nunca parava de mostrar o filho a todo mundo, mesmo não estando suficientemente forte para andar. Adah não sabia que a mulher tivera de esperar dezessete anos pelo filho e se cansou de contemplar aquele bebê de cabelo castanho grosso todo arrepiado, como fios elétricos. Sentiu-se ainda mais incomodada porque o tubo de sua boca não permitia que ela falasse com a mulher, que lhe dissesse que todo mundo ali na enfermaria tivera um bebê ou estava esperando um bebê e lhe perguntasse o que afinal seu filhinho tinha de tão especial para que ela o mostrasse a todo mundo daquele jeito, como se ele fosse um prêmio ou algo assim. Mas graças a Deus ela nunca teve a oportunidade de dizer nada disso à outra. Quatro dias depois, quando o tubo foi removido, a mulher ao lado dela, cujo marido parecia ter idade suficiente para ser pai dela, disse-lhe que a mulher do bebê de cabelo espetado tivera de esperar dezessete anos para ter um filho. Adah quase engasgou. Dezessete anos! Queria perguntar todo tipo de coisa. Por exemplo, o que o marido dela fazia? Imaginou-se na posição da mulher. Esperando e esperando dezessete anos por um bebê que não tinha a menor pressa em decidir se viria ou não ao mundo. Tentou imaginar como teria sido sua vida com Francis se não tivesse lhe dado filhos. Se lembrou do nascimento de Titi. Depois de um tormento longo e doloroso, voltara para casa, para Francis, com uma menina nos braços. Todos olharam para ela com um olhar que dizia "Só isso?". Ela tivera a audácia de deixar todo mundo esperando por nove meses e quatro noites insones só para depois aparecer com uma menina e nada mais? Nove meses inteirinhos desperdiçados. Mas ela consertara a situação tendo Vicky pouco depois.

E se ela tivesse tido de esperar dezessete anos por tudo aquilo? Teria morrido em decorrência das pressões psicológicas ou teriam comprado outra esposa para Francis. Ele teria se declarado muçulmano, pois quando era mais jovem havia sido muçulmano. Francis era como o Vigário de Bray. Trocava de religião para se adequar aos próprios caprichos. Quando percebera que se fornecesse a Adah os meios para praticar o controle da natalidade ela ficaria livre da servidão de ter filhos, Francis virara católico. Quando começou a ser reprovado em seus exames e a sentir-se muito inferior aos colegas nigerianos, virara Testemunha de Jeová.

Adah passou a olhar com outros olhos a mulher do bebê precioso. A mulher nunca parava de falar, nunca parava de rir. Ria alto, como um homem. Era tosca, não educada como a mulher mais jovem, composta, vizinha de Adah. A composta, no leito de número onze, embora normalmente fosse uma garota muito calada, se encarregou de conversar o tempo todo com Adah. Deve ter sido muito difícil para ela, porque ainda não tivera seu bebê. Era um caso complicado. O parto estava semanas atrasado, contou a Adah. Os cirurgiões e médicos estavam na dúvida se era ou não o caso de operar. Todos continuavam esperando, inclusive o marido. Aquele marido dela, alto, bonito, bem-vestido e bem tratado, parecia o deus Apolo. O homem devia ter alguma qualidade especial, porque visitava a esposa a qualquer hora do dia. As enfermeiras e médicos permitiam que ele entrasse, até mesmo o cirurgião que abrira a barriga de Adah, que era outro homem bonito, moreno, branco, mas com o tipo de coloração da pele que os brancos costumam ter quando passam anos e anos ao sol, ou aquele bronzeado artificial que as mulheres brancas pintam em si próprias para ficar com ar saudável. O cabelo do cirurgião era espesso, preto e liso, o nariz e a boca fortes como os dos negros, só que ele era inglês, ou pelo menos era o que diziam. E era um grande homem. Um homem que sabia manejar sua faca, um homem que tratava todos os pacientes que havia operado com um interesse especial. Durante os quatro primeiros dias depois da operação de Adah, enquanto ela estava a meio caminho entre este mundo e o outro, ele sempre ia ver como ela estava, tanto de dia como de noite.

Ele, esse cirurgião que sabia manipular tão bem sua faca, não fez nenhuma pregação nem nenhum sermão a Adah sobre as razões pelas quais ela deveria fazer força para viver e tudo isso, mas ficava dizendo a seus discípulos de jaleco branco que poucos pacientes haviam morrido por causa de sua faca. E mais: que a cicatriz sempre fechava direitinho, sem desfigurar a mulher. Adah gostava daquele cirurgião e da confiança que ele demonstrava, mesmo quando, em algumas daquelas noites, todos acharam, inclusive Adah, que ela seria uma das poucas pacientes que ele perderia. A confiança daquele homem nunca o deixava. Assim, Adah começou a acreditar, tal como ele, que estava destinada a este mundo e não ao outro. Pelo menos por enquanto. O cirurgião moreno e bonito venceu. Adah viveu e se tornou um dos exemplares vivos da enfermaria.

Ninguém a chamava por seu nome de verdade. Aplicavam-lhe vários apelidos, como se fossem títulos. Ela não tinha como se esquivar de alguns desses títulos, outros eram desnecessários, outros ela recebia por causa daquele seu bebê diferente. Para as outras mulheres da enfermaria, ela era César; para os sucessivos jovens médicos que andavam na esteira do cirurgião, ela era "Apresentação de cordão", seja lá o que isso significava. Para as enfermeiras da noite, ela era a mãe de Mohammed Ali, porque seu bebê era barulhento, desordeiro e indomável. Dormia a tarde inteira. Se todos os outros bebês estivessem chorando feito uns loucos, Bubu dormia. Os gritos alheios nunca o perturbavam. Mas assim que anoitecia e que os outros bebês do berçário resolviam dormir, Bubu acordava, e acordava em grande estilo, aos berros e com exigências. Claro, todos os outros bebês eram acordados por seus gritos. Assim, durante o dia Bubu era muito popular, mas à noite era um terror. No fim, um berçário especial de emergência foi criado especialmente para ele no fim do corredor, e Adah podia ir visitá-lo sempre que quisesse. Bubu recebia tratamento VIP no hospital.

No quarto dia, o tubo que selava a boca de Adah foi retirado. Para Adah, aqueles quatro dias pareceram quatro séculos. Portanto ela agora podia falar, mas não podia se mover na cama, e suas costas estavam doloridas. Para ela, não tinha importância: afinal, sua boca não estava enfim liberada?

Adah começou a bombardear com perguntas a mulher composta do leito onze. Como ela fizera para se casar com um homem tão bonito como seu marido? Qual era a sensação de se casar com um homem quase com idade suficiente para ser pai dela? Qual era a sensação de ser amada e respeitada como ela era, coberta de presentes, flores, bonecas engraçadas que produziam músicas malucas, lindas caixas amarradas com belas fitas coloridas, contendo todo tipo de coisa? Uma ou duas continham bonecos de molas, divertidos, diferentes, fazendo várias coisas. Qual era a sensação de ser tratada com tanto respeito pela irmã responsável pela enfermaria, uma mulher grande, de ar masculino, mas bastante maternal? Em resposta, a mulher composta simplesmente sorria. Estava habituada a ter seus desejos atendidos, a ser mimada, mas mesmo assim era uma pessoa muito simples. Havia sido secretária do homem importante. A esposa dele falecera anos antes, deixando-o com os dois filhos que Adah vira na companhia dele. Vira, sim: altos como o pai, mas magros demais para o gosto dela. Precisavam de uma alimentação mais substancial, pensara Adah. Um cursava alguma universidade, estudava direito. O outro era sócio numa firma, contou a Adah a mulher composta. Casar-se com o pai deles fora a coisa mais incrível que já lhe acontecera. Era uma filha adotada, nunca soubera quem eram sua mãe e seu pai de verdade. Tentara, sem conseguir, descobrir se seus pais de verdade estavam mortos ou vivos. Os pais adotivos eram boas pessoas, acrescentou depressa, depressa demais para o gosto de Adah, que era incapaz de imaginar como seria possível alguém que não os pais amar você como se você fosse da mesma carne e sangue. Eles a amavam, os pais adotivos, mas ela estava decidida a construir um lar feliz para si, um lar onde fosse amada, realmente amada, e onde estivesse livre para amar. Tivera muita sorte. Parecia que seu sonho estava virando realidade.

"Não está virando realidade; é realidade. Agora você é praticamente uma princesa", disse Adah, com vontade de chorar.

A conversa foi interrompida pela chegada do marido-astro-de-cinema da mulher composta. A atenção de Adah também foi atraída pelo grande cirurgião e seus seis discípulos. Por uma vez, Adah não estava inclinada a ver todas aquelas pessoas. Doutor ou não doutor, cirurgião ou não cirurgião, por que o homem não podia examiná-la sozinho, sem todos aqueles homens de olhos famintos que pareciam abutres olhando tudo?

Os médicos chegaram com um biombo florido para dar-lhe um pouco de privacidade. Ela lamentou, porque gostava de observar a forma como o marido da mulher composta costumava sentar-se ao lado dela na beirada da cama, segurando sua mão com delicadeza, os dois rindo tranquilos, às vezes só parados ali, ele acariciando a testa dela, sem dizer nada, só sentado ali, como amantes nos filmes românticos a que Adah assistira na Nigéria. É possível ler sobre aquele tipo de coisa, atrizes e atores encenam aquele tipo de quadro na tela em troca de dinheiro. Nunca passara pela cabeça de Adah que aquelas coisas pudessem acontecer de verdade.

Assim que o grande cirurgião começou a expô-la à vista daqueles médicos ou cirurgiões estudantes, ou fosse qual fosse o título pelo qual eles seriam chamados quando se formassem, Adah rompeu em prantos. Por quê? Qual era o problema?, quis saber o grande homem. Os médicos chegaram à conclusão de que era depressão pós-parto. Adah não conseguia parar de chorar. Não queria parar porque poderia cair na tentação de contar a verdade a eles. Poderia cair na tentação de lhes contar que pela primeira vez na vida detestava ser quem era. Por que ela não podia ser amada como um indivíduo, do jeito que a mulher composta estava sendo amada, amada pelo que era, e não apenas por ser capaz de trabalhar e passar adiante o dinheiro, como uma criança comportada? Por que ela não podia ser abençoada com um marido como o daquela mulher que tivera de esperar dezessete anos pela chegada do filhinho? O mundo inteiro parecia desigual, tão injusto. Algumas pessoas eram criadas com todas as coisas boas prontinhas à espera delas, outras apenas como enganos. Enganos de Deus.

No momento, a única coisa que Adah conseguia ver era a garota composta sendo beijada e amada, e a mulher que tivera de esperar dezessete anos andando orgulhosa pela enfermaria com seu bebê. Não pensou no que seria a vida para uma garotinha que sabia que fora adotada; que a garotinha às vezes talvez se perguntasse se seus pais algum dia a haviam desejado. Que a garotinha às vezes pudesse sentir-se rejeitada até pelos pais adotivos. Quanto à mulher com o filhinho, Adah não era capaz de imaginar os sofrimentos e dores que aqueles dezessete anos podiam ter significado.

Adah achou muito difícil controlar as lágrimas, mesmo depois de não mais sentir-se hostil para com o grande cirurgião e seus seis discípulos. Eles estavam esperando que ela parasse de chorar. Pela expressão do rosto, a mulher indiana do grupo parecia estar sendo obrigada a comer merda. O rosto estava feio. Ela queria chorar junto com Adah. Adah sabia que ela era indiana porque seu sári varria o piso da enfermaria por baixo do jaleco branco, e seu longo cabelo negro estava preso numa única trança, que balançava às suas costas como o rabo de cavalo utilizado pelos chefes africanos para espantar moscas em público.

O cirurgião emitiu alguns sons amistosos, dizendo a Adah que não se preocupasse. Que depois eles voltariam para conversar com ela. Murmurou alguma coisa para uma enfermeira ali perto. Todos os discípulos sorriram para Adah, constrangidos; o cirurgião disse a ela que ela era uma boa menina, porque estava se recuperando depressa. E se foram. Nenhum deles se virou para olhar de novo para ela. Simplesmente desapareceram num instante, como um grupo de pessoas surdas e mudas cujas línguas tivessem sido removidas de suas bocas.

Chegara a hora das visitas entrarem nas enfermarias. Como sua cama era ao lado da porta, Adah podia acompanhar a entrada dos parentes ansiosos trazendo ramos de flores e presentes, assim que a irmã grandona autorizava a entrada. Esses parentes eram como crianças, acenando ansiosamente para as mães que, a essa altura, haviam sido arrumadas pelas enérgicas enfermeiras. A maioria das mães havia penteado o cabelo, empoado os narizes.

Todas vestiam camisolas graciosas, todas pareciam felizes e expectantes. Adah ficava feliz por elas, não por fazer parte da cena, mas por ser uma boa observadora. A única mesa vazia em toda a enfermaria era a dela. Nada de flores, nada de cartões. Ela e Francis não tinham amigos, e Francis não achava que flores fossem uma necessidade. Adah não perguntou a ele por que ele não lhe trazia flores; talvez ele não tivesse percebido que as outras mulheres recebiam flores. E não o culpou por isso, porque em Lagos era raro alguém comprar flores para mães recentes. Mas comentaria a questão; assim ele ficaria sabendo para outra oportunidade. Quem sabe até lhe trouxesse flores no dia seguinte, pensou. Só que seria um milagre. Por que os homens precisavam de tanto tempo para mudar, para se adaptar, para se harmonizarem a novas situações?

A mulher do leito oito era grega, grande e volúvel. Dissera a Adah que vivia em Camden Town, que tinha uma filhinha à sua espera em casa. A menina era da idade de Titi. Mas a mulher era deslumbrante. Tinha uns dez penhoares, todos com lindos babadinhos e acabamentos. Era costureira, contou. Costurava para a Marks and Spencer, por isso tinha uma grande quantidade de roupas que não haviam passado no controle de qualidade e que a firma permitia que ficassem para ela. Naquela tarde vestia uma camisola comprida de náilon com um laço de cetim na frente, acomodado com muita graça entre seus seios volumosos. Soltara o cabelo, que era mantido no lugar por uma sobra do cetim. Parecia uma flor azul, pousada ali: grande, decorativa, sorridente e acenando para o marido, que ainda não entrara.

Adah começou a se preocupar com sua camisola. Gentilmente, as enfermeiras haviam-na trocado por outra mais limpa, mas era uma das camisolas do hospital. Lembrava uma camisa de homem, listrada de vermelho, com colarinho e mangas compridas disformes. A cor de fundo do tecido era rosa, mas as listras se destacavam; pareciam veias rubras. Adah não se incomodava muito por usar a camisola que parecia uma camisa com aquelas listras cor de sangue. O que mais a incomodava era o fato de ser a única mulher a vesti-la. Todas as outras tinham suas próprias camisolas. Teria uma conversa a respeito com Francis. Pediria a ele que comprasse uma para ela na Marks and Spencer. Sua camisola especial que seria comprada na Marks and Spencer também seria azul, como a da grega. Mas diria a Francis que preferia que ela não tivesse tantos babadinhos e preguinhas. Ficaria com cara de árvore de Natal hiperdecorada, e ela não gostava da ideia. Só queria uma camisola lisa, reta, de náilon ou poliéster azul, ou outro tecido qualquer, desde que fosse macio, transparente e azul. Pensou um pouco na parte da transparência e chegou à conclusão de que Francis não gostaria. Iria acusá-la de querer se exibir para aqueles doutores de olhos curiosos e sorrisos cínicos. Não, não pediria a Francis que comprasse uma camisola transparente; pediria que comprasse uma dupla, com uma espécie de anágua por baixo. Essas eram muito bonitas, porque as anáguas costumavam ter rendas lindas nas bordas. Isso, era essa mesma que ia pedir para Francis comprar. Não se importaria se ele comprasse uma só, porque estava segura de que em um ou dois dias ficaria melhor e poderia dar uma fugidinha até o banheiro para lavar a camisola que estava usando agora, que ficaria bonita e limpa para o dia seguinte. Mas será que Francis não ia reclamar do preço da camisola azul com a anágua rendada? Será que não a acusaria de invejar as outras pacientes, de querer se equiparar à grama mais verde das vizinhas? Que resposta ela daria a ele?

Adah refletiu e voltou a refletir. Ora, Francis nunca lhe dera um presente. Afinal, ela lhe dera aquele filho Mohammed Ali. Afinal, o filho teria o nome dele, não o dela, embora fosse ela que guardaria as cicatrizes horrorosas da cesariana pelo resto da vida. E o que dizer da dor que ela até agora era obrigada a suportar? Sim, ela merecia que Francis lhe desse um presente. Não se incomodava com o fato dele comprar o presente com o dinheiro dela, mas ia mostrá-lo às outras pacientes da enfermaria e dizer à sua vizinha composta "olhe, meu marido me deu uma camisola forrada com uma anágua rendada, exatamente o que eu estava sonhando". Era isso o que ela ia fazer. Bem, estava aprendendo. Quando em Roma, faça como os romanos. Quando no Hospital Universitário da Rua Gower, faça como as outras. Boa essa!

O gongo soou. As visitas entraram apressadas, rindo, trazendo mais flores, mais embrulhos, mais presentes. Adah se preparava para observar tudo, como sempre, porque Francis raramente chegava cedo devido às crianças. Por ela tudo bem, porque Francis não beijava em público; mal podia perguntar a ela como estava se sentindo, porque considerava que Adah era algo que ele possuía e nenhuma doença, nenhum deus poderia tirá-la dele, portanto para que se dar ao trabalho de perguntar como ela estava se sentindo, quando tinha certeza de que de todo modo ela ficaria bem? Assim, normalmente eles não tinham sobre o que conversar. Adah só podia indagar sobre Titi e Vicky e ficar preocupada com eles. O rosto de Vicky estava começando a acusá-la. Ela disse para si mesma que isso era um sinal garantido de que estava ficando boa. Alguns dias antes ela nem se dava conta da existência de Titi e Vicky. Não se dava conta de nada, de absolutamente nada. Assim, Francis não chegaria cedo e ela observaria de camarote aqueles parentes felizes mimando suas mulheres.

Depois da entrada dos parentes, apareceu uma enfermeira. Vinha falar com Adah e tinha um sorriso hesitante no rosto. Era um sorriso de constrangimento. A enfermeira se comportava como alguém que recebeu uma tarefa delicada e que mesmo assim teria de se desincumbir da tarefa. Se aproximou de Adah segurando com uma das mãos a touca branca, que dava a impressão de estar a ponto de cair, e sorrindo aquele sorriso hesitante. Falava com Adah, mas seus olhos controlavam as visitas.

Disse, em voz baixa e rouca: "Senhora Obi, a senhora precisa dizer ao seu marido que, quando ele vier, traga sua camisola, porque, entende, a senhora não deveria estar usando a bata do hospital depois do nascimento de seu bebê. As batas são para uso na sala de parto. Mas achamos que talvez a senhora não estivesse informada". A enfermeira sorriu de novo e em seguida desapareceu.

Adah percebeu que ela era a mais moça de todas as enfermeiras. Por que seria que as tarefas mais desagradáveis costumam ser confiadas aos jovens? Parte do treinamento? Então, não teria sido mais fácil a irmã responsável pela enfermaria se encarregar da tarefa de informá-la de que não era permitido usar a roupa fornecida pelo hospital num quarto coletivo? Tudo bem, no fim dava no mesmo. Francis teria de comprar uma camisola para ela. Mas depois de ser instruída a tomar essa providência da maneira como o fizera a jovem enfermeira, o assunto perdia a graça. Agora, era imperativo comprar a camisola, um dever, uma ordem que precisava ser obedecida. Já não seria um presente.

Adah ficou com um vácuo na barriga dolorida.

Agora tinha certeza de que as pessoas estavam falando dela. *Vejam só aquela negra que não ganhou nenhuma flor, nenhum cartão, que não recebe visitas, exceto do marido, que em geral chega cinco minutos antes do fim do horário de visitas com cara de quem detesta tudo isto. Olhem para ela, nem camisola ela tem. Será que é de Holloway, de alguma prisão? Só pacientes que vêm da prisão usam roupa do hospital na enfermaria.* Adah tinha certeza de que a avó que falava e gesticulava animadamente perto da cama da neta estava falando do fato dela não ter uma camisola. Tinha certeza de que o grego baixinho, atarracado, de casaco preto, sentado de forma um tanto desconfortável na cadeira de encosto reto do hospital, estava falando dela. Todas as conversas que zuniam, zuniam ao seu redor eram sobre ela. O zunido prosseguia, prosseguia, não se interromperia nunca. Adah chegava a ouvir seu nome sendo pronunciado, especialmente pelo grego. Adah não queria mais ouvir. Não queria mais pensar. Não queria mais ver. Fechou os olhos, mergulhou nos lençóis, cobriu a cabeça. O mundo não poderia mais vê-la, o mundo não teria como saber se ela vestia uma bata do hospital ou uma camisola que lhe pertencia. Ela não se cobrira inteira, como uma pessoa morta?

Se a mulher composta, com quem os dois bonitos filhos do marido estavam conversando, tinha percebido que Adah estava fazendo uma coisa esquisita, não atribuiu suficiente importância ao fato para constranger suas visitas com ele. Se um ou dois familiares em visita tivessem pensado consigo mesmos que era estranho ela se enfiar no meio dos lençóis daquele jeito, teriam dado de ombros e dito para si mesmos, nunca se sabe com esses negros, às vezes eles se comportam como se tivessem cérebro de galinha.

Adah sentia-se grata para com todos eles por não lhe perguntarem o que ela estava fazendo. Queria alguma privacidade, e a única privacidade disponível no momento era embaixo dos lençóis.

Informou a Francis que não estava dormindo, porque, ao chegar, a primeira pergunta que ele fez foi sobre a razão dela estar deitada ali daquele jeito, com a cabeça coberta. Depois ele sorriu, trazia boas notícias. Ele já não lhe dissera vezes sem fim que ela era uma esposa em um milhão? Não era essa a razão pela qual ele estava tentando mantê-la afastada dos olhos curiosos de vizinhos e amigos, porque, se soubessem como ela era prestativa, eles ficariam com inveja? Ele era um homem de muita sorte por tê-la.

Adah tentou adivinhar quais seriam as boas notícias que faziam Francis parecer tão satisfeito consigo mesmo. Teria conseguido um belo emprego, ou algo assim? Não, Francis não era o tipo de homem que saía em busca de um emprego se não fosse obrigado. Era o tipo de pessoa que acreditava que o mundo lhe devia tanto que não havia necessidade de oferecer nada em troca. Nada, nem mesmo um terremoto seria capaz de alterar em Francis esse âmago cristalizado. Essas eram as únicas boas notícias capazes de alegrar Adah em seu estado emocional do momento. Ter tido um filho no hospital abrira muito seus olhos. Ora, muitos ingleses levavam as camisolas das esposas para casa para lavá-las. Ela estava decidida a tentar aquilo tudo com Francis. Ia pedir-lhe que comprasse as camisolas, agora não mais uma apenas, mas duas ou mesmo três, e ia pedir lhe que as lavasse quando ficassem sujas; afinal, se ficassem sujas seria em decorrência dos corrimentos que estava tendo devido ao filho que tivera para ele. O filho que carregaria o nome dele como uma bandeira. Mas primeiro as boas notícias, depois a discussão.

"E agora, por que você não me conta as boas notícias?", ela perguntou, sorrindo tanto quanto permitia sua barriga costurada. "Conte, estou ansiosa para saber".

"Primeiro leia isto", ordenou Francis. Em seguida lhe entregou uma carta de sua chefe na biblioteca onde ela trabalhava. A mulher, sua chefe, que Deus a abençoe, a aconselhava a aproveitar bem a permanência no hospital e descansar um pouco. Adah estava tentando ler e se concentrar, mas Francis, impaciente, insistia para que ela chegasse logo ao último parágrafo, que, segundo ele, era o mais importante. Adah pulou a maior parte do meio da carta só para atender Francis, e leu a última parte. De fato, de certo modo eram boas notícias. A municipalidade de Finchley decidira pagar-lhe um montante fechado pelos feriados que ela não gozara. Sua chefe dizia que esperava que Adah usasse aquele dinheiro para tirar férias, depois de seu confinamento, e comprar algumas roupas. Concluía a carta contando que os funcionários da biblioteca haviam feito uma vaquinha e comprado para ela um cardigã vermelho, de lã, que combinava com a lappa estampada com pássaros que ela costumava usar no trabalho.

"Aquele pessoal da biblioteca é muito gentil. Espero que me aceitem de volta, depois disso tudo. Uma hora dessas preciso ir até lá para agradecer pessoalmente", observou Adah, sorrindo e pensando que Deus a ajudara muito com aquela pequena fortuna. Assim, poderia falar a Francis da camisola que a enfermeira queria que ela usasse: agora tinha meios para comprar as duplas, e compraria duas ou três. Mas Francis estava dizendo alguma coisa, falando que era uma coisa muito importante. Adah se obrigou a redirecionar a atenção para o que ele estava dizendo.

"... sabe aquele curso que o sr. Ibiam disse que tinha ajudado muito para que ele fosse aprovado nos exames de contadoria em Custos e Obras? Agora já posso pagar. Custa menos de quarenta libras, e eu seria aprovado mais depressa. Na segunda-feira pago pelo curso inteiro, de modo que eles vão poder me mandar todo o material o mais cedo possível".

O que dizer a um homem desses? Que ele é um idiota? Um egoísta? Um safado? Ou um assassino? Nada do que Adah pudesse pensar transmitiria seus sentimentos direito. Por isso ela se limitou a suspirar e, em vez de reclamar, perguntou pelas crianças, que pelo jeito Francis se esquecera de mencionar. Foi informada de que estavam bem e que não sentiam muita falta dela.

"Não? E se eu tivesse morrido alguns dias atrás, quem ia tomar conta deles? Me diga. Com você no mundo da lua, sonhando com o que vamos ser no futuro e o que você vai ser no Novo

Reino de Deus? Mas você esquece que neste momento as crianças precisam de você. Não estou interessada em saber se você vai virar um Nkrumah ou outro Zik. Quero um marido agora e um pai para meus filhos agora!", exclamou Adah.

Francis olhou em volta, nervoso. Tinha certeza de que os outros pacientes e suas visitas não podiam ouvir a conversa deles, mas Adah estava falando na língua igbo, o que significava gesticular muito. Eram gestos frenéticos, como as pás de um moinho enlouquecido. Ela não elevava o tom de voz, mas falava e falava e parecia que nunca ia parar de falar.

"Se você está preocupada com quem ia cuidar das crianças se você tivesse morrido, bem, lembre-se de que minha mãe criou nós todos, e não vejo por quê...".

"Se você não sair desta enfermaria ou não parar de falar, jogo esta jarra de leite em você. Neste momento eu odeio você, Francis, e algum dia vou lhe abandonar. Não pus meus filhos no mundo para serem criados por uma mulher que não sabe nem assinar o nome. Uma mulher que usou o polegar em nossa certidão de casamento porque não sabe escrever. Se você quer mesmo saber, eu trouxe meus filhos para cá para salvá-los das garras da sua família e, com a ajuda de Deus, eles vão voltar para a Nigéria transformados em outras pessoas; eles nunca, nunca serão o tipo de pessoa que você é. Meus filhos vão aprender a tratar as esposas como gente, como indivíduos, não como bodes que aprenderam a falar. Minhas filhas... Deus que me ajude, ninguém vai pagar nenhum dote por elas. Elas vão se casar por amar e respeitar seus homens, não por estarem atrás da melhor oferta ou por ter necessidade de um lar...".

Quando falou em lar, Adah caiu no choro. Se pelo menos tivesse um lar, não teria se casado tão cedo. Se pelo menos Pa não tivesse morrido quando morreu. Se pelo menos sua gente em Lagos tivesse sido suficientemente civilizada para saber que uma garota que decide viver sozinha e estudar para ter um diploma não é necessariamente uma puta, se pelo menos... Seus pensamentos não paravam nunca. E agora aqui estava ela, num país estrangeiro, sem amigos, fora os filhos...

É, tenho meus filhos. Eles ainda são bebês, mas bebês viram pessoas, homens e mulheres. Posso dirigir meu amor para eles. Deixar esse sujeito. Não, viver com ele enquanto for conveniente. Não mais que isso. Adah secou as lágrimas. Chorar era uma demonstração de indulgência, de fraqueza. Já era tarde para chorar. Não havia Ma nem Pa. E seu irmão Boy estava a milhas de distância, não podia ajudá-la. Precisava agir por conta própria. Estava em busca de um lar. Desde a morte de Pa, tantos anos atrás, nunca tivera um lar; fora procurá-lo no lugar errado e entre as pessoas erradas. Isso não significava que o mundo inteiro estivesse errado ou que ela nunca pudesse dar início a outro lar, agora que tinha seus bebês para partilhá-lo com ela. Sorriu para Francis, dando graças a Deus por tê-lo dado a ela como instrumento com o qual fora possível ter seus filhos. Não o atacaria porque ele era o pai de seus bebês. Mas era um homem perigoso, como companheiro de vida. Como todos os homens de seu tipo, tinha necessidade de vítimas. Adah não seria uma vítima voluntária.

Sorriu de novo. Disse a ele que as autoridades do hospital queriam que ela comprasse uma camisola. Disse que gostaria de ter uma camisola azul, mas a expressão do rosto de Francis e sua própria explosão de pouco antes drenaram toda a sua energia. Não teve coragem de dizer a ele que necessitaria de mais de uma camisola porque ainda estava perdendo muito sangue, não conseguiu dizer a ele que gostaria de ter uma camisola bonita e na moda. De repente Adah se deu conta de que não estava lidando com o marido de seus sonhos, mas com um inimigo. Precisava ter muito cuidado, do contrário sairia ferida. Já não estava interessada em flores ou cartões, só queria ficar boa depressa e voltar para seus filhos.

"Supondo que esse dinheiro não tivesse chegado; de que jeito você ia comprar a camisola?".

Não havia necessidade de resposta. Seu salário mensal chegara pouco antes, era o que informava a carta; eles tinham com que pagar diversas camisolas, se Francis não achasse que elas eram um luxo desnecessário. Mas não falou nada. Em vez disso, virou a cabeça para as outras pacientes, cansou-se de olhar para elas, fechou os olhos e adormeceu.

Dois dias depois, recebeu a camisola. Era azul. O corte e o estilo eram exatamente iguais aos da camisola que Adah usava no hospital. Era só uma camisa comprida de algodão, do tipo feito especialmente para as mulheres muito velhas. Adah não se incomodou. Pelo menos não se sentiria mais culpada por estar usando o camisão do hospital.

Adah não fez questão de exibir a camisola nova na enfermaria, como havia planejado, pois não estava orgulhosa dela. Não era bonita, e só podia ter uma. Assim, aprendeu outra regra a ser aplicada no restante de sua estadia por lá. O melhor era ser discreta. Caso se envolvesse em algum tipo de fofoca ou comentário, podia cair na armadilha de falar sobre si mesma, sobre seus filhos e sobre o marido. Não queria fazer isso outra vez. Não havia nada a comentar.

Não demorou para as mulheres da enfermaria começarem a receber alta. Todas estavam ansiosas para voltar para casa antes do Natal. A senhora composta foi a primeira a se evaporar sem chamar a atenção. Precisava ir para outra enfermaria, explicou a Adah. Desejava-lhe sorte em sua permanência na Inglaterra e lhe disse que fora um prazer conhecê-la e que esperava que Adah melhorasse logo. Adah ficou tão comovida que teve a tentação de agir exatamente como teria agido na Nigéria. Queria pedir à senhora o endereço dela, mas alguma coisa na gentileza da outra a impediu. Era o tipo de gentileza que habitualmente se associa com inteligência. A senhora podia falar com Adah na enfermaria do hospital, podia fazer piada com ela, podia contar-lhe a história de sua vida, porque sabia que as duas nunca mais voltariam a se encontrar. Assim, Adah se limitou a agradecer e a desejar-lhe sorte. A outra deslizou silenciosamente para fora da enfermaria, e as pessoas que a viam achavam que ela estava simplesmente indo tomar um banho. Mas ela se foi. Morreu alguns dias depois. Ninguém contou os detalhes às mães remanescentes. A única coisa que elas souberam foi que ela havia morrido. As enfermeiras não quiseram revelar mais nada.

Adah queria ir para casa.

Os preparativos para voltar para casa foram outro suplício. Você se vestia e vestia o novo bebê com as roupinhas novas em folha, mais a manta nova. Então o bebê era exibido por toda parte vestindo seu primeiro traje civil, e todos falavam língua de criança e comentavam que ele estava muito elegante. Também davam os parabéns à mãe, pela silhueta esbelta. Nem sempre esses cumprimentos eram muito sinceros, porque todas as mães recentes voltavam para casa com aquele volume frontal que só desaparece depois de algum tempo. Mas naquele dia, no dia em que têm alta do hospital, as mães tratam de se espremer e se enfiar em vestidos ou conjuntos justos. Dava para olhar essas mulheres com solidariedade: tentando provar para si mesmas que nada havia mudado, que não haviam perdido as formas, que continuavam esbeltas e atraentes tal como eram antes de seus bebês serem concebidos; que ter filhos não significava perder a juventude e que, como toda mulher jovem que anda pela rua, podiam circular usando roupas comuns, e não as indumentárias em forma de barraca que vinham usando nos últimos meses.

Para Adah, a indumentária africana resolvia o problema das formas. A lappa igbo esticava, esticava, de modo que para ela não havia necessidade de chupar a barriga. A lappa cobria tudo. Pedira a Francis que levasse para ela a lappa estampada com as palavras "Independência da Nigéria, 1960". Mostraria às pessoas que vinha da Nigéria e que a Nigéria era uma república independente. Não que as outras mulheres não soubessem, mas Adah pensou que gostaria que elas nunca se esquecessem disso, que ela vinha da Nigéria e que a Nigéria era independente.

O problema eram as roupas do bebê. Quando ela tivera Vicky, os americanos haviam sido muito bons com ela, encomendando o enxoval do bebê em Washington... As mantas e lençóis eram todos muito bonitos e macios. Mas agora Adah precisava usá-los pela segunda vez. Não dava maior importância aos cobertores e roupinhas; mas a manta era uma coisa que a preocupava. É que a manta já não era propriamente branca. Quando nova também não era branca-branca, mas tinha aquela espécie de linda brancura creme com a maciez dos bebês. Agora, depois de usá-la com Vicky e depois de uma centena de lavagens, o branco-creme perdera a maciez. Agora a cor da manta era do tipo que ninguém consegue dissociar de sujeira, lavagens precárias e pobreza. Claro que cada novo filho merecia uma primeira roupinha nova. Era impossível Adah discutir suas preocupações com o marido porque sabia a resposta que ele lhe daria. Diria que uma manta era uma manta e ponto final. A tortura que Adah sofreu só por causa daquela manta creme! Quem sabe fosse possível simplesmente desaparecer da enfermaria com o bebê, enquanto as outras mães dormiam, de modo que elas não percebessem o desleixo da indumentária do pequeno Bubu? Deveria dizer à enfermeira que não mostrasse seu bebê para as outras mães, porque ela não gostava que ele fosse exibido assim? O que fazer? O episódio da camisola a deixara silenciosa, pouco comunicativa até com a grega do leito em frente. Mas o problema era que Adah desconfiava que as pessoas sabiam a razão dela ter ficado silenciosa de repente. Se pelo menos se sentisse suficientemente confiante para assumir uma pose de indiferença, a vida teria ficado muito mais simples para suas colegas de enfermaria e também para ela própria. Mas esse tipo de atitude, da pobre sofisticada, ela só desenvolveria muito mais tarde. Naquele dia de dezembro, para a Adah de vinte anos, uma manta nova era o máximo dos máximos. E como ela não tinha uma, estava começando a invejar a senhora composta que escapara daquilo tudo morrendo. Se pelo menos tivesse morrido, se pelo menos as enfermeiras não achassem seu bebê uma maravilha só porque o cabelo dele era grosso e encaracolado, quando quase todos os bebês do berçário eram carecas, se pelo menos permitissem que ela simplesmente agarrasse o menino e desaparecesse...

Francis chegou com a lappa. Adah amarrou-a em torno da cintura às pressas, mas se recusou a voltar para a enfermaria. Ficou parada, em pé, no corredor do hospital. Viu a enfermeira mostrando Bubu para todo mundo, teve certeza de que a enfermeira estava demorando muito para fazer isso só porque a manta de Bubu era velha. Teve certeza de que todas as mulheres estavam rindo dela e dizendo "coitada da negra"! Ficou ali parada roendo as unhas, quase comendo a própria carne de tão ansiosa. *Me devolva esse bebê*, gritava seu coração dolorido. Mas a enfermeira o mostrava a todos: aos médicos, a qualquer pessoa que casualmente estivesse por ali, explicando que aquele era o bebê especial deles, nascido milagrosamente, com enorme sofrimento da mãe. E por acaso ele não valia todo o sofrimento, todos os sacrifícios? Quem ia atrás da enfermeira era Francis, escutando tudo o que ela dizia. Claro que ele só ouvia as palavras de carinho, não via que a manta do bebê não era nova. Que não era branca-branca nem macia. Os homens são tão cegos...

No táxi que a levava para casa, ao encontro de Vicky e Titi, Adah se perguntou se a enfermeira podia ser mesmo sincera. Seria verdade que as mulheres da enfermaria realmente admiravam seu bebê, ou será que estavam apenas curiosas para ver que cara tinha um bebê africano recém-nascido? Supondo que uma ou duas das mulheres falassem a sério, admirando sinceramente seu Bubu, ela não deveria ter entrado para se despedir direito delas?

Adah começou a se sentir culpada. Pensara apenas em si mesma o tempo todo, e não naquelas mulheres que se esforçavam tanto para ser amáveis. O que estaria acontecendo com ela? Na escola, nunca fora feliz de verdade, mas nem por isso adotava essa atitude de desconfiança em relação às outras pessoas. Tentou descobrir a resposta, mas a única pista que conseguiu encontrar foi sua relação com os sogros e com Francis. Sabia que não era amada e que estava sendo usada para que Francis pudesse estudar, arcando com os gastos – que a família dele não tinha como assumir. Então, por que jogar a culpa neles? Para começo de conversa, ela própria havia amado Francis? Só começara a amá-lo, a sentir carinho por ele mais tarde. Mas o amor tivera curta duração, porque Francis não fizera nada para mantê-lo vivo. Tinha a sensação de estar sendo traída pelo próprio homem que começara a amar. Amor era isso? Essa dor? Ela queria tanto poder contar suas preocupações a alguém... Desejava que Pa estivesse vivo. Pa teria entendido. Já que não havia ninguém a quem se confiar, era obrigada a esconder-se sob o manto da indiferença. Agora Francis podia fazer o que bem entendesse, ela não lhe diria o que fazer. Só protestaria se o comportamento dele começasse a afetar as crianças. Teria sido essa traição de Francis e da família dele a razão dela ter ficado desconfiada das mulheres da enfermaria?

Agora Adah desejava ter se despedido direito, só que era tarde. Mesmo que voltasse no dia seguinte, uma ou duas mulheres já teriam ido embora. Ela nunca mais encontraria aquele grupo exato de pessoas, na mesma enfermaria, tendo seus bebês. A situação nunca se repetiria. Perdera a oportunidade de se despedir direito. A única coisa boa que aprendera era que nunca permitiria que uma coisa daquelas se repetisse no futuro. Precisava aprender a agradecer o que as pessoas lhe davam, inclusive seus sorrisos e gestos amáveis.

Essa conclusão consoladora, esse novo código de conduta que Adah aprendera em sua permanência de treze dias no hospital, na companhia de outras mulheres, ficaria com ela por muito tempo. Ela agora estava ansiosa para rever seus filhos, a quem amaria e protegeria. Para seus filhos, a atitude de indiferença nunca teria razão de ser. Vejam bem, eles eram seus filhos, e isso fazia toda a diferença.

O táxi parou na frente da casa da Willes Road e ela recebeu os filhinhos nos braços. Estavam vivos e bem. Não haviam esquecido quem ela era.

APLICANDO AS REGRAS

O inverno daquele ano foi muito frio. Mesmo antes de começar a nevar, o ar ardia na pele, a atmosfera era cinza e densa por causa da neblina. Havia dias em que só dava para ver um metro ou dois à frente, de tão densa que era essa neblina. Aí a neve começou a cair. A neve caiu e caiu, como se nunca mais fosse parar. Era uma neve espessa cobrindo o chão, espessa sobre os telhados das casas, espessa no ar, caindo, caindo o tempo todo. O solo parecia ter ficado inteiramente branco, parecia que nunca mais teria outra cor.

Adah teve sorte. Ela e a família cozinhavam no aposento que funcionava como sala de estar, quarto, sala e banheiro. A única coisa localizada fora daquele quarto era o lavatório.

As crianças raramente saíam do quarto. Não havia lugar onde pudessem brincar, assim, para eles o mesmo aposento também servia de quarto de brinquedos. Titi aceitou o novo irmãozinho com um sorriso tímido, dizendo: "Isso aí é um bebê!". Adah concordou com ela que Bubu era um bebê. Vicky olhou e olhou para aquele novo bebê que estava herdando seu antigo berço e ficou sem saber direito o que fazer do assunto. Ficava parado ao lado do berço, espiando por entre as grades, e dizia à mãe que o bebê "está solando".

Durante duas semanas, Francis saiu para trabalhar. Adah se sentiu muito culpada por causa disso. Sabia que a bem da sobrevivência deles, seu homem deveria sair para trabalhar, mas naquela família específica sempre era ela quem trabalhava. Teve a sensação de estar falhando, ao ficar em casa e deixar Francis sair para o trabalho naquele inverno pavoroso. Francis piorava o sentimento de Adah ao voltar para casa contando como era difícil trabalhar como carteiro na Inglaterra durante o Natal. "Entregam a você uma sacola grande cheia de cartas e embrulhos, pesada como a carga de Cristão em *O peregrino*. E, como Cristão, sua tarefa é transportar a carga, subir as escadas que levam aos apartamentos e descer as escadas que levam aos que vivem nos porões". A carga que ele transportava nas costas era pesada, o trabalho era extenuante, sempre subindo e descendo como um ioiô enlouquecido. O trabalho era humilhante, percorrendo as ruas com a sacola nas costas, nariz escorrendo para dentro da boca e, o que era pior, faziam você usar uma faixa preta amarrada no braço, como se sua mãe tivesse morrido ou algo assim. Adah estremecia ao ouvir as histórias de Francis e se sentia muito mal, desejando estar suficientemente recuperada para retomar seu trabalho na biblioteca e poupar o marido de tanto sofrimento. A parte mais terrível de pegar um emprego temporário nos correios durante o período de Natal eram os cães ingleses. Aquela gente, os ingleses, a adoração que sentiam por seus cães! Adah concordou com a cabeça. Não era por isso que eles tinham um ditado na língua deles que dizia que você precisava amá-los, e também a seus cães? Eles amam cachorros, os ingleses! É mesmo, eles amam seus cachorros, continuava Francis, tanto que preferem que os cachorros estraçalhem um negro a deixar o negro matar o cachorro! Adah refletiu sobre essa afirmação e concluiu que não era justo as pessoas deixarem seus cães estraçalharem um negro. Afinal, o negro era apenas um carteiro, entregando cartões e embrulhos de Natal. Será que aquilo havia mesmo acontecido, Adah se perguntou, ou Francis estava só imaginando que poderia acontecer, e acontecer com ele? Perguntou a ele. Francis estava seguro de que aquilo não só poderia acontecer como aconteceria com ele. E estava seguro de ter ouvido em algum lugar que acontecera com um conhecido seu. Adah não queria perguntar onde ele tinha ouvido aquilo e como se chamava o homem, porque Francis poderia acusá-la de estar querendo saber demais.

Mas o quadro evocado por Francis grudou na mente de Adah feito uma sanguessuga. Ela vira uma imagem do tal Cristão, vestindo farrapos como Robinson Crusoé, escalando uma montanha íngreme de bastão na mão, bufando e fumegando. Quer dizer que era assim que Francis ficava, com a enorme carga nas costas, bufando escadas abaixo e escadas acima; e então de repente os doidos dos cães ingleses o perseguiam, latindo feito loucos, desesperados para estraçalhá-lo, para comê-lo, e seus donos olhando, rindo e dizendo "coitado do negro"! Esse pensamento fazia correr pelas veias de Adah uma sensação arrepiante, e ela estremecia ao pensar em Francis correndo, correndo para salvar a vida, e os cachorros atrás, enfurecidos. A cena não se dissipava. Ficava na cabeça dela, de tal modo que quando Francis saía pela manhã a caminho da agência dos correios, ela dizia para si mesma: "Pode ser que eu nunca mais volte a vê-lo. Hoje à noite ele talvez já tenha sido devorado pelos cães". Mas Francis costumava voltar, pronto para recitar outras experiências horrendas. Era uma coisa muito violenta da parte de Shakespeare dizer que "os covardes morrem várias vezes antes de sua morte", porque os covardes sofrem de verdade. As coisas que eles imaginam são tão reais para eles que eles sofrem mesmo. Adah nunca morrera antes e não fora suficientemente afortunada para ver alguém que havia morrido voltar para lhe contar como era, mas sofrera o medo da morte e vira Francis sofrer o medo de ser engolido pelos furiosos cães ingleses, de modo que sabia que esse medo podia ser real. Um medo realmente penoso.

Adah levou Titi a um grupo de atividades educativas em Lindhurst Hall, virando a esquina da Willes Road, perto da biblioteca da Rua Athlone. Normalmente bastava cerca de cinco minutos para cobrir essa curta distância, mas estavam no inverno e havia neve no chão e era o primeiro dia em que utilizava os pés desde que sua barriga fora aberta, no hospital. Seus pés resistiam a obedecer. Adah tinha a sensação de que precisava aprender a caminhar do zero. Levava Titi, agora com três anos, bem segura pela mão, mas Titi, de tão feliz que estava com a ideia de sair da mansão de um só aposento onde eles viviam, só queria saltitar, para cima e para baixo, para baixo e para cima, na neve perigosa. Adah, com os pés bambos, a cabeça leve e a visão turva, deixou. Parecia-lhe que estava vendo muitos e muitos balões coloridos flutuando no ar, balões azuis, vermelhos e amarelos, mas os azuis eram mais numerosos que os das outras cores. De modo que Adah foi andando com cuidado, sem pressa. Então era disso que a irmã da enfermaria estava falando quando disse que ela não estava suficientemente recuperada para tomar conta de três crianças. É mesmo, a irmã tinha razão. Não estava suficientemente recuperada.

A raiva subiu dentro dela. Então estava assim doente sem se dar conta, e Francis com aquela história dos cachorros que iriam devorá-lo, e ela se culpando por deixar o marido trabalhar? A raiva se fundiu com o medo. E se ficasse se sentindo daquele jeito até o fim de seus dias? E se virasse uma fracota, de pés bambos e olhos desfocados e um cérebro que ficava dando voltas e mais voltas como as ondulações de um lago? O que ia fazer? Como ia estudar para ser bibliotecária, depois escritora, coisa que tinha certeza de que já seria quando completasse quarenta anos? Os cães que devorassem Francis, para ela não fazia a menor diferença. E começou a se culpar, antes de mais nada, por ter se preocupado. Todos os homens trabalham; por que Francis precisava ser diferente? Então Adah não aprendera isso no hospital? Esquecera sua decisão, a decisão tomada no hospital, de ficar indiferente às preocupações de Francis? Ali estava ela, cinco dias depois de sair do hospital, preocupada com aquilo tudo, esquecida do que aprendera.

Quando chegou ao local onde o grupo de crianças se reunia, a mulher que tomava conta das atividades felicitou Adah pelo nascimento de seu bebê, mas observou que ela estava com ar cansado, que não deveria ter ido até lá. Disse que devolveria Titi ao meio-dia, que era quando o grupo encerrava os trabalhos. Disse que buscaria Titi em casa todas as manhãs a caminho do Lindhurst Hall até Adah ficar realmente forte. Então Adah não se dava conta de que perdera muito peso? Estava surpresa com o fato do hospital ter lhe dado alta tão cedo, ela deveria ter ficado mais tempo internada, disse aquela mulher gentil enquanto preparava uma bela xícara de chá quentinho para Adah.

A caminho de casa, Adah viu uma estudante carregando uma grande sacola, mas ela parecia estar andando num passo muito, muito acelerado, quase como se estivesse feliz de trabalhar para o Natal. Era uma mulher. E era negra.

Adah se apoiou nos suportes encardidos da ponte da Rua Carltoun, que ficava lá no alto, para olhar aquela jovem enfiando as correspondências nas caixas de cartas enquanto andava. Adah achou que a ouvia cantar. Será que ela não estava ligando para os cachorros, para o peso da sacola, para a faixa preta e aquela coisa toda? Adah encolheu os ombros cansados, fazendo com cuidado o trajeto de volta para a Willes Road. Ao chegar à frente do café da grega e de seu marido carequinha, apoiou-se outra vez, saboreando o cheiro de bacon e fritas que vinha do interior do café. Por fim chegou em casa e dormiu quase o dia inteiro.

Francis voltou à tardinha, anunciando que em sua área de trabalho ficavam as piores casas já construídas na Inglaterra. Tinha certeza de que aquelas casas haviam sido construídas especialmente para atormentá-lo. Então Adah não sabia que as caixas de cartas daquelas casas ficavam no telhado? Adah fez um som de descaso e Francis disse que "telhado" era só um modo de falar. Mas que as caixas de cartas ficavam quase nos telhados, porque ele precisava se esticar e se esticar para alcançá-las.

Adah ouviu aquilo e bocejou intencionalmente. Daquela vez, as palavras de Francis não grudaram. Entraram por um ouvido e saíram pelo outro, sem deixar nem um arranhãozinho nela. Nem por isso Francis desistiu, pois adorava o som da própria voz.

O Natal chegou e, naquele Natal específico, já que não havia dinheiro para celebrações, Adah ficou feliz de contar às pessoas que seu marido era Testemunha de Jeová.

A sra. Noble ficou boquiaberta com a novidade e perguntou "Quer dizer que vocês não vão comprar presentes para as crianças, nem mesmo um brinquedinho?".

Adah disse, não, não iam comprar porque, entende, as Testemunhas de Jeová acreditam que Jesus nasceu em outubro e que os festejos de Natal eram obra do demônio. O demônio desviara as pessoas de Deus, e no Natal as pessoas na realidade celebravam o demônio, e não Jesus Cristo. A sra. Noble suspirou, tentando acompanhar o raciocínio de Adah, e apareceu com outra pergunta perturbadora. Aquela sra. Noble era uma mulher inquisitiva.

Ela indagou "Não vi vocês celebrarem nada aqui em outubro, ou estou enganada?".

"Não celebramos, não", respondeu Adah, tentando adivinhar por que as Testemunhas não festejavam nada em outubro. Talvez pensassem que o nascimento de Cristo não era suficientemente importante para comemorações.

Na verdade, para Adah a questão era indiferente. Ela acreditava que havia alguém lá em cima que se preocupava com o que acontecia com todo mundo, inclusive com ela e seus filhos. Sabia que um dia houvera um homem chamado Jesus. Mas a parte do cristianismo que ainda a deixava confusa era a razão pela qual esse grande homem era apontado como o filho de Deus. Adah não queria interrogar ninguém a respeito porque talvez a considerassem burra por não saber a razão de Jesus ser o filho de Deus, de modo que começou a comemorar o nascimento Dele porque nascera cristã. Seu pai gostava de pregar na igreja aos domingos, e ela própria cantara no coro das meninas desde que se entendia por gente. Mais tarde dera aulas para as crianças na escola de domingo da igreja de Todos os Santos de Yaba, em Lagos. Como, então, podia ir falar com um vigário e dizer, por favor, senhor vigário, até hoje não entendi por que vocês dizem que Jesus é filho de Deus só porque o nascimento Dele foi tão pouco ortodoxo. Adah não se opunha a celebrar o nascimento Dele porque, pelo que Ele dizia e fazia, era um grande poeta, um grande filósofo, um grande político e um grande psicólogo – tudo junto. O mundo celebrava o nascimento de homens menores; por que então negaria a Ele a celebração de Seu nascimento? E que diferença fazia, celebrá-lo em outubro ou em dezembro? Se nós humanos éramos capazes de raciocinar em torno de datas e tudo isso, acreditava que Deus, que criara humanos capazes de raciocinar e entender as coisas, seria capaz de raciocinar ainda muito mais. Assim, depois de fornecer essa ideia a si mesma, Adah não partilhou da inconformidade da sra. Noble. A verdade era que ela não tinha dinheiro para festejar o Natal; Deus entenderia.

Deus entendeu e a consolou um pouco. Porque, repentinamente, chegou um pacote grande, como se tivesse sido enviado pelo Papai Noel. Era da senhora amável que era sua chefe na Biblioteca de North Finchley. Havia uma boneca que piscava os olhos, vestida de renda branca, de sapatos e meias brancas para combinar, para Titi. Havia um violãozinho para Vicky e um ouriço que pulava e guinchava para Bubu. Eram coisas tão lindas que Adah mal conseguia esperar pelo dia de Natal para entregá-las aos filhos. Essa fora a única coisa que a preocupara: o fato de seus filhos não receberem brinquedos, quando todas as crianças ganhavam coisas no Natal. Os Noble pioravam a situação. Havia um homem que vendia coisas de porta em porta. Dele, os Noble compraram uma boneca grande, do tamanho de uma criança de dois anos, um berço grande, capaz de servir a um bebê de verdade, e todos os tipos de coisa para os cinco filhos. O custo daquilo tudo era uma enormidade, Adah chegou a pedir a Jesus que tivesse misericórdia de todos eles. E então a sra. Noble lhe explicou que eles estavam comprando os presentes na base do "nunca-mais". Adah não sabia o que era "nunca-mais" e fez um olhar tão desorientado que a sra. Noble riu, torcendo o longo cabelo vermelho entre os dedos.

O sr. Noble então contou a Adah que na Inglaterra era possível comprar muitas coisas sem ter uma só moedinha. Bastava combinar com o vendedor que você pagaria semanalmente, ou mensalmente, conforme o caso, e depois assinar um ou dois papéis, afirmando que você estava em seu juízo perfeito, que era uma pessoa equilibrada e que sabia o que estava fazendo ao assumir o compromisso de pagar, e assim por diante; em seguida você ficava com as coisas e fim de papo.

"Fim de papo?", repetiu Adah, incrédula.

"É, fim de papo", confirmou Pa Noble.

Em imaginação, Adah se transportou para Lagos. Se um vendedor fosse suficientemente idiota para deixar as pessoas comprarem na porta de casa artigos no valor de quase cem libras e fim de papo, o vendedor teria de encerrar suas atividades em pouquíssimo tempo. Em Lagos as pessoas não pagariam e, se as cobranças do vendedor se tornassem muito irritantes, as pessoas simplesmente desapareceriam. Então Adah perguntou a Pa Noble: "E se eu fugisse, levando todos os artigos do vendedor, o que ele ia fazer?".

"Ah", riu Pa Noble, "você está pensando na Nigéria. Para onde você ia correr, aqui, com todos os seus filhos? Não é tão fácil encontrar um novo lugar para morar, e aqui, quando se mudam, as pessoas costumam deixar um endereço para contato. Aqui não é fácil trapacear, porque no fim acabam pegando você".

Adah não precisava que Pa Noble lhe dissesse como era difícil encontrar uma casa onde morar, porque já passara por essa experiência. De modo que os Noble iam pagar por tudo o que haviam comprado, sem faltar uma só moeda.

"Mas vai levar muito tempo para vocês acabarem de pagar por todas essas coisas".

Pa Noble confirmou de novo, mas disse a Adah que na Inglaterra as pessoas adoram duas deusas; uma é o Natal, a outra as férias. Nem bem se encerravam os anúncios de Natal na televisão e nos jornais, o foco se voltava para as férias anuais. De modo que ele tinha certeza de que acabariam de pagar suas compras antes de começarem a economizar para as férias. No fim, sugeriu a Adah que comprasse alguns brinquedos para os filhos, já que não era Testemunha de Jeová como o marido.

Ela ficou tentada a comprar um ou dois brinquedinhos por uma ou duas libras e mentir a Francis dizendo que alguém tinha dado aquilo às crianças, mas como fazer para pagar? Subtraindo o dinheiro das duas libras semanais que Francis lhe dava para os gastos da casa? Não, preferia gastar mais com comida e se limitar aos presentes enviados pela sra. Konrad. Na verdade não estava "se limitando"; os presentes eram mais que suficientes. Eram novos, bonitos e adequados. Por que ficar com a ideia de dar mais? Só que ela sabia a razão: porque desejava comprar ela mesma os presentes, não do homem do fim de papo, mas ir ao Woolworths ou a outras lojas de brinquedos, olhar as coisas, tocar isso, tocar aquilo, perguntar quais eram os preços e fazer suas próprias escolhas, exatamente como as outras mães, animadas e apressadas na azáfama do Natal. Adah teria gostado disso, especialmente quando se deu conta de que na Inglaterra o Natal é mais celebrado nas lojas que nas igrejas. Quanto às crianças, não eram pequenas demais e isoladas demais das outras crianças para poder comparar impressões e descobrir o que estavam perdendo?

O dia 24 foi frio. Pela primeira vez na vida, Adah teve de passar a véspera de Natal dentro de casa. Estava frio e úmido, e havia a neve branca. Não houve nem uma só brincadeira com máscaras, nada de fogos de artifício, nada de sinos tocando; tudo muito quieto, exatamente como se Jesus tivesse morrido, e não como a celebração de Seu nascimento.

Francis desceu até a casa dos Noble para assistir à televisão deles, pois seriam exibidos alguns filmes especiais de Natal no canal da BBC. Adah precisou ficar com os pequenos, colocá-los na cama, dizer-lhes que se comportassem e fossem logo dormir porque no dia seguinte haveria uma grande surpresa para eles. Estava se sentindo tão leve que cantou *Adeste Fideles* para os filhos, e Titi, que aparentemente já ouvira a canção em algum lugar, cantou junto com ela. Vicky olhava para a mãe e para a irmã fazendo bico com a boquinha igual à de Francis, os olhos sonolentos indo de uma para outra, tentando entender qual era o sentido daquilo tudo. Adah percebeu que uma de suas orelhas parecia se mexer junto com a canção – ou seria só imaginação sua? Tocou a orelha, mas o menino não reagiu. Sim, havia alguma coisa estranha com aquela orelha: ela era definitivamente maior que a outra e pendia, como uma orelha de elefante. Estranho ela nunca ter percebido que uma das orelhas de Vicky era maior que a outra. Devia ser assim mesmo, porque do contrário ele teria manifestado alguma dor quando ela a tocara. Mas precisaria fazer alguma coisa em relação àquilo, agora que descobrira a diferença. Era uma vergonha, Deus cometer um errinho simples daqueles, deixando uma orelha ficar maior que a outra. Não era mais possível corrigir aquilo agora; tarde demais, fixo demais. Sendo assim, apanhou um pote de vaselina que comprara para usar no bumbum do bebê e passou uma boa quantidade na orelha grande de Vicky. Se era para aliviar a dor que não existia ou para corrigir o defeito ou para aliviar sua própria mente, isso Adah não sabia. Mas se sentiu melhor por ter tomado uma providência com relação à orelha. Depois, tratou de dormir.

A manhã de Natal foi como qualquer outra manhã, a não ser pelo fato de haver tanto silêncio na rua. Nevara a noite inteira e absolutamente nenhuma marca de passos alterava o tapete branco. O silêncio, a paz eram tamanhos que Adah entendeu por que a *Canção de Natal* correspondia àquela época do ano. Na Inglaterra era noite de paz, noite de luz. Na Nigéria era noite barulhenta, talvez de luz, mas certamente noite de fogos de artifício, noite de comemorações ruidosas, noite de consumo de vinho de palma pelas ruas, noite de sinos. Na Inglaterra era uma manhã sem ruído, pois Jesus não estava adormecido na manjedoura?

A sra. Noble convidara as crianças a descer para o chá. Fizera todo tipo de quitute elaborado. Havia gelatinas de várias cores, numa profusão de copos de papelão e pratos de papelão e guardanapos de papel com a figura de Ali Babá. Decorara o quarto inteiro com papéis com motivos natalinos, todos brilhantes e em cores vivas. Comprou chapéus de cartolina para combinar com as cores das gelatinas. Adah viu todas aquelas cores e achou uma pena comê-las. Para que todas aquelas cores? Para deixar os alimentos mais apetitosos? Para deixá-los mais bonitos? Porque eram bonitos. Tomara que seus filhos gostassem. Quanto a ela, achava muito doce. Não fora educada com aquele sabor; para ela, tudo que fosse açucarado tinha gosto de xarope para tosse.

Adah aprontou as crianças para o chá natalino da sra. Noble. Disse a Titi que comesse tudo o que houvesse no seu prato porque a sra. Noble ficaria muito brava se ela fizesse bagunça com a comida. Titi entendeu parte do raciocínio que Adah estava tentando lhe transmitir. Foi tudo o que Adah pôde fazer, e depois esperar que desse certo. Mas uma coisa a intrigava: por que as pessoas tinham de ser obrigadas a comer tudo o que era posto diante delas? Na Nigéria era raro que uma situação semelhante se apresentasse. As pessoas comiam tudo o que havia rapidinho e ficavam querendo mais, sobretudo as crianças. Mas, na Inglaterra, já de largada, a fartura era tanta que comer virava um aborrecimento. Sabia que, embora talvez nunca tivesse dinheiro suficiente para outras coisas, jamais permitiria que as crianças passassem fome. Não havia possibilidade disso.

Adah lavou Titi e arrumou-a com o vestido novo de bolsinhos comprado numa das lojas da Finchley Road. O vestido ficara grande demais em Titi, mas Adah fizera uma bainha, pois não sabia se teria condições de comprar outro vestido como aquele tão cedo. Sentou Titi no meio da cama e lhe disse para ficar quietinha e comportada para não estragar as meias-calças brancas novas. Depois começou a arrumar Vicky. Nisso, viu de novo a orelha. Estava mais pendurada do que nunca, ia ficando cada vez maior, não havia dúvida quanto a isso. Para completar, Vicky estava sentado quieto, quieto demais para o Vicky de Adah. Ela foi invadida pelo pânico. Será que Vicky estava doente de novo? Será que a meningite, ou fosse qual fosse o nome da doença, estava voltando? Será que era outro tipo da mesma doença voltando para visitá-los, e ainda por cima no dia de Natal? Adah fez a única coisa que lhe ocorreu: gritou, chamando Francis, que, como sempre, estava embaixo assistindo à televisão dos Noble.

Francis subiu quase na mesma hora porque, diferentemente da sra. Noble, Adah raramente chamava o marido por qualquer coisinha. De fato, às vezes ela ficava grata aos Noble por acolherem Francis por tanto tempo, já que, se não fosse isso, ele ficaria ali com eles no mesmo quarto, sempre no caminho de Adah, dizendo a ela que não deveria ter feito isso, e sim aquilo.

Ele apareceu, querendo saber por que ela ficava chamando por ele daquele jeito se sabia que ele estava assistindo a um programa na televisão. Adah então contou a ele que a orelha direita de Vicky estava ficando do tamanho de uma orelha de elefante. Estava segura de que antes do amanhecer já estaria maior que uma orelha de elefante, porque desde a véspera seu tamanho havia aumentado. Francis examinou a orelha e chegou à conclusão de que precisavam chamar um médico.

"Um médico no dia de Natal? Ele não vem, e Vicky vai morrer. Essa criança sempre fica doente exatamente no dia em que não há médico disponível!", exclamou Adah.

"Olhe, supostamente os médicos atendem as pessoas sempre que elas ficam doentes. É a lei", explicou Francis enfiando o casaco todo atrapalhado, a caminho da cabine telefônica. "Preciso chamar o médico. Natal ou não, Vicky está doente e ponto final".

"Mas hoje é Natal", insistiu Adah. "Na Nigéria não é possível encontrar um médico no dia de Natal, a não ser que você seja milionário ou coisa assim".

"Bem, aqui é diferente. Aqui as pessoas encontram médicos no dia de Natal!".

Feita essa declaração, Francis saiu, tilintando na mão as moedas que ia introduzir na fenda do telefone.

Imagine conseguir alguém com aquele tempo e naquele dia, só porque uma criança estava doente. Adah concordava, eles tinham esse direito, mas talvez fosse fácil encontrar uma razão para que esse direito não valesse, porque eles eram negros e porque Vicky era apenas um bebê e porque estavam no dia de Natal. Se alguma coisa acontecesse com Vicky agora, a Sociedade perdoaria o médico, já que se tratava de uma criança negra que ficara doente no dia de Natal. Por que então Adah alimentaria a esperança de receber a visita de um médico? Ela começou a entrar em pânico. Não sabia mais o que estava fazendo. Vicky ia morrer naquele momento. Sua orelha aumentada não era uma prova disso? Vestiu-o com sua melhor roupa, a que preparara para a festa de Natal da sra. Noble. Mesmo que aquela acabasse sendo a última roupinha que Vicky fosse vestir na vida, precisava ser uma roupa boa. Pôs a mão na orelha, que agora também estava ficando quente. Adah tinha certeza, a morte estava chegando, e bem no dia de Natal.

Foi despertada de seus terríveis pensamentos por uma discussão em alto volume ocorrendo na rua, embaixo. Espiou pela janela embaçada e viu Francis com dois policiais. Deus tenha misericórdia, o que Francis fez agora? Vão levá-lo para a prisão, e ele viera até em casa para se despedir da família. Vicky estava morrendo e ela precisava tomar conta das outras duas crianças sozinha, com seus pés bambos que não queriam ficar fortes e seus olhos que ficavam vendo balões azuis e amarelos todos misturados. Não podia ir até embaixo porque sabia que cairia e quebraria o pescoço e os outros filhos ficariam sem ninguém. Por isso, não sairia dali.

O barulho vinha subindo as escadas. Francis falava, gritava, explicava, falava e falava. Os dois policiais analisaram a orelha de Vicky e concordaram com Francis em que ela estava crescendo muito mais depressa que o resto do corpo do menino. Sim, era preciso consultar um médico.

Adah estava impossibilitada de falar. Seus olhos giravam, giravam, e se recusavam a focar. Será que alguém poderia explicar a ela o que estava provocando toda aquela confusão? Não podia ser apenas porque Vicky estava doente. Será que Francis, alterado como estava, havia assassinado o médico?

Então um dos policiais falou em voz serena. Parecia alguém com enorme capacidade de raciocínio e capaz de usar esse raciocínio quando todos os demais estavam enlouquecendo. O policial era alto e tinha bigode e estava dizendo a eles que um médico viria vê-los; não o médico indiano, porque era dia de Natal, mas o assistente do indiano. Ele viria vê-los e diria qual era o problema da orelha de Vicky.

Mas o que a polícia tinha a ver com isso?, tentou entender Adah desesperadamente. Não podia pedir esclarecimentos a ninguém enquanto os dois policiais não fossem embora. Quando isso aconteceu, Francis começou a praguejar e a mandar determinado homem para seu criador e a chamar o homem de filho da puta. Adah interveio e perguntou a Francis por que estava tão indignado.

"O desgraçado do indiano. Você sabia que o idiota do cara acha que é branco? Ele é tão negro quanto o demônio!", Francis refletiu melhor, andando para baixo e para cima no único aposento da família. "Você sabia que ele é feio como o inferno?".

Bem, tudo aquilo parecia tão lógico para Adah... Se o homem era tão negro quanto o demônio, em decorrência só podia ser feio como o inferno. O que Francis queria? Pôr um homem que fosse tão bonito quanto Apolo num inferno feio? Não faria sentido. Mas o que o doutor havia feito?, Adah queria perguntar, caso tivesse oportunidade, só que não tinha, porque Francis estava desenvolvendo o tema da ética na medicina. Adah chegou à conclusão de que aquele marido dela teria sido um bom médico, do jeito que conhecia as regras.

Então um carro preto estacionou na frente da casa deles. Um homem, um homem muito baixo, jovem, não indiano, mas chinês, saiu do carro. Trazia uma maleta preta na mão. Devia ser o médico. Adah deitou Vicky às pressas na única cama deles, de sapato, roupa de festa e tudo, e pediu ao menino que não saísse dali. Tirou do fogão o arroz que estava cozinhando e que teria jogado na lata do lixo se não fosse Francis, que lhe perguntou se estava ficando maluca. O homem que vinha chegando era chinês. Então ela não estava vendo os olhos dele e o formato de sua cabeça, redonda como uma calabaça das que usavam na Nigéria? Então por que entrar em pânico? O homem, médico ou não médico, também era um cidadão de segunda classe e não poderia tratá-los com ares superiores. As palavras de Francis não foram de maior ajuda para Adah, mas ela gostou de ouvi-las.

O homem entrou e disse a Adah e Francis que sentia muito eles estarem passando por uma situação terrível como aquela no dia do Natal. Tirou seus instrumentos da maleta e começou a examinar Vicky, comprimindo a orelha do menino inúmeras vezes. Vicky acompanhava seus movimentos fascinado. O menino não sentia dor. Sua temperatura era normal. A orelha agora estava muito grande e quente, mas isso era tudo. O médico se sentou na cadeira que Adah lhe apresentou. Seus atentos olhos chineses percorreram o aposento inteiro. Parecia estar coçando o traseiro, mas fazia isso com muita delicadeza. Era um chinês, mas um desses chineses que ou nasceram na Inglaterra ou se mudaram para o país ainda crianças. Ele se levantou da cadeira sem parar de se coçar, depois fez uma pergunta engraçada.

"Vocês têm insetos, aqui? Sabem, percevejos?".

Adah orou para que o chão a engolisse.

O médico escreveu uma carta que ela e Francis deveriam entregar ao médico que atendia a família. O médico, o chinês, se deu conta do embaraço deles e disse "Minha avó, na China, costumava matar percevejos assim". Gesticulando, o médico abriu muito os dedos bem tratados e disse: "Pegava latas de cigarro e punha cada um dos quatro pés da cama dentro de uma lata, de modo que os percevejos caíam nas latas, nas quais desde antes ela já havia posto água até a metade". Despediu-se, e Adah e Francis, envergonhados, disseram-lhe que sentiam muito tê-lo afastado de seu peru de Natal. E o chinês lhes disse que não se preocupassem, porque as crianças sabem muito bem como aterrorizar os pais. De que outro modo eles iam saber que Vicky não estava morrendo, mas que simplesmente fora mordido por um percevejo?

Foi simpático da parte dele dizer aquilo, mas ao sair ele deixou um vazio desagradável nos estômagos de Adah e Francis. Em desespero, Francis rasgou a carta que eles supostamente entregariam ao médico indiano da família em seu consultório depois do Crescent. O médico escrevera exatamente o que ele achava: que Vicky fora picado por um percevejo.

"Se pelo menos você não dramatizasse tanto as coisas. Por que, em nome de todos os santos, precisava chamar a polícia?".

"O médico indiano não queria vir. Disse que era seu dia de descanso e eu sei que os médicos são obrigados a atender os pacientes em casos de emergência. Por que ele estava se recusando a atender o Vicky? E como eu ia saber que o Vicky não tinha uma doença grave, que simplesmente havia sido mordido pelos percevejos da casa de Pa Noble?".

Não havia nada que Adah pudesse dizer. Ela própria também estava assustada, mas sabia desde o começo que o médico da família não viria. Embora no fim das contas um médico tivesse aparecido e lhes dado uma receita, era muito pouco ortodoxo.

Pelo menos alguns dos dispositivos do Estado de Bem-Estar Social funcionavam tanto para cidadãos de primeira classe como para cidadãos de segunda classe. Por acaso Francis não provara esse ponto indo à delegacia quando o médico indiano se recusara a atendê-los? Adah tentou imaginar o que Francis teria feito se tudo tivesse se passado em Lagos.

Depois desse episódio, pouco restava do Natal. Comeram o arroz cozido e a sra. Noble levou os restos das gelatinas para Vicky. Ele se recusou a comê-los; nunca havia visto comida assim colorida.

199

CONTROLE POPULACIONAL

A neve dos calçamentos, dos jardins e dos telhados das casas derreteu. A primavera estava no ar, e tudo era extremamente nítido, como se tivesse sido injetado com vida nova pelos deuses. Mesmo numa rua escura, uma rua tão escura quanto a Willes Road, em Kentish Town, dava para ouvir o canto dos pássaros.

Numa manhã de segunda-feira, quando a família ainda dormia, Adah reuniu seus apetrechos de higiene para ir tomar banho. Como não havia instalações para banho na casa onde eles viviam, Adah utilizava os banhos públicos da Prince of Wales Road várias vezes por semana. Foi durante uma dessas visitas, na segunda-feira, que viu aquele pássaro cinzento, pequenino, solitário, mas satisfeito em sua solidão. Adah ficou imóvel do outro lado da rua olhando o pássaro cinzento cantar, cantar, pular de um parapeito para outro, feliz em sua liberdade solitária. Adah ficou intrigada com o bichinho. Imagine só, comover-se àquela hora tão matutina com uma coisa tão miúda quanto aquele pássaro cinzento! E isso quando menos de um ano antes vira pássaros mais selvagens, espalhafatosos em suas cores, empolgados com seus cantos. Na época ela nunca se dava conta da existência dos pássaros nos quintais das casas de Lagos. Pensou consigo mesma: imagine se não existisse inverno, que é quando todo ser vivo parece desaparecer da face da terra; os pássaros estariam sempre à volta das pessoas e se tornariam uma coisa trivial, e ela não teria percebido nem admirado aquele que estava ali, nem ouvido seu canto fluido. Não seria disso que estavam precisando na África? Um longo, longo inverno, um período em que não houvesse o brilho do sol, nem pássaros, nem flores silvestres, nem calor? Quem sabe assim ficássemos um país de introvertidos, e quando a primavera chegasse estivéssemos preparados para apreciar os cantos dos pássaros? O que significa isso? Será que a Natureza foi generosa demais conosco, privando-nos da capacidade de despertar de nosso torpor tropical para perceber que uma coisa simples como o canto de um pássaro cinzento numa segunda-feira úmida de primavera pode ser inspiradora? Seria por isso que os primeiros europeus a chegar à África haviam concluído que o homem negro era preguiçoso? Por causa desse meio-ambiente hiperabundante que o privava de sua capacidade de pensar por conta própria? Bem, concluiu Adah para se animar, pode até ser que seja assim, mas isso acontecera havia muitos e muitos anos, antes do nascimento de seu Pa.

Ela era diferente. Seus filhos seriam diferentes. Todos seriam negros, gostariam de ser negros, sentiriam orgulho de ser negros, negros de outra estirpe. Era o que eles seriam. Por acaso ela já não aprendera a ouvir os cantos dos pássaros? Por acaso não era esse um dos acontecimentos naturais que haviam inspirado seu poeta predileto, Wordsworth? Ela podia nunca vir a ser uma poeta famosa como Wordsworth, pois ele era um grandíssimo poeta, mas Adah haveria de treinar a si mesma para admirar os cantos dos pássaros, mesmo que turbulentos, a apreciar a beleza das flores, por mais exagerado que fosse o aroma. Com um tranco, Adah lembrou a si mesma que era mãe de três crianças pequenas e que supostamente dera uma saída rápida para tomar o banho matinal das segundas-feiras.

As mulheres que faziam a limpeza dos banhos públicos cumprimentaram a recém-chegada como a uma velha amiga. Sabiam que ela era sempre a primeira cliente nas manhãs de segunda-feira, porque em geral os sábados eram muito agitados e os banhos ficavam lotados. Adah gostava mais de segunda, quando a maioria das pessoas estava no trabalho e as senhoras que tomavam conta dos banhos não seriam obrigadas a apressá-la. O único probleminha era que nas manhãs de segunda era raro haver água bem quente, porque o boiler, ou fosse lá o que fosse que aquecia a água, tinha de ser desligado durante o fim de semana. Quase sempre era preciso muito tempo para ele voltar a esquentar, mas Adah não se incomodava com a mornidão da água, já que esse era o preço a pagar por um banho tranquilo e prolongado.

O banho daquela segunda-feira era especialmente importante porque ela ia ao Centro de Planejamento Familiar. Na semana anterior fora até lá e recebera uma enorme quantidade de material informativo. Lera sobre o gel espermicida, a pílula, o diafragma e tantas outras coisas. Contara a Francis que ia até lá, mas ele lhe dissera para não ir porque os homens sabem melhor como se controlar, da maneira descrita na Bíblia. É só segurar a criança e não entregá-la à mulher, você a derrama em outro lugar. Adah pensou naquilo. Não era que ela tivesse deixado de confiar no marido, mas o marido podia machucá-la sem querer: afinal, era a educação que ele recebera. Adah se ajoelhou e implorou a Deus que a perdoasse por fazer planos às escondidas do marido.

Quando chegou o momento de levar Bubu à clínica para ser pesado, ela viu uma enfermeira com ar maternal e disse a ela: "Por favor, será que eu poderia receber a pílula? Entende, ainda não completei vinte e um anos e se eu tiver outro filho... será meu quarto filho! Quando vim para cá, foi com o plano de estudar e criar meus dois bebês que vieram comigo de meu país. A senhora poderia me ajudar? Preciso da pílula".

A mulher sorriu e fez festinha na bochecha de Bubu. A clínica mantinha um Centro de Planejamento Familiar nas segundas-feiras à noite. Ela daria os folhetos informativos a Adah para que ela os lesse e decidisse com o marido qual era o método que eles preferiam. E agora, de que maneira Adah ia dizer à mulher que segundo Francis o melhor método de controle da natalidade era derramar o filho no chão? Adah não conseguia se decidir a contar à enfermeira o que Francis lhe dissera. A gota d'água foi quando a mulher trouxe um formulário para o marido de Adah assinar, confirmando que estava de acordo e que desejava que sua esposa recebesse o material para controle da natalidade. Aquilo resultaria em conflito, já que Francis jamais assinaria uma coisa daquelas e armaria um tremendo rolo se percebesse que Adah recebera os panfletos informativos sem sua permissão. O que Adah ia fazer? Por que era preciso misturar o marido numa questão como aquela? Será que a mulher não podia ter a oportunidade de exercer sua própria vontade?

Acontecesse o que acontecesse, não teria mais filhos. Não interessava o método que utilizaria para esse fim, mas não teria mais filhos. Dois meninos e uma menina bastavam para qualquer sogra. Se a sogra dela quisesse mais netos, ela que arrumasse outra mulher para o filho. Adah não teria mais nenhum. Não seria fácil para ela esquecer sua experiência recente, do nascimento de Bubu. Aquilo fora um aviso. Na próxima vez, talvez não tivesse a mesma sorte.

Francis anunciou que já lera os dois capítulos que planejara ler naquele dia e que estava cansado e desceria até a casa dos Noble para assistir à televisão deles. Adah insistiu que fosse mesmo. Queria ler em detalhes o material sobre controle da natalidade. Pescou os folhetos agora amassados que escondera debaixo do berço de Bubu. Leu-os uma e outra vez. Fixou três informações. Uma era que a pílula é a que se engole como uma aspirina. A segunda, que o gel espermicida é o que você deixa derreter lá dentro. E o diafragma, que era a terceira, era a coisa que você encaixava. Adah riu, achando graça na coisa toda. Imagine só, mandar fazer um gorrinho especial para sua outra ponta, e não para sua cabeça! Bem, esses europeus não vacilam diante de nada. De todo modo, não escolheria o diafragma porque seria muita atrapalhação, aquilo de ficar lidando com a parte de dentro do corpo. Não, escolheria a pílula, que era menos complicada. O gel? Não, Francis perceberia e faria perguntas.

Mas como ia fazer para que Francis assinasse o formulário? Passou por sua cabeça que era só ela mesma assinar por ele. Mas isso seria falsificação. Imaginou-se num tribunal, com o juiz determinando que ela passasse sete anos na cadeia por falsificar a assinatura do marido. Só que concluídos os sete anos ela continuaria viva e, estando viva, talvez lhe dessem permissão para tomar conta das crianças. E se não falsificasse a assinatura, isso poderia significar outro filho, outro nascimento traumático, outra boca para alimentar; e ela continuava sem fazer nenhum progresso nos estudos. O preço que teria de pagar por ser uma esposa obediente e leal seria alto demais. Adah falsificou a assinatura. Economizou, e usou uma parcela do dinheiro dos gastos da casa para pagar pelo primeiro lote de pílulas. O dinheiro fora economizado, o formulário assinado e, para completar a alegria de Adah, agora havia outro emprego numa biblioteca esperando por ela: na Biblioteca de Chalk Farm. Faria qualquer coisa para não perder aquele emprego. Tomaria providências para não voltar a engravidar. Nunca mais.

Mas primeiro precisava tomar seu banho das segundas-feiras, para o caso de precisar tirar a roupa para ser examinada, ou coisa assim. Dissera a Francis que Bubu era um bebê tão grande, ganhando peso diariamente, que o pessoal da clínica havia pedido para tirar uma fotografia dele naquela segunda à noite. Para ela era penoso precisar recorrer exatamente ao método que sempre utilizara quando pequena. Aquela tendência pavorosa a torcer os fatos... Mas o que mais poderia fazer? Pediu perdão a Deus repetidas vezes.

E precisava levar Bubu, porque se não levasse, Francis diria: "Achei que você tinha dito que o pessoal da clínica queria tirar uma foto dele por ele ser um bebê tão bonito!". Assim, Adah levou Bubu.

Na clínica, conduziram-na a uma sala de espera onde outras mulheres aguardavam. Duas delas estavam despidas, com as meias enroladas até os tornozelos, exatamente como se fica quando se espera um filho e o médico vai fazer o exame. Adah se lembrou das clínicas pré-natais. Agora estava habituada àquele tipo de coisa – tirar a roupa para ser examinada. Já não se incomodava. Perguntou -se: por que razão eu deveria me aborrecer? Sou igual às outras mulheres. Por que me envergonhar do meu corpo? O assunto já não tinha a menor importância.

Três biombos foram colocados no centro do aposento quadrado. As mulheres deveriam se despir atrás dos biombos e depois sentar-se e esperar que as chamassem, uma a uma, para comparecer ao consultório da médica e receber o material para controle da natalidade.

Adah viu uma jovem mãe indiana ocidental e foi sentar-se ao lado dela de propósito. Queria estar em território conhecido porque se sentia amedrontada e porque a garota era a única mulher ali com um bebê nos braços. Adah poderia tomar conta do bebê da garota enquanto ela ia ao consultório receber o material, e ela poderia tomar conta do de Adah. Seria justo. Com esses pensamentos nobres na cabeça, cumprimentou a garota indiana ocidental com um sorriso amistoso. A garota devolveu o sorriso, exibindo um dente de ouro encaixado entre os dentes normais.

Não demorou para as duas começarem a conversar. Ela, a garota indiana ocidental, ia estudar enfermagem, por isso precisava de alguma forma de controle da natalidade durante o período de estudos. O marido não se importava. Assim, meses antes ela recebera a pílula. Mas, disse a Adah, veja só o que a pílula fez comigo. Arregaçou as mangas e mostrou a Adah uma erupção muito tênue. A alergia cobria todo o seu rosto e todo o seu pescoço. Nem seus pulsos magrinhos haviam sido poupados. Ela estava coberta com o tipo de erupção cutânea que fazia Adah se lembrar da irritação causada pelo calor aflitivo da África.

"Coça? Quer dizer, você fica o tempo todo com vontade de se coçar?".

"Fico, cara. Meu problema agora é esse. Não me preocupo com minha aparência. Mas sinto coceira o tempo todo".

Adah olhou outra vez para o rosto da garota e, enquanto fazia isso, ela começou a coçar a parte de trás da saia. Tentava esconder seu gesto das outras mulheres, tentava esconder o fato de que estava sentindo coceira no traseiro. Deus misericordioso!, pensou Adah. O traseiro também? Então perguntou à garota: "Lá embaixo também coça?".

A garota confirmou. Coçava por toda parte. Adah pediu novamente a Deus que tivesse piedade dela. E agora, o que ia fazer? Não queria tomar a pílula se era para acabar parecendo uma pessoa com catapora, ou se coçando feito aquela garota, como se tivesse alguma doença da pele. Não, não ia tomar a pílula e não ia para casa de mãos vazias, sem nenhum material para controle da natalidade. Pensou no gel espermicida e se deu conta de que ele só funcionava quando marido e mulher estavam de acordo, pois o marido precisaria esperar que o gel derretesse antes de penetrar a mulher. Assim, para ela o gel estava fora de questão. Só restava o diafragma. O tal diafragma todo-poderoso, feito especialmente para o interior de cada pessoa. Precisava pensar depressa. Francis poderia não descobrir. Afinal, a coisa era sempre feita no escuro. Mas e se ele sentisse o diafragma? Imagine se ele a visse colocando o diafragma naquele apartamento de um só quarto sem banheiro, e com um toalete tão imundo que parecia uma lata de lixo? Ela não colocaria o diafragma no toalete, pois o que aconteceria se o diafragma caísse? Ficaria impregnado de uma quantidade suficiente de germes para enviá-la sem demora para junto do Criador, com câncer nas partes baixas. Adah tinha certeza de que era a coisa mais fácil do mundo pegar câncer naquela região. O que ela ia fazer agora? Se pelo menos Francis tivesse bom senso... Acontecesse o que acontecesse, ia arriscar. Um diafragma era melhor que nada.

Chegou sua vez de conversar com a médica e com a parteira que forneciam os diafragmas exatamente do tamanho certo para cada mulher. Foi um tormento. Elas ficavam experimentando esse diafragma, depois aquele, e ralhando com Adah para que relaxasse, do contrário iria para casa com o diafragma errado, que não encaixaria direito, e isso significaria mais um filho. O medo do que Francis diria e do que ele escreveria para a mãe e para seus parentes assombrava o subconsciente de Adah com o fantasma da tragédia. Só ela era capaz de sentir aquilo. As outras duas mulheres, que agora tentavam acalmá-la e que ficavam cada vez mais impacientes, insistindo com ela para que relaxasse as pernas, não tinham como ver o quadro que Adah estava vendo. Era a imagem de sua sogra ao ficar sabendo que ela, sem o conhecimento do marido, tratara de se equipar com uma coisa que lhe permitiria dormir com quem quisesse sem ter outros filhos. Conhecendo a psicologia de sua gente, estava segura de que era assim que o assunto seria interpretado. Morreria de vergonha. O nome de seus filhos também ficaria manchado. Deus, não permita que Francis descubra. Em desespero, as duas mulheres – a médica e a parteira – entregaram a Adah um diafragma do tamanho que imaginaram que servisse. Se não servisse, não seria por culpa delas, porque Adah não as ajudara nem um pouco, já que estava se sentindo muito culpada pelo que estava fazendo. Primeiro, falsificara a assinatura do marido; agora adquirira um diafragma que, se o marido descobrisse, estava segura de que provocaria uma briga. Mas supondo que ele não descobrisse, e que a coisa funcionasse? Isso significaria nada de filhos, e que ela não perderia o novo emprego e poderia acabar seu curso de bibliotecária. Com esse pensamento auspicioso, Adah guardou o novo equipamento no carrinho de Bubu e voltou para casa.

Mas, ao chegar em casa, encontrou um novo problema. Como faria para saber o que ia acontecer numa determinada noite? Deveria usar o diafragma todas as noites? Seria o mais seguro, mas o diafragma não era muito confortável e Adah sabia que ele se movia e que precisava andar de um jeito esquisito para que ele não saísse do lugar. E claro que Francis perceberia. Ah, Deus, se pelo menos eles tivessem mais um quarto! Francis não seria obrigado a ver e observar e fazer comentários irritantes a respeito de todos os movimentos dela!

Adah correu até o toalete do quintal, que não tinha luz elétrica, e colocou o diafragma novo. Podia ouvir Titi e Vicky tendo a briga de sempre; dali a pouco Francis começaria a chamá-la para que fosse acalmar os filhos dela. Colocou o diafragma às pressas, quase nauseada, só de pensar naquilo tudo. Nesse momento condoeu-se sinceramente dos médicos e enfermeiras. A quantidade de coisas que eles têm de fazer com o interior das pessoas! Disparou para casa, pois Francis já havia começado a chamá-la e a perguntar que diabos ela estava fazendo lá embaixo, no toalete. Estava tendo outro bebê? Adah se fez de desentendida e não respondeu. O fato dela estar em silêncio despertou as suspeitas de Francis. Ele quis saber qual era o problema. Adah respondeu que não havia problema algum.

Ele olhou de novo para ela e perguntou: "Você está assada, ou algo assim?".

Adah se virou de onde estava, pondo as crianças para dormir, e perguntou: "Assada?".

E Francis, sempre com um olhar intenso para o lado dela, respondeu: "Na perna. Você está andando de um jeito estranho".

Adah sorriu, um sorriso frouxo, hesitante, pois seu coração batia tão depressa e tão alto que o ruído lembrava uma mulher nigeriana socando inhame em seu *odo*. Seu coração fazia "bóim, bóim, bóim", bem assim. Ela ficou surpresa e chocada ao perceber que Francis não ouvia o batimento culpado daquele seu coração. Acreditava que todo mundo poderia ouvi-lo porque para ela o barulho, de tão forte, feria seu peito e tornava difícil respirar. Mas conseguiu produzir um sorriso, aquele sorriso do tipo mentiroso. E funcionou às mil maravilhas.

Em seguida falou, para deixar as coisas claras, "me assustei com o berro que você deu para me chamar, quando eu estava lá embaixo no quintal, e subi as escadas correndo. Aí dei uma topada com o dedão num dos degraus e agora está doendo um pouco".

Francis levantou as sobrancelhas, mas não disse nada.

Dali a pouco já era meia-noite e estourou a briga que Adah tanto temia. Francis arrancou dela toda a verdade. De modo que ela, uma mulher casada, casada em nome de Deus e casada em nome de Oboshi, a deusa de Ibuza, viajava para Londres e em um ano ficava suficientemente espertinha para arrumar um diafragma sem o conhecimento dele, uma coisa que ele, Francis, tinha certeza de que fora inventada para o uso de prostitutas e mulheres solteiras? Adah se dava conta da gravidade do que havia feito? Aquilo significava que ela poderia receber outros homens pelas costas dele, porque como ele ia saber que ela não ia fazer exatamente isso se era capaz de arrumar aquela coisa sem o conhecimento dele? Francis gritou para todos os outros moradores da casa virem até a casa deles ouvir aquela novidade incrível – como a inocente Adah, que viera para Londres não mais de um ano antes, se tornara sabida daquele jeito. Adah ficou feliz quando Pa Noble subiu, porque pelo menos assim Francis parou de espancá-la. Estava atordoada de dor, e sua cabeça vibrava. A boca sangrava. Uma ou duas vezes ao longo do processo sentiu-

-se tentada a correr para fora e chamar a polícia. Mas refletiu e se conteve. Para onde iria depois? Não tinha amigos nem familiares em Londres.

Francis deixou claro para ela que ia escrever aos pais. Adah não se surpreendeu com isso, mas ficou atemorizada, pois, apesar de tudo, ainda respeitava a sogra. Só que o filho dela, Francis, estava cortando os laços de amizade que existiam entre Adah e a família dele. Ela sabia que, depois do acontecido, as coisas já não seriam as mesmas. E então chorou. Estava de novo sozinha, como quando Pa morrera e Ma se casara de novo e ela fora obrigada a viver na casa de um parente.

Seu casamento com Francis? Chegou ao fim quando Francis chamou os Noble e os outros moradores. Adah refletiu consigo mesma que não podia viver com um homem daqueles. Agora todos sabiam que ela era espancada, e isso poucas semanas depois de sair do hospital. Agora todos sabiam que o homem para quem trabalhava, o homem que sustentava, não só era idiota, como idiota a ponto de não saber que agia como um idiota. Pa Noble disse a Francis que pensasse na saúde de Adah, e, Deus abençoasse o velho, mandou embora todos aqueles moradores intrometidos. Não havia nada de errado em Adah praticar o controle da natalidade, disse Pa Noble, só que ela deveria ter contado ao marido.

De que adiantaria Adah explicar a eles que contara ao marido e que ele dissera que a maneira de evitar filhos era derramá-los no chão? Mas não importava. Em pouco tempo completaria vinte e um anos. E, para sua gente, uma garota de vinte e um anos não é mais uma garota, mas uma mulher capaz de tomar decisões. Francis que escrevesse para a família dele e para a família dela. Se ela quisesse, poderia ler as cartas que eles escreveriam de volta; se não quisesse, poderia jogá-las no fogo. Para Adah, só uma pessoa importava: seu irmão. Ia escrever para ele e contar a verdade dos fatos. De todo modo, Boy nunca gostara de Francis. Antes mesmo de Adah descobrir, Boy já sabia que Francis tinha tudo para ser um desses homens que, por causa de sua beleza física, aceitam ser sustentados por mulheres. Adah acabara de sair da escola e estava impregnada da convicção religiosa de que é possível mudar qualquer pessoa por meio do próprio exemplo pessoal e com orações. Estava errada, e seu irmão Boy estava certo.

Algumas semanas depois, Francis recebeu os resultados de seus exames. Nova reprovação. Claro que a culpa era de Adah, ainda mais que Adah conseguira passar raspando por uma parte de seus exames para o curso de biblioteconomia. Para explicar as reprovações, Francis escreveu aos pais contando a história do diafragma. Mas, quando a resposta deles chegou, Adah estava sendo consumida por um novo problema. Grávida outra vez.

O COLAPSO

Pois é, Adah estava grávida outra vez. Dessa vez não chorou, não torceu as mãos, teve um comportamento filosófico. Se era esse o modelo que lhe cabia na vida, faria todo o possível para modificá-lo, mas o que fazer caso seus esforços falhassem?

Procurou o médico indiano. Contou a história toda e disse que desejava interromper a gravidez. O médico indiano não era nada jovem, mas tinha um jeito especial de dizer as coisas e era tão pequeno que podia ser tomado sem dificuldade por um homem jovem. Fora bem-sucedido em Londres e tinha dois filhos, ambos estudando em Cambridge. Casara-se com uma médica que conhecera quando estudante. Era muito popular entre os negros que viviam naquele setor de Kentish Town na época. Adah imaginou que, se apelasse para ele, um indiano que já fora estudante em Londres, ele compreenderia seu dilema.

Ele compreendeu, balançou a cabeça, se solidarizou com ela e disse "A senhora deveria ter nos procurado para o diafragma. Os que são vendidos na clínica são os mais baratos, se soltam facilmente. A senhora deveria ter me falado do problema".

Aquilo era muito simpático. Era o que Adah deveria ter feito, se tivesse sabido. Mas como iria saber? Farejando, como um curandeiro? Por acaso ele e a mulher não haviam pendurado um aviso na sala de espera falando sobre os perigos do tabagismo? Então não podiam ter providenciado um aviso do tipo dizendo que forneciam meios de controle da natalidade para quem desejasse? Agora era tarde demais. Ela estava grávida, sabia disso, mas o médico afirmou que ainda era cedo para ter certeza. Disse que daria a ela uns comprimidos brancos. Adah deveria tomá-los e eles funcionariam.

Adah se perguntou o que aqueles comprimidos poderiam fazer por ela. Mas, em seu estado de resignação apática, não fez perguntas. Os comprimidos interromperiam a gestação. E já que a gestação seria interrompida, por que mencioná-la a Francis? Como saber se ele não ia entender errado? E, mesmo que ele entendesse corretamente, como ela podia ter certeza de que ele não ia contar aos Noble, aos pais dele e a todo mundo? Como dizer a Francis "olhe, estou contando isso a você sob o sigilo do confessionário. Você não pode contar a ninguém"? Impossível!

Adah agora considerava a situação um desafio, um novo desafio. Quando era pequena e solitária, o desafio fora conseguir estudar, existir vencendo aquilo tudo, sozinha, por conta própria. Alimentara a esperança de que o casamento significasse participar da vida do marido e de que ele participasse da sua. Fizera uma aposta no casamento, tal como quase todo mundo, mas sua aposta fracassara e ela perdera. Agora estava de novo sozinha, com aquele novo desafio – que também incluía seus filhos. Ia conseguir viver, sobreviver para existir vencendo aquilo tudo. Algum dia viria auxílio de algum lugar. Fazia um bom tempo que tentava agarrar esse auxílio como quem busca uma coisa no escuro. Algum dia seus dedos encontrariam algo sólido que a ajudaria a se libertar. Estava começando a perceber aquela Presença outra vez – a Presença que a guiara ao longo da infância. Em suas orações, aproximava-se d'Ela. Nunca se ajoelhava para rezar da maneira ortodoxa, mas conversava com Ela enquanto mexia a sopa africana de pimenta no fogareiro; falava com Ela ao acordar pela manhã; falava com Ela o tempo todo; e Adah sentia que Ela estava sempre ali.

Não havia tempo para ir à igreja rezar. Não na Inglaterra. Só depois de vários anos ela conseguiu apagar a imagem da igreja nigeriana, que costumava ter um ar festivo. Na Inglaterra, sobretudo em Londres, "igreja" era uma grande edificação cinzenta com vitrais nas janelas, tetos altos decorados, muito fria, repleta de fileiras e mais fileiras de assentos vazios, com a voz do vigário trovejando do púlpito distante, clamando como a voz de João Batista perdido no deserto. Em Londres, as igrejas não tinham alegria.

    Na época Adah não conseguia frequentar nenhuma delas porque ver aqueles lindos lugares de devoção vazios era uma coisa que a fazia chorar. Na Nigéria, quando alguém se atrasava para chegar na igreja, dificilmente conseguia lugar para sentar. Era preciso ficar em pé do lado de fora e acompanhar a missa por um alto-falante. Mas a pessoa ficava feliz o tempo todo, era convidada a acompanhar os cânticos cantando em voz bem alta. Cantar tirava dos ombros algumas de suas preocupações, visto que a maioria dos hinos parecia ter sido escrita por psicólogos. Os fiéis sempre sabiam que iam cantar ou ouvir alguma coisa que chegaria perto do problema que estava na cabeça deles antes de irem à igreja. Na Inglaterra, você era privado desse consolo.

    Assim, depois de matar o Deus congregacional de Adah, Londres criou no lugar d'Ele um Deus pessoal, que pairava poderoso e realmente vivo. Ela não precisava ir à igreja para vê-Lo porque Ele estava sempre ao lado dela enquanto ela arrumava os livros na estante da biblioteca, quando punha as crianças para dormir, quando fazia uma coisa ou outra. Adah ficou mais próxima d'Ele e das pessoas com quem trabalhava, porém mais distante de Francis. O fosso que separava os dois, e que se alargara durante a permanência de Adah no hospital, se aprofundara com o episódio do diafragma – e agora aquele novo filho ia aumentá-lo ainda mais. Mas ela não contaria nada a Francis e não se sentia culpada por isso. Francis não a ajudaria em nada.

    Adah se concentrou no trabalho. Gostava do emprego novo. Foi na biblioteca de Chalk Farm que conheceu Peggy, a garota irlandesa de penteado engraçado que estava de coração partido porque o namorado italiano que conhecera nas férias de verão não cumprira as promessas feitas. Peggy viajara no verão anterior para desfrutar do sol italiano e do panorama de Roma. Durante a viagem, se envolvera com aquele jovem italiano bonito, surpreendentemente alto para um italiano, mas italiano, dizia Peggy. Fora amor à primeira vista, e muitas promessas foram feitas. Peggy era bibliotecária-assistente e o jovem estudava engenharia numa universidade de cujo nome Adah não se lembrava. Aparentemente o rapaz esquecera as promessas feitas a Peggy e ela ameaçava ir até o endereço que ele lhe dera para dizer poucas e boas a ele. A conversa com Peggy era sempre sobre aquele jovem e as coisas que Peggy diria a ele, e sobre como Peggy ia recuperar o que lhe pertencia. Peggy nunca chegara a dizer a Adah o que exatamente dera a ele para sentir-se assim magoada. Mas deixou claro que dera tanto que passaria o resto da vida lamentando o fato. Tinha vinte e três anos, não era muito bonita, mas miúda e divertida.

E havia o chefão, sr. Barking. Era magro e ranzinza, mas sem a menor ponta de maldade. Sua filha se casara com um sujeito imprestável e ele estava decidido a desmanchar aquele casamento nem que lhe custasse a vida. A filha estava doente por causa da crueldade mental que o boçal daquele marido lhe infligia. O sr. Barking nunca se referia à esposa; se habituara de tal modo à presença dela em casa que ela nunca era mencionada. Aquela esposa dele fazia ótimos sanduíches de frango. Adah já vira o sr. Barking mastigando e mastigando montanhas de sanduíche de frango na sala dos funcionários e às vezes sentia vontade de prová-los.

Bill era um canadense alto e atraente; Adah não sabia o que o levara a se mudar para a Inglaterra, já que desprezava tudo o que fosse inglês, exatamente como faziam os americanos. Mesmo o bolo de Natal de Bill vinha do Canadá. A mãe lhe mandava roupas, alimentos, tudo. Ele não queria estudar para prestar os exames da Associação das Bibliotecas Britânicas porque não confiava no sistema de ensino britânico. No ano anterior se casara com a bibliotecária do setor infantil. Ela se chamava Eileen, era alta e bonita; impossível imaginar outro casal que combinasse tanto. Bill sabia um pouquinho de tudo. Gostava dos escritores negros. Adah não conhecia nenhum escritor negro exceto os raros nigerianos, como Chinua Achebe e Flora Nwapa, e não sabia da existência de outros. Bill estalava a língua, desaprovador, e lhe dizia que era o fim, uma garota negra inteligente como ela ter tão pouco conhecimento sobre seu próprio povo negro. Adah pensou no assunto e percebeu que Bill tinha razão. Era um homem inteligente, aquele canadense, e Adah gostava muito dele. No intervalo para descanso do pessoal, os dois conversavam e ele discorria sobre escritores e seus novos livros. Depois solicitava as obras. A municipalidade de Camden os adquiria e ele era o primeiro a lê-los; em seguida os passava para Adah e Adah os passava para Peggy. Peggy os passava para qualquer outro membro da equipe que estivesse inclinado a ler um livro. Foi graças a Bill que Adah tomou conhecimento de James Baldwin. Lendo Baldwin, passou a acreditar que black is beautiful, negro é lindo. Perguntou a Bill o que ele achava, e ele perguntou se por acaso ela não sabia que negro é lindo.

Bill foi o primeiro amigo de verdade de Adah fora da família. Ela tendia a confiar mais nos homens porque seu Pa nunca lhe faltara. Já desenvolvera o gosto pela leitura variada, e Bill, cuja esposa esperava o segundo filho dois anos após o casamento dos dois, estava sempre interessado em conversas literárias. Adah ficava fascinada. Chegou inclusive a começar a ler Marx e frequentemente citava para si mesma que, se o pior se transformasse em muito pior, abandonaria Francis com os filhos, já que não tinha nada a perder exceto seus grilhões.

Adah se integrou à atmosfera despreocupada na qual o pessoal da biblioteca fazia seu trabalho. Havia outra garota, uma caribenha mestiça, uma das pessoas que tinham dificuldade para se identificar como negras. Essa garota gostava de Adah porque Adah na época obrigava todo mundo a gostar dela. Graças às pessoas da biblioteca, esquecia seus problemas. Aparentemente, todos ali tinham problemas. A esposa de Bill esperava outro filho e o apartamento deles era muito pequeno. Bill namorava a ideia de voltar para o antigo emprego, pois fora locutor do noticiário radiofônico no Canadá. Por que, afinal, ele se mudara para a Inglaterra?, Adah especulava. Ele dera a entender, com muito recato, que viera fugido da mãe, que aparentemente organizara as coisas para que ele se casasse com a garota que ela havia escolhido. Viera fugido, mas conhecera Eileen. Pobre homem, era atraente demais para que o deixassem em paz. Alto, mais de um metro e oitenta. O problema de Peggy era arranjar dinheiro para ir à Itália, onde tinha a esperança de conseguir um trabalho temporário que lhe permitisse ir em busca do jovem italiano que mentira para ela. O sr. Barking raramente se associava às conversas despreocupadas dos outros membros do estafe, mas todos sabiam que ele pensava na filha. Fay não gostava de se misturar com os negros porque era mulata quase branca. Assim, para reiterar esse aspecto, ao se formar como bibliotecária, começara a namorar um inglês que estava em Cambridge estudando direito. Adah nunca vira o homem, mas vira o carro de Fay, tão amassado que Fay seria obrigada a gastar uma fortuna para consertá-lo. Fay disse que o namorado o amassara. Adah ficou com pena dela, especialmente porque, embora ela fosse muito bonita, no estilo estrela de cinema, com pele macia e acetinada, rosto perfeito e um lindo cabelo denso, tinha pelo menos trinta anos de idade. Na opinião de Adah na época, uma mulher de trinta solteira era um escândalo.

Quando todos começavam a falar sobre os respectivos problemas, Adah ria.

Peggy reclamava: "Que absurdo, por que você está rindo desse jeito?".

Então Billy respondia por ela: "Ela não tem problemas. Tem um casamento feliz, com um marido espetacular que está estudando para ser contador de Custos e Obras, e ela mesma está sendo aprovada em todos os exames para bibliotecária".

Adah não o contradizia. O mundo já não estava suficientemente cheio de tristeza? De que adiantava contar seus infortúnios a eles? Sim, todos acreditavam que não tinha problemas porque desejava que acreditassem isso mesmo.

Desse modo, três meses se passaram velozmente. Adah estava ciente de que os comprimidos que o médico lhe dera não haviam funcionado. Disse para si mesma que não entrasse em pânico. Outras mulheres já haviam estado em situações piores antes. Francis daria risada e diria "Achei que você estava sendo esperta, usando o diafragma sem me dizer nada". Ela já passara pelo que havia de pior. Agora, nem as surras e tapas que ele lhe aplicava a perturbavam. Não sabia de onde tirava aquela coragem, mas estava começando a devolver as pancadas dele, inclusive mordendo-o, quando necessário. Se era essa a linguagem que ele escolhera, pois bem, ela a usaria. Por acaso não havia sido a campeã das mordidas na escola? Francis ameaçou quebrar todos os dentes dela e deixou as unhas crescerem até ficarem do tamanho das unhas de um tigre; assim, toda vez que Adah abria a boca para morder, Francis enterrava as unhas de tigre no pescoço dela, quase a sufocando. Depois Adah se deu conta de que poderia ser morta e de que todos pensariam que fora um acidente. Apenas uma briga de marido e mulher. Continuou devolvendo as pancadas ocasionalmente, quando sabia que estava perto da porta ou que não corria perigo, mas cedia às exigências dele para manter a paz. Eram as exigências de uma criança cruel, que se diverte torturando um bicho vivo que alguém lhe ofereceu para animal de estimação.

Adah queria saber a verdade da boca do médico antes de começar a procurar um quarto para ela e as crianças. O sr. Noble, farto das brigas do casal, pedira a eles que se mudassem. Para completar, as mulheres da casa escreveram a Adah uma carta aberta implorando que ela controlasse o marido, pois ele perseguia todas. A carta foi despachada sem selo e enviada para o setor errado da biblioteca. Assim, outros bibliotecários-assistentes poderiam lê-la, se quisessem. Adah não se importou: de todo modo, sairia da casa dos Noble.

No consultório, esperou pacientemente chegar sua vez. O médico a cumprimentou e perguntou como estava, e ela respondeu, com voz abafada e, pela primeira vez, apavorada: "A criança está completamente instalada. Não saiu, como o senhor me fez acreditar que aconteceria".

O olhar que o médico lhe dirigiu foi terrível. Adah teve a impressão de que seu sangue havia congelado. A pele escura, indiana, do médico parecia ter adquirido uma tonalidade mais escura. Ele fazia força para falar, mas a fúria que o tomava o impedia, de modo que ele gorgolejou baixinho, como uma chaleira a ponto de ferver... depois, exatamente como a chaleira, soltou com violência: "Eu não lhe dei os comprimidos para abortar a criança".

Adah recuou como uma serpente assustada, mas de novo, como uma serpente, tratou de reunir toda a sua energia interna para atacar aquele homenzinho assustado. O que ele estava querendo dizer?, perguntou, numa voz marcada pela aspereza brutal. Seu impulso era enterrar os dentes naqueles olhos que iam ficando protuberantes como os de um peixe morto.

"Está bem, então vou ter a criança. Mas vou lhe dizer uma coisa. As pílulas que o senhor me deu eram abortivas e o senhor sabe e eu também sei, porque eu é que estou grávida e sei o que aconteceu nas primeiras semanas, quando o senhor me deu os comprimidos. Se meu filho nascer com algum defeito, seja qual for, o responsável é o senhor. E o senhor sabe disso".

Adah se retirou do consultório e não foi para casa, mas para um parque perto da Gospel Oak Village, onde se sentou para pensar. Desconfiara que alguma coisa do tipo ia acontecer, mas a confirmação, recebida daquela maneira, a fez sentir-se uma traidora. Chorou por si, chorou pelos filhos e chorou pela criança que ainda não nascera. E se nascesse com alguma imperfeição, como aqueles pobres bebês da talidomida, o que ia fazer? Seus pensamentos voaram para seu irmão Boy, que lhe mandara todas as suas economias, pedindo-lhe para abandonar Francis e os filhos dele e voltar para a Nigéria, onde seu emprego no Consulado estaria à espera. Boy, pobre Boy, havia ficado muito chateado com a história do diafragma, narrada por Francis numa carta aos pais. Com esse novo filho, os pais de Francis iam mudar de assunto. Iam perguntar por que, se ela estava fazendo controle de natalidade, coisa que decidira e providenciara sozinha, agora estava grávida? Diriam que a criança não era do marido, que provavelmente nasceria branca. Sabe, como as pessoas que instalaram o diafragma. E todos ririam. A família de Adah cobriria o rosto de vergonha. Adah descobriu-se grata por seus pais já terem morrido. Aquilo os teria matado. Ela açulara as esperanças de todos ao frequentar a Escola Metodista para Meninas, açulara ainda mais as esperanças deles ao receber inúmeras notas A por fazer cursos por correspondência, e essas esperanças estavam se realizando enquanto ela possuía um bom emprego no Consulado Americano. Se pelo menos tivesse parado por ali. Poderia ter feito o resto dos exames por correspondência. Afinal, a Universidade de

Ibadan não pertencia à grande Universidade de Londres, que ela achava absolutamente o máximo?

Mas será que lá os filhos dela estariam no tipo de escola-creche em que estavam agora? Adah ficou confusa. Tudo aquilo valera a pena?

Nisso uma mão tocou seu ombro. Era a mão de um negro. Adah deu um salto. Ali sentada, pensando e derramando lágrimas silenciosas, não ouvira o homem cruzar o parque. O homem era um africano, um nigeriano. E quando ele falou, Adah viu logo que era um igbo.

"Você teve uma discussão com seu marido?".

Adah não respondeu. Então o homem continuou.

"Meu nome é Okpara e sei que você é igbo por causa das marcas no seu rosto. Não quero que você me conte nada. Vamos até sua casa pedir perdão a ele. Ele vai permitir que você volte". Típica psicologia igbo; os homens nunca estão errados, só as mulheres; elas têm de pedir perdão porque são compradas, seu preço é pago, e é assim que elas devem permanecer: escravas silenciosas e obedientes.

Adah mostrou ao homem o caminho para sua casa. Por acaso a palavra mágica, "igbo", não fora pronunciada? O homem falou ao longo de todo o trajeto sobre uma coisa e outra. Também tinha uma esposa, com um bebezinho, e estudara direito. Fazia algum tempo que os dois estavam na Inglaterra e no momento se preparavam para voltar para casa em cerca de quatro meses. A esposa era secretária e ele funcionário público na Inglaterra. Agora concluíra os estudos. Mas, disse a Adah, os dois ainda discutiam, embora ele não admitisse a hipótese de bater na esposa. Isso ficara para trás. Mas ainda discutiam. Essas discussões não significavam que o casamento deles estava no fim. Lembrou a Adah um antigo ditado igbo.

"Você não se lembra, ou será que esqueceu, o ditado de nossa gente que diz que um marido e sua esposa sempre constroem um lar para muitas coisas, mas especialmente para discutir? Um lar é o lugar no qual se discute". Adah confirmou com a cabeça. Estava lembrada.

Ela deveria ter perguntado ao sr. Okpara se os antigos também viviam num só aposento, se os homens engravidavam as esposas em rápida sucessão. E por acaso sua Ma não lhe dissera que no tempo dela havia o costume de tomar conta das crianças e alimentá-las ao peito durante um período mínimo de três anos? Pelo menos aqueles homens, os homens da época sobre a qual o sr. Okpara falava, tinham outras distrações. Tinham suas danças culturais, tinham as reuniões de seus grupos de idade, das quais chegavam embriagados demais de vinho de palma para ter a energia de procurar as esposas. A superstição tinha um papel importante na vida dessas pessoas; se o marido dormisse com a esposa enquanto ela estava amamentando uma criança, a criança morreria, de modo que durante três anos eles não procuravam a esposa. Por essa razão, muitos homens eram polígamos. Construíam uma cabana à parte para a esposa que amamentava, davam folga a ela durante aquele longo período e tomavam uma esposa sem filhos. Aquelas pessoas tinham meios para construir uma casa onde discutir.

Mas não em Londres, onde seu Francis passava a semana inteira sentado no mesmo quarto, ao lado da mesma mesa de cozinha, virando as páginas desse ou daquele livro, levantando-se apenas para comer ou descer para assistir televisão na casa dos Noble. Seria impossível Francis ter uma cabeça saudável como aqueles homens de Ibuza. De novo, deu-se conta de que o plano deles havia fracassado e a culpa era toda sua. Ela não devia ter aceitado trabalhar o tempo todo. Devia ter estimulado Francis a trabalhar, exatamente como a mulher daquele homem, uma mulher que ela não conhecia, havia estimulado o marido a trabalhar. Francis teria encontrado outros homens, como o tal marido, e os teria imitado. Não era tarde demais, pensou. Era aquilo mesmo que ela ia tentar fazer. Quem sabe fosse possível salvar o casamento? Afinal, olhe o sr. Okpara: ele estudara sozinho à noite e obtivera um diploma, em vez de assistir televisão das seis da tarde até o encerramento!

Para o sr. Okpara ela não disse nada: acreditava que o fracasso em fazer seu casamento funcionar era problema apenas dela.

Não se incomodava em ouvir a história de um casamento bem-sucedido e quem sabe obter algumas dicas sobre como fazer o dela funcionar, mas não permitiria que aquele desconhecido soubesse. Por que permitira que o sr. Okpara a acompanhasse até em casa? A própria Adah desconhecia a resposta. Não disse nada a ele, embora sua mente quisesse tanto alguém que a ouvisse, que a compreendesse. Mesmo assim, parecia-lhe que se conversasse com aquele estranho, mesmo ele sendo amável, e igbo como ela, estaria traindo o marido, a família, os filhos. Não está certo contar nossos problemas às pessoas enquanto ainda se está no meio dos problemas, porque assim eles ficam maiores, mais insolúveis. Você só fala de seus problemas aos outros quando está tudo encerrado, assim os outros podem aprender com seus erros e você tem condições de achar graça em suas dificuldades. Porque a essa altura elas já não doem e ficaram para trás, você tirou diploma delas.

Os dois entraram no quarto onde ela vivia. Deram com uma cena cômica, para dizer pouco. Vicky, sentado no sofá, agitava sua fralda molhada no ar, como uma bandeira. Titi, encarapitada na cama, olhava pensativa para Vicky e o pai. Bubu, deitado de costas em seu berço, ouvia os cânticos que Francis cantava para os filhos de seu manual das Testemunhas de Jeová, com o ar desleixado de sempre. O rosto por barbear ficava mais visível agora que o sr. Okpara estava ali. O sr. Okpara era mais escuro que Francis; não era alto, media mais ou menos um metro e setenta, como Francis, mas estava impecável. Sua camisa branca cintilava, e o fato de que era muito negro evidenciava ainda mais a alvura da roupa. Vestia um terno preto com colete do mesmo tecido, e seus sapatos pretos brilhavam. A pasta preta contribuía de certo modo para sua dignidade, e o guarda-chuva preto bem enrolado completava a imagem – um funcionário negro na Grã-Bretanha voltando para casa do trabalho na City.

Quanto a Francis, para Adah ele não parecia coisa alguma. Era apenas ele, apenas Francis Obi, e Adah percebeu naquele momento que se fosse modelar Francis baseada na imagem daquele sr. Okpara teria uma grande batalha pela frente. Francis era Francis, não se envergonhava de ser Francis, e não se modificaria nem que Adah aparecesse com duzentos estudantes igbos bem-sucedidos para mostrar a ele. Tinha orgulho de ser quem era, e Adah deveria começar a se acostumar com ele daquele jeito ou então dar o fora.

Francis jurou ao sr. Okpara que não encostara a mão em Adah. "Ela simplesmente saiu. Eu não sabia para onde ela havia ido, mas sabia que ela ia voltar porque ela não tolera ficar muito tempo longe das crianças. Não bati nela. Ela falou que eu fiz isso?".

Okpara não desistiu. Eles não eram felizes. Adah não era feliz, e aquele país era um lugar perigoso para se estar infeliz, pois a pessoa não tinha ninguém com quem desabafar seus problemas, e era por isso que a maioria dos estudantes africanos solitários tinha colapsos emocionais: por não ter com quem dividir seus problemas. Então Francis queria que a esposa *dele* tivesse um colapso desse tipo?, perguntou Okpara. E não seria um buraco no orçamento dele?

Esta última observação surpreendeu Francis e Adah. Ela não sabia que as pessoas ainda viviam daquele jeito, com o marido pagando as contas do médico. Mesmo na Nigéria, sempre que era preciso consultar um médico particular, quem pagava era Adah. Ela não conseguia se lembrar de uma única vez em que Francis tivesse assumido um gasto do gênero. Okpara não estava a par do problema em questão, e Francis, agora atarantado de raiva, vergonha e desapontamento, sentiu-se incomodado com aquela intrusão em sua vida familiar. Adah foi correndo fazer café.

Ela não sabia que Francis chegara a uma situação tal que, subconscientemente, dissera para si mesmo que nunca seria aprovado nos exames. Era como se tivesse dito para si mesmo que era um sonho ele um dia virar contador responsável por Custos e Obras. Ela não sabia que, por esse motivo, ele se esforçaria ao máximo para que Adah fosse uma fracassada como ele. Ele não conseguia evitar essa atitude, era da natureza humana. Ele não era um homem amargo.

Francis soltou os cachorros contra Okpara, disse-lhe que fosse para casa e cuidasse dos próprios problemas. Foi nesse momento que Adah se deu conta de que Okpara era inglês somente na superfície. Um inglês teria se sentido insultado e se retirado. Mas Okpara não. Ele era igbo, e ali estava uma família igbo em dificuldades, então ele não sairia dali enquanto não os fizesse prometer que lhe fariam uma visita, para que vissem como os Okpara viviam. Perguntou a Adah se conhecia alguém em Londres. Será que não poderiam ajudá-la?

Adah considerou o assunto. Não tinha parentes próximos em Londres e seus poucos parentes distantes se limitariam a rir. Diriam: "Achamos que ela era a senhora instruída que sabia todas as respostas. Por acaso não a avisamos para não se casar com o sujeito? Então não foi ela quem fez a própria cama? Pois agora que durma nela!". Adah balançou a cabeça e disse que não tinha ninguém.

Depois do café, Okpara conversou e aconselhou Francis a ser um homem. Ficar em casa cantando para as crianças canções do hinário das Testemunhas de Jeová não alimentaria nem vestiria sua família, para não falar em seus velhos pais na Nigéria. Portanto ele precisava conseguir um emprego e estudar à noite. Afinal, as matérias já não eram novidade absoluta para ele. Do contrário Francis perderia sua hombridade, e as crianças para quem ele estava cantando não demorariam a perceber que quem comprava roupas e comida para eles era a mãe.

Francis ficou olhando para ele enquanto ele dizia isso, porque era uma grande humilhação para um africano não ser respeitado pelos próprios filhos. Okpara percebeu que tocara num ponto fraco e deu um tapa na mesa de cozinha só para enfatizar o que dizia. Foi em frente e perguntou se Francis não sabia que as crianças na Inglaterra começavam a entender tudo assim que saíam da barriga das mães? Essas crianças sabem o que se passa ao redor e depois se lembram. Portanto, se Francis queria manter o respeito de seus dois meninos, era melhor ele prestar atenção no que fazia. Okpara não mencionou Titi, ela era só uma menina, um ser humano de segunda classe; não fazia diferença ela respeitar ou não o pai. Ao crescer seria uma mulher comum, não um ser humano completo, como os homens.

Nas semanas e meses que se seguiram, Okpara e sua linda mulherzinha fizeram o que puderam, mas Francis seria sempre Francis. Ele se acostumara a que trabalhassem por ele, que uma mulher que ele sabia que pertencia a ele por direito trabalhasse por ele. Adah não tinha como escapar por causa das crianças – pelo menos era o que Francis imaginava.

Quando Adah disse a ele que ia ter outro filho, a risada que recebeu a novidade lembrou a de um macaco louco no zoológico. Era uma risada tão animalesca, tão inumana, tão sem alegria e, ao mesmo tempo, tão brutal... Adah só contou a ele depois de ter certeza de já estar com cinco meses de gravidez. Primeiro fora preciso superar a dor em sua própria mente, mas continuava aflita com a possibilidade do bebê não ser perfeito. Às vezes se preocupava com isso, mas uma das coisas que aprendera durante a internação do nascimento de Bubu fora que não iria para o hospital como uma pobre negra. Seu bebê viria ao mundo com categoria. Tricotou, costurou e, dessa vez, seu auxílio-maternidade não iria para Francis. Estava comprando um berço novo em folha, uma nova mantinha e uma roupa nova para ela, para a saída do hospital. Conheceu uma garota indiana ocidental que tivera uma menininha de pai nigeriano, mas o homem não se casara com ela porque, segundo ele, a filha não era dele. Foi por essa garota que Adah ficou sabendo que era possível viver do que se denominava Assistência até seus filhos crescerem e você conseguir um emprego. Adah ouvira falar dessa Assistência antes, na Nigéria; tivera aulas sobre ela em seus estudos de história social. Não sabia que ainda era possível solicitá-la. Se tivesse sabido antes, teria deixado Francis mais cedo. Mas agora sabia.

Adah escreveu vinte cartões de felicitações para si mesma, deu três libras a Irene, a garota, e a instruiu a despachar três cartões por dia depois que o bebê nascesse. Ela também deveria enviar para Adah dois grandes ramos de flores; um quando ela chegasse ao hospital, com o nome de Francis e palavras sentimentais num cartão preso ao ramo. O outro deveria ser enviado para o hospital depois do parto bem-sucedido. Mas, caso ela não sobrevivesse ao parto, Irene deveria escrever os nomes dos filhos de Adah no cartão preso às flores e transformá-las numa coroa. Irene se comoveu e começou a chorar; Adah lhe disse que não chorasse porque todos temos de morrer algum dia. Tinha certeza de que, no caso de ser necessário operá-la, como da outra vez, não teria muita chance. Mas o médico indiano, agora arrependido do que fizera, se tornara o principal aliado de Adah. As possibilidades dela não precisar ser operada chegavam a cinquenta por cento. Adah sabia que se houvesse uma só possibilidade dela não ter a barriga aberta, seria essa a sua escolha. Seu corpo tinha tendência a rejeitar tudo o que lhe fosse estranho – era outra coisa que ela sabia. Assim, em vez de entregar o montante do auxílio-maternidade a Francis para que ele depois fosse separando do total as duas libras destinadas aos gastos da casa, Adah comprava tudo o que os médicos e parteiras lhe diziam para comer. Francis armou muitas brigas, mas Adah tinha coisa mais importante com que se preocupar: o bebê que ia nascer. Ele ainda era tão pequeno que ela mal conseguia senti-lo. O corpo de Adah não ficou inchado como das outras vezes. Mas ela seguia rigorosamente a dieta prescrita.

Foi então que ficou conhecendo as técnicas modernas de relaxamento durante o parto. Adah compareceu a todas as aulas. Tudo parecia tão descomplicado que ela lamentou a dor desnecessária sentida com os outros filhos. Não mentiu sobre a data do parto e estava decidida a desfrutar de suas quatro semanas de descanso antes de ir para o hospital.

O dinheiro não chegava ao fim do mês e ela disse a Francis: "De hoje em diante, se vire sozinho. Sei que os filhos são meus, e eles precisam ser alimentados. Você precisa arrumar um emprego. Do contrário, só vai haver comida para meus filhos".

Francis respondeu que ela não podia fazer aquilo. Adah não disse nada, mas foi em frente com seus planos. Francis precisava arrumar um emprego. Ela dava importância aos estudos dele e tudo o mais, mas as crianças estavam crescendo, tanto em tamanho como em número. As crianças vinham primeiro. Também tinham direito à felicidade, não só Francis. Ele a mandou pôr por escrito a declaração de que não ia mais alimentá-lo. Adah escreveu sem hesitar. Se o mundo quisesse censurá-la por não alimentar aquele marido de corpo sadio, ela não estava nem aí. O assunto deixara de ser importante. Tinha três filhos, em breve quatro, com quem se preocupar.

Os colegas da biblioteca de Chalk Farm lamentaram sua partida. Ela também lamentou, mas lá, naquela biblioteca, Adah descobrira um talento oculto cuja existência desconhecia até ali – sua capacidade desinibida de fazer amigos com facilidade. As pessoas tendiam a confiar nela sem hesitar porque, por pior que fosse a situação, ela sempre a encarava com uma boa risada. Aprendeu a evitar pessoas sombrias, que a deixavam infeliz. Assim, já que não podia evitar Francis e sua fisionomia tristonha, obliterou-o de seus olhos da mente. Ela o via, mas sua mente já não registrava sua presença. Ouviu quando ele declarou que a denunciara a algum ministério, ou conselho, ou fosse lá o que fosse, pois ela assinara um papel dizendo que ia deixar de alimentá-lo. Adah aguardou a chegada da Lei para levá-la, mas a Lei não apareceu.

Porém ele a acompanhou até o hospital na ambulância. Na segunda manhã de sua internação, chegou o grande ramo de flores. Sua mesa ficou alegre, cheia de cartões, mesmo antes de Dada chegar. Ela veio naquela noite, pequena, mas sem dor, e perfeita. Adah tinha certeza de que a menina chegara ao mundo feliz e dando risada. Era tão pequena, menos de dois quilos e meio, mas linda, parecia uma boneca negra – e menina. Adah sentiu-se grata por aquela criança, tão perfeita e tão bonita, que lhe deu o apelido de "May", maio, seu melhor mês.

Voltou para casa sozinha, de táxi, e caprichou. Fez todo mundo acreditar que ela é que havia desejado que fosse assim, para fazer uma surpresa ao marido. Não contou a ninguém que Francis havia se recusado a buscá-la. Começariam a sentir pena dela, e Adah não precisava disso. Deu boas gorjetas às enfermeiras e todas riram e agradeceram. Depois de chegar em casa, escreveu uma bonita carta a todos no hospital, agradecendo, e, no ouvido da mente, ouvia-os comentar que ela era uma africana simpática e feliz. Uma mulher sem dificuldades no mundo. O resultado dessa atitude foi que seus problemas se tornaram insignificantes. Todos eles eram parte de sua vida.

A fome levou Francis a trabalhar como funcionário administrativo dos correios. Adah começou a alimentar esperanças. Quem sabe aquilo salvasse o casamento afinal? Mas se decepcionou. Francis se encarregava do aluguel e continuava a lhe dar apenas duas libras para o sustento dos seis, e nada mais. Adah não sabia quanto ele ganhava nem o dia em que era pago. Avisou-o, porém, que ela própria ia entrar no serviço público e que ia agir exatamente como ele. Não pagaria o aluguel, porque isso cabia ao homem; não contribuiria para o orçamento da alimentação da casa porque... afinal não era esposa dele? Ficaria responsável apenas pelas crianças. Pelas roupas delas, pelas taxas das creches e tudo o mais que as crianças pudessem necessitar. Mas Francis não saberia qual era o salário dela nem a data do pagamento, porque ele é que havia começado a agir assim. Francis disse a Adah que ela não poderia fazer isso porque era esposa dele. Ele tinha o direito de não permitir que ela saísse para trabalhar. Então Adah respondeu:

"Nós estamos na Inglaterra, não na Nigéria. Não preciso da sua assinatura para conseguir um emprego".

Mas Adah esperava e pedia a Deus que aquela nova atitude consciente dele, aquele novo orgulho pessoal, se desenvolvesse. Ele se equipou com um terno e camisas e comprou um pequeno rádio transístor no qual Adah e as crianças não estavam autorizadas a pôr a mão e que ele levava consigo por toda parte, para o trabalho e mesmo para o banheiro. Adah ria por dentro, pensando que Francis podia ser idêntico a um menininho. Adah pagava pelo que ela e as crianças comiam recorrendo às parcas economias obtidas com seus fundos de pensão. Pagava o teto sobre suas cabeças sendo esposa de Francis à noite e lavando as infinitas camisas dele.

A bebê ficou mais forte, e Adah eliminou o peso da consciência alimentando-a ao peito. Aquela filha não seria alimentada a mamadeira. Lera em algum lugar que os bebês amamentados eram mais inteligentes e ficavam mais fortes que os que usavam mamadeira. Ficou sabendo, ainda, que havia menos probabilidade da mãe que amamentava engravidar outra vez, de modo que deu o peito à filha.

As coisas pareciam estar funcionando, mas o dinheiro de Adah ia ficando curto e as crianças precisavam de roupas novas. Adah organizou os horários e descobriu que conseguia ter três horas de sossego à tarde. E então seu velho sonho se apresentou de estalo. Por que não tentar escrever? Sempre desejara escrever. Por que não? Correu ao Foyles e comprou um exemplar de *Como escrever bem* e, ao longo de todos os meses em que amamentou Dada, sentava-se à tarde para escrever o manuscrito de um livro que receberia o título de *Dote de esposa*.

O FASCÍNIO DA VALA

O verão daquele ano foi glorioso. Dada nasceu em maio e, desde o dia em que Adah a levou do hospital para casa, o sol não parou de brilhar. Os ingleses dizem que na Inglaterra invernos frios e horrorosos sempre são seguidos de verões longos e quentes, o que pode ou não ser verdade, mas, em relação àquele ano, o ditado estava certo.

Adah desfrutou ainda mais daquele verão porque pela primeira vez na vida era uma dona de casa de verdade. Só durou cinco meses, mas como ela teria gostado que seu modo de vida tivesse continuado daquele jeito! Depois do nascimento de Dada, ela não se apressou em voltar para o trabalho porque, como disse ao marido, com quatro filhos, todos com menos de cinco anos, não tolerava a ideia de deixá-los com outra mulher. Titi fora inscrita numa creche ligada à Escola Carlton, bem perto de Queen's Crescent. Adah só precisava levar Titi diariamente à escola, fazer suas compras no mercado Crescent, levar os três menores ao parque durante uma ou duas horas, voltar para casa, dar almoço aos três, acomodá-los para a sesta e escrever *Dote de esposa*.

Se Francis fosse inglês, ou se Francis não tivesse sido Francis, mas outra pessoa qualquer, teria funcionado e Adah teria concordado em desistir de seus estudos para ser apenas dona de casa. Andara lendo um montão de revistas femininas e ficara surpresa ao saber de mães que diziam que se entediavam por ser apenas donas de casa. Ela não era esse tipo de mulher. Havia tantas coisas que planejava fazer, e as fazia. Tricotava infinitos pulôveres e casaquinhos para todos, inclusive alguns grandes e grossos para

Francis. Era uma maneira de dizer a ele que aquilo era tudo o que ela queria da vida. Simplesmente ser mãe e esposa.

Mas Francis pertencia a outra cultura. Na cabeça dele havia um conflito. Que vantagem havia em casar com uma mulher instruída? Por que seus pais haviam precisado pagar uma quantia alta por ela, se depois ela não faria mais do que ir para a Inglaterra e começar a moldar sua vida ao modo das inglesas, recusando-se a trabalhar, só ficando ali sentada sem fazer nada além de lavar as fraldas dos bebês? Para ele, aquilo era trapaça. Porque ele precisava trabalhar e estudar à noite e aos sábados também, enquanto Adah passava a vida sentada sem fazer nada. Francis começara a faltar ao trabalho por qualquer pretexto. Quando chovia muito, tinha certeza de que apanharia um resfriado. Não saía de casa antes de dez para as nove, e era suposto chegar ao trabalho às nove. Adah dizia e repetia que ele levaria pelo menos meia hora para ir até o escritório, mas Francis não ouvia. O primeiro encanto de seu novo poder, o poder adquirido pelo conhecimento de que, pela primeira vez na vida casada dos dois, estava levando dinheiro para casa, se desfizera. Francis percebia que Adah não se comovia com esse seu novo poder porque o dinheiro que ele lhe dava para os gastos da casa era apenas suficiente para comprar a comida que ele próprio consumia. Adah não se incomodava. Depois de gastar todo o seu fundo de pensão, começaria a aceitar trabalhos de costura para a fábrica de vestuário perto do Crescent. O proprietário da fábrica gostou da amostra que ela lhe forneceu e disse que lhe daria um emprego em meio período assim que ela tivesse condições de assumir. Adah gostou da ideia porque assim poderia trabalhar em casa e cuidar dos filhos, mas a principal razão era que Francis não estaria em casa, e sim na companhia de outros homens. Imagine só! Ela finalmente casada na verdadeira acepção da palavra, exatamente como outra mulher qualquer.

Foi nessa disposição feliz de espírito que Adah andou até a pequena filial da Woolworths perto do Crescent para comprar quatro cadernos escolares e começar a escrever *Dote de esposa*. Quanto mais escrevia, mais se convencia de que sabia escrever e mais gostava de escrever. Estava sentindo um impulso assim: *Escreva; vá em frente, você sabe escrever.* Quando chegou ao fim e leu o texto inteiro, percebeu que não tinha uma mensagem com "M" maiúsculo para oferecer ao mundo porque o livro estava cheio de cenas com o sentimento adolescente, enjoativo, do amor. Um filme recente assistido pouco antes despertara nela a mesma sensação daquela primeira tentativa literária. A história era super-romantizada. Adah depositara nela tudo o que faltava em seu casamento. Ao escrever se desligava de tudo o mais, exceto das crianças. Para ela, escrever era como escutar boa música sentimental. Não estava interessada em saber se o livro seria ou não publicado; só lhe importava o fato de ter escrito um livro.

Em sua felicidade, esqueceu-se de que Francis vinha de outra cultura, que ele não era um desses homens que se adaptam com facilidade a novas exigências, que as ideias dele sobre as mulheres continuavam as mesmas. Para Francis, uma mulher era um ser humano de segunda classe; Adah servia para se deitar com ele quando ele quisesse, inclusive durante o dia, e, caso se recusasse, apanhar até criar juízo e ceder; para ser expulsa da cama depois dele se satisfazer; para lavar sua roupa e servir suas refeições na hora certa. Não havia necessidade de ter uma conversa inteligente com a esposa porque, entende, ela podia começar a ter ideias. Adah sabia que era um espinho na carne dele. Entendia o que o marido estava passando, vendo-o sofrer daquele jeito. Mas, embora ficasse com pena, embora entendesse tudo o que estava acontecendo com ele, nem por isso seria uma esposa daquele tipo. Francis podia matá-la a pancada, mas não se rebaixaria assim. Ao mesmo tempo, Adah torcia para que a longa estada de Francis na Inglaterra o transformasse. Afinal, a razão para eles virem para a Inglaterra fora avançar nos estudos! Sem dúvida ele passaria por alguma mudança. Adah sabia que ela mesma estava mudando. Muitas coisas que antes eram importantes para ela e a preocupavam, agora importavam menos. Por exemplo, para ela já não fazia diferença ser bibliotecária ou costureira. O que importava era não ser perturbada com infelicidade, porque seu desejo era irradiar felicidade para todos os que a cercavam. E quando estava feliz, percebia que os filhos também ficavam felizes. Mas quando as crianças viam o pai bater nela ou lhe dizer que saísse de perto dele, se penduravam nela, amedrontadas, virando os olhos nessa e naquela direção, num terror infantil.

Ela mostraria *Dote de esposa* a Francis, para que ele entendesse que ela sabia escrever e que não desperdiçava seu tempo como ele imaginava. Mas primeiro precisava mostrar o manuscrito a seus amigos da Biblioteca de Chalk Farm.

Bill leu, Peggy e os outros também. Adah achava que eles iam rir e lhe dizer que era uma boa primeira tentativa. Mas Bill levou o livro muito a sério. Ela devia mostrar a alguém do mundo editorial! Adah ficou apavorada. Não conhecia ninguém no mundo editorial, não sabia se conseguiria datilografar tudo aquilo. Era tão enorme, aquele manuscrito... As palavras, simples, nem um pouco sofisticadas, brotavam de sua mente. Ela escrevera aquilo como se houvesse alguém falando, falando depressa, alguém que nunca mais ia parar de falar. E agora Bill dizia que o texto era bom, ela que datilografasse tudo, que ele mostraria a alguém. Agora era imperativo que Adah contasse a Francis.

Adah trocou os livros que havia trazido por outros, e os ajeitou direitinho entre Bubu e Dada, no carrinho, assoou o nariz de Vicky, e foram todos buscar Titi na creche da Escola Carlton. Mas Adah estava imersa em seus pensamentos enquanto atravessava a Haverstock Hill para entrar na Prince of Wales Road, empurrando o carrinho e com Vicky trotando ao lado, o sol brilhando no céu, um dia quente e animado como qualquer dia na África. As pessoas passavam por ela nessa ou naquela direção, as mulheres em vestidos de verão sem mangas, um ou dois idosos sentados nos bancos da lateral do Crescent, na frente do pub, sorrindo, mostrando as dentaduras rígidas, os chapéus puxados para a frente para pôr na sombra suas cabeças cansadas daquele sol pouco habitual. Adah entrou no Crescent, onde o cheiro dos tomates maduros se misturava ao do açougue. Contudo, não via nada daquilo, sua cabeça girava tão depressa... Seria possível que Peggy e Bill tivessem razão? Será que ela poderia ser uma escritora, uma escritora de verdade? Por acaso não se sentira totalmente realizada ao completar o manuscrito, exatamente como se o manuscrito fosse um outro filho que tivesse dado à luz? "Me senti tão realizada quando acabei de escrever, parecia que eu tinha feito outro filho", dissera a Bill, e ele respondera: "Mas é assim que os escritores se sentem. O que eles escrevem é um filho que têm. Isto é sua criação, seu filho; você é a única pessoa no mundo inteiro que poderia ter produzido essa obra específica, ninguém mais seria capaz. Se alguém tentasse, seria pura imitação. Os livros contam muitas coisas sobre os escritores. É como se fossem os filhos deles, e de mais ninguém".

A observação de Bill voltava a todo momento à cabeça de Adah. *Sua criação, seu filho*. Francis precisa ver meu livro. Talvez o livro nunca fosse publicado, isso ela sabia, mas de todo modo seria seu ponto de partida. Adah sempre sonhara ser escritora, mas dissera para si mesma que os escritores sabem tantas coisas que quando chegasse a hora dela fazer uma primeira tentativa de reunir seu conhecimento num livro já teria pelo menos quarenta anos. Mas agora que escrevera *Dote de esposa*, no começo como brincadeira, fora percebendo à medida que escrevia que aquilo era coisa séria. E agora alguns de seus amigos haviam lido o que ela escrevera e haviam dito que era bom!

Estudaria mais, se esforçaria mais, então, para ser escritora. Mas por onde começar? Havia tantas coisas, e coisas tão diferentes que era preciso saber para ser escritor... Não poderia escrever em nenhuma língua africana, então teria de ser em inglês, embora essa não fosse sua língua materna. Sim, utilizaria a língua inglesa. Mas não sabia usar aquelas palavras grandes, longas, retorcidas. Bem, talvez não fosse capaz de usar aquelas palavras longas, difíceis, mas faria suas próprias frases do seu próprio jeito. As frases de Adah, era isso que elas seriam. Mas primeiro precisaria de orientação. Os livros mais simples que lhe vinham à cabeça eram a Bíblia e as obras completas de Shakespeare. Seu Pa usara a Bíblia para ensiná-la a ler São Mateus na Bíblia, aquela parte que dizia que havia catorze gerações depois de Davi antes do nascimento de Cristo. No fim ela aprendera quase todas as palavras daquele trecho da Bíblia de cor. Quanto a Shakespeare, nunca deixara de sentir-se fascinada por ele. Ia ser uma trabalheira, mas dava para encarar. Depois pensou de novo. Tudo bem quanto a dominar a língua, mas e o assunto da trama? Não podia ficar escrevendo de memória, daquele jeito, a esmo. Seria preciso um propósito, um fio condutor em algum lugar. Na época Adah não conseguiu encontrar as respostas para essas questões, mas sabia que elas teriam de ser respondidas antes dela ter condições de escrever alguma coisa publicável. Porque não seria simplesmente uma escritora de romances comuns. Por esse caminho, a concorrência seria dura. De alguma maneira, teria de se especializar: encontrar alguma coisa. Seu único conhecimento prático estava ligado à biblioteconomia. Não dá para sair por aí escrevendo sobre a maneira de arquivar os pedidos ou organizar os livros na estante de acordo com Dewey ou com a Biblioteca do Congresso! Podia escrever sobre as pessoas que iam à biblioteca pegar livros emprestados, mas precisava conhecê-las. Qual é a disciplina que ensina as pessoas sobre as pessoas? Psicologia? Sociologia? Antropologia ou história? Sobre as outras ela sabia, mas o que um sociólogo estuda? Perguntaria a Francis. Ele devia saber. Primeiro daria o manuscrito a ele, para que o lesse, depois perguntaria: "Onde é que se aprende sobre as pessoas e o que se aprende em sociologia?".

À noite contou a Francis sobre *Dote de esposa*, mas ele respondeu que preferia assistir a *O santo* na televisão nova que haviam alugado. Adah insistiu, reclamou, disse que o livro era bom, que seus amigos da biblioteca haviam dito isso, que ele por favor lesse. Falou que Bill achava que o manuscrito deveria ser datilografado, porque era bom.

Então Francis disse: "Você sempre se esquece de que é mulher, e negra. O homem branco mal consegue nos tolerar, a nós, homens, isso para não falar em mulherzinhas desmioladas que nem você, que só pensam em amamentar os filhos".

"Pode ser verdade", exclamou Adah, "mas as pessoas leram e disseram que é bom. Leia, quero saber sua opinião. Então você não sabe a diferença que vai fazer para nós, se no futuro eu puder me tornar escritora?".

Francis riu. Qual seria a próxima novidade de Adah? Uma mulher escritora na própria casa dele, e isso num país de brancos?

"Bem, Flora Nwapa é negra e escreve", provocou Adah. "Vi livros dela em todas as bibliotecas onde trabalhei".

Francis não respondeu a esse argumento. Não ia ler aquele lixo de Adah e ponto final. Adah ficou muito magoada, mas não disse nada. Simplesmente recolheu seus cadernos repletos de "lixo" e arrumou-os com capricho no lugar onde havia posto os livros que tomara emprestados da biblioteca naquela semana. Ia dar um jeito de economizar e comprar uma máquina de escrever, uma de segunda mão, dessas que são vendidas no Crescent, depois datilografaria tudo. Enquanto isso, deixaria os cadernos ali e iria em frente com suas leituras.

Pensar nisso tudo assombrava sua vida como um sonho ruim. O fato de Francis se recusar a ler seu livro já era ruim que chegue, mas ele ter chamado o livro de lixo sem tê-lo lido machucava mais ainda, e ele dizer que ela nunca seria escritora porque era negra e porque era mulher era como matar seu espírito. Adah se sentia oca. E agora, o que mais poderia fazer? Para ela ficou óbvio que Francis seria incapaz de tolerar uma mulher inteligente. Culpou-se outra vez. Eles não deveriam ter vindo para a Inglaterra, porque assim ela agora não teria sentido aquela necessidade de escrever; seu casamento ficaria a salvo, pelo menos durante algum tempo, porque ela sabia que em algum momento no futuro haveria de escrever. Para ela, a atividade de bibliotecária era simplesmente um degrau que a aproximava dos livros que sonhava um dia escrever, quando estivesse com quarenta anos de idade.

Só que na Inglaterra, fora levada a começar quase vinte anos antes do momento previsto. Talvez seus livros só fossem publicados depois que ela tivesse quarenta anos, mas sua primeira história estava concluída. Agora era impossível recuar. Conhecera o sentimento de acabar a história, provara da satisfação de ver outras pessoas lerem sua obra e sentira um resplendor interno indescritível ouvindo outras pessoas dizerem o quanto haviam gostado de ler o que ela escrevera. Peggy dissera: "Era engraçado, eu não conseguia largar. Tão cômico!". Bill dissera: "Só você, e ninguém mais, poderia ter escrito isto". Bem, agora era impossível recuar. Precisava ir em frente.

No sábado seguinte, deixou as crianças com Francis e deu uma fugidinha até o Crescent para fazer as compras para o fim de semana. Todo mundo dormia, Francis e as crianças, e não se deu ao trabalho de acordá-los. O dia estava úmido. As filas, no Crescent, eram infinitas. Foi preciso entrar na fila para comprar carne, para comprar farinha de arroz, para comprar semolina. Até para comprar quiabo foi preciso fazer fila. Adah teve de parar aqui e ali, na chuva. No fim, ficou feliz em correr para casa, toda molhada, mas com a sensação de alívio de saber que todas as compras haviam sido feitas bem cedo de manhã, antes das crianças acordarem.

Ao se aproximar do patamar da casa deles, sentiu cheiro de papel queimado. Correu para dentro, rezando para que Vicky não tivesse tocado fogo no quarto. Dentro, porém, viu que Vicky e os outros continuavam dormindo. Era Francis, em pé ao lado do fogão, quem queimava papel. Ele viu quando ela entrou, o rosto úmido pedindo uma explicação. Mas Francis continuou queimando papel. Eles raramente falavam um com o outro. Incapaz de continuar tolerando o cheiro por mais tempo, Adah teve de falar.

Disse: "Mas Francis, você não podia ter jogado esses papéis que está queimando na lata do lixo, em vez de deixar o quarto com esse cheiro horrível?".

"Fiquei com medo de você tirar tudo da lata do lixo. Por isso precisei queimar", foi a resposta imediata.

Adah ficou curiosa, desconfiada, e seu coração bateu mais rápido.

"Que papéis são esses, Francis? O que você está queimando? Cartas? Quem escreveu? Francis, o que você está queimando?".

Por alguns instantes, Francis não respondeu, mas continuou queimando as páginas amassadas no fogão e observando os papéis queimados voarem sem vida pelo quarto, como pássaros negros. Intencionalmente, bloqueava a visão de Adah com as costas largas.

Adah conhecia aquela atitude de Francis, ali em pé, a desafiá-
-la. Quando ele se virou, ela percebeu que já vira aquele sorriso
triunfante no rosto dele antes. E se lembrou. Vira Francis sorrir
daquele jeito enquanto contava a ela como fora bem-sucedido ao
matar um macaco que pertencia a um amigo dele. O amigo con-
servava o macaco como animal de estimação, e com isso deixava
todo mundo irritado. Francis comprara veneno de rato, esfregara
o veneno num pedaço de pão e dera o pão ao macaco. O macaco
morrera, mas sua agonia, contorcendo-se de dor, o grito lamen-
toso do pobre animal, proporcionaram a Francis um prazer ines-
gotável. Ele contara a história a Adah tantas vezes, adornada com
demonstrações macabras, que Adah nunca esquecera seu jeito de
sorrir enquanto contava a história. Havia outra história terrível
que ele contara a Adah, sorrindo exatamente como agora. Era a
história de um cabrito que seu pai comprara para o Natal. O cabrito estava amarrado no quintal e Francis se munira do relho
para cavalos mais reforçado que encontrara e começara a bater
no cabrito, ordenando-lhe que lhe dissesse quanto era dois vezes
dois. Adah perguntara a Francis se ele não achava errado bater
num animal que não sabia falar e nem quanto era dois vezes dois.
Em resposta, Francis sorrira e estalara os lábios finos, os olhos
brilhantes cintilando por trás dos óculos, e lhe dissera que aquilo não tinha a menor importância; que o que importava era que
o cabrito não respondia às suas perguntas e por isso precisava
apanhar de relho. Adah, lembrando-se de quando seu primo Vincent a chicoteara, de como cada golpe atingia sua pele como uma
queimadura, disse a Francis, trêmula, que não queria mais ouvir
histórias sobre suas "conquistas heroicas".

Agora Francis estava com aquele sorriso nauseante no rosto,
e Adah pressentiu que estava orgulhoso de algum feito heroi-
co. Quando ele apanhou a última folha ela viu, entre os papéis
amassados, a capa alaranjada de um dos cadernos de exercícios
onde escrevera sua história, e a realidade explodiu em sua mente. Francis estava queimando sua história; já queimara toda ela.
A história na qual estava apoiando seu sonho de se tornar uma
escritora. A história que ia mostrar a Titi e Vicky e Bubu e à pe-

quenina Dada quando eles crescessem. Ia contar a eles, ia dizer: "Vejam, escrevi isto quando era jovem, com minha própria mão e na língua inglesa". E tinha certeza de que todos eles iam rir, e de que os filhos deles também iam rir e dizer: "Ah, vovó, você é tão engraçada!".

E então ela disse a Francis, numa voz sumida e cansada: "Bill falou que essa história era minha criação, meu filho. Você me odeia a esse ponto? A ponto de matar meu filho? Porque foi isso que você fez".

"Não estou preocupado em saber se é seu filho ou não. Eu li, e minha família nunca ficaria feliz se eu deixasse uma mulher minha escrever um livro desses".

"E por isso você queima o livro?".

"Não está vendo que eu já queimei?".

Para Adah, aquela foi a última gota. Francis era capaz de matar seu filho. Ela podia perdoar tudo o que ele fizera até ali, mas não aquilo.

Conseguiu um novo emprego, como bibliotecária, no Museu Britânico. Francis parou de trabalhar, porque desconfiou que agora Adah ganhava muito mais do que já ganhara em qualquer momento do passado. Mas Adah se recusou terminantemente a alterar sua decisão. O dinheiro que ela ganhava era dela e dos filhos dela.

A partir daí, a vida com Francis virou um purgatório. Ela estava novamente na rua, cercada pelos filhos como o flautista de Hamelin, em busca de uma casa onde viver. Demorou, mas acabou encontrando um apartamento de dois aposentos, que precisava partilhar com ratos e baratas.

Francis não queria permitir que ela levasse nada consigo: o alarido e a discussão foram tão grandes que foi preciso chamar a polícia. Mais tarde a senhoria se desculpou com Adah, dizendo: "Sinto muito por ter chamado a polícia, mas ele ia matar você, entende?". A policial que atendeu o caso ordenou a Francis que entregasse a Adah uma caixa com roupas das crianças.

E foi assim que Adah avançou para a liberdade, com nada além de quatro bebês, um emprego novo e uma caixa de trapos.

Nada preocupante, ela não sofrera maiores ferimentos além de um dedo quebrado e lábios inchados. Foi atendida no Hospital de Archway. As palavras de despedida de Francis foram que, se Adah pensava que ele ia visitá-los, a ela e aos moleques dela, então era melhor ela começar a pensar nele como um cretino.

Adah ficou feliz com a afirmação; não queria voltar a vê-lo, nunca, nunca mais.

Mas as coisas ficaram terríveis para Adah. Um mês depois, descobriu que estava grávida de novo. Na verdade já estava grávida havia três meses, ao longo de todas aquelas brigas, e, para coroar, Francis descobriu o novo endereço dela por intermédio das crianças. Seguiu Titi e Vicky na volta da escola.

Um dia, Adah estava a ponto de perder a sanidade mental tentando descobrir como ia fazer agora, quando uma pancada na vidraça a fez espiar para fora. Era Francis, que, sem se dar conta de que Adah o vira, começou a esmurrar a janela como se pretendesse quebrá-la. Adah ficou com medo. Mentira ao senhorio, dizendo que o marido voltara para a Nigéria e que, em breve, quando acabasse de se instalar, mandaria buscá-la com os filhos. Teve de falar isso tudo em iorubá, do contrário não teria conseguido o apartamento. Quando assinara o cheque para entregar ao senhorio, ele vira seu nome e dissera: "Como uma garota simpática como você foi se casar com um YAIMIRIN?". *Yaimirin* e *ajeyon* são as duas palavras pelas quais os igbos são designados – significam uma raça de canibais. Adah dissera ao senhorio que era um caso de paixão infantil. Mas silenciara o sujeito pagando adiantado seis semanas e, ainda por cima, com cheque. Isso o impressionara, e aquilo comprara o sossego de Adah por algum tempo.

Mas agora Francis estava ali esmurrando a janela e seria apenas uma questão de tempo até o senhorio e a senhoria saberem que o marido dela vivia em Londres e que ela também era igbo. A fúria apertou seu peito, mas ela abriu a porta.

A primeira frase que lhe veio à cabeça foi: "Achei que você havia dito que nunca viria nos ver. O que está fazendo aqui?".

Francis a ignorou e entrou à força no aposento. Adah farejou confusão. Então ele disse: "Em nosso país, e entre nossa gente, divórcio e separação não existem. Uma vez esposa de um homem, você será esposa desse homem até morrer. Não tem escapatória. Está amarrada a ele".

Adah concordou com a cabeça, mas lembrou-o de que entre a gente deles o marido sustenta a família e um homem malvado que bate na mulher corre o risco de perdê-la.

"Meu pai bateu na minha mãe até eu ter idade suficiente para jogar pedras nele. Minha mãe nunca deixou meu pai".

"É verdade", concordou Adah de novo, "mas por acaso houve um mês em que seu pai não pagou o aluguel, deixou de dar dinheiro para a comida, não pagou as taxas escolares dos filhos? E você, Francis, será que é capaz de me mostrar algum casaco ou seja lá o que for que estas crianças usem e que você possa dizer que foi você que comprou para elas? Não, Francis, foi você quem quebrou primeiro as leis do nosso povo, e não eu. E lembre-se, Francis, eu não sou sua mãe. Eu sou eu, e sou diferente dela. É um erro usar sua mãe como critério. Você nunca amou nem respeitou sua mãe. Simplesmente a tolerava, hoje eu sei que foi assim, porque nunca passou por sua cabeça trabalhar e mandar dinheiro para ela, como fazem outros estudantes nigerianos. Eu deveria ter me dado conta disso antes. No nosso curto período de namoro, percebi que você nunca pensava em oferecer alguma coisa a ela. Era sempre você, você o tempo todo, e ela, pobre alma, estava sempre dando, dando a você. Para ela, nada é demais, nenhum ser humano é bom que chegue para você. Você se lembra do ditado segundo o qual o homem que trata a mãe como merda sempre irá tratar a esposa como merda? Eu deveria ter me dado conta, mas na época estava cega demais para perceber".

O que se seguiu foi horrível demais para pôr em letra de forma. Adah se lembrava, porém, de que no meio da confusão Francis lhe dissera que estava armado com uma faca. Ele agora sempre andava com facas. Por diversas vezes Adah tentou pedir socorro, mas sentia a vida sendo espremida de seu corpo. Então ouviu vozes, alguém golpeando a porta trancada por Francis. O senhorio desconfiara que Francis era o marido de Adah e, como a maioria das pessoas, preferira não interferir enquanto um assassinato concreto não ocorresse. Foi o velho irlandês do andar de cima, um homem chamado Devlin, que pôs a porta abaixo.

Aquilo não podia continuar, disse Adah para si mesma depois que todo mundo foi embora. Deixara Francis havia mais de quatro semanas, não pedira pensão nem para ela nem para os filhos. Precisava desembolsar quase quarenta libras por mês pela creche das crianças e o dinheiro do jantar das crianças e para a garota que levava Titi e Vicky até o outro lado da rua; precisava pagar quase a mesma quantia pelo aluguel; e isso sem falar no fato de que a maioria de suas roupas de todo dia, os utensílios de cozinha, inclusive as colheres e os cupons de vitamina para as crianças, bem como o auxílio-família, tudo isso continuava com ele. E agora ele aparecia adicionando aquele insulto a todos os ferimentos que já provocara. Adah deixou de lado a cautela. Nunca se sabe; hoje Francis andava com uma faca – ela disse para si mesma –, uma faca que utilizara para ameaçá-la, mas ela ficara tão machucada e maltratada que não conseguia se imaginar indo para o trabalho antes de uma ou duas semanas. Não, a lei precisava entrar em cena.

Então Adah olhou em volta e viu, com lágrimas nos olhos, que a radiola que acabara de comprar do homem do Crescent mediante um pequeno depósito fora destruída por Francis. Viu o novo conjunto de chá – que escolhera no catálogo da senhoria e que estava pagando a prestações – esmigalhado, a estampa de flores parecendo pateticamente deslocada. Não, ela precisava de proteção contra aquele tipo de destruição.

Em toda a sua vida, Adah nunca pusera os pés num tribunal. Só queria que o magistrado, ou o juiz, ou fosse lá quem fosse, dissesse a Francis que ficasse longe dela e de seus filhos. Não estava movendo uma ação judicial para exigir pensão, não sabia nem mesmo se tinha direito a pensão. Simplesmente queria segurança para si e proteção para as crianças. A mulher do médico indiano, que também era médica, e que a atendera, dissera: "Na próxima vez, talvez você não tenha a mesma sorte, com um homem capaz de espancar você desse jeito". Ela lhe dera duas semanas de licença no trabalho e dissera que passasse a maior parte desse tempo na cama.

No interior do tribunal, Adah começou a gaguejar. A médica lhe dissera que a convocasse, que ela iria depor. Adah agradecera, mas não a convocara. E se Francis fosse declarado culpado de agressão, que era o que ele estava sendo acusado de ter feito? O que ela ganharia com isso? Talvez o mandassem para a prisão, e qual a vantagem disso para ela?

Ela não deveria ter se preocupado, porque Francis mostrou outra faceta de seu caráter que ela não conhecia até ali. Todos os hematomas e cortes e inchações que Adah havia exibido para a corte haviam sido causados por tombos. Verdade, ele quebrara a radiola de Adah porque pensara que fosse uma cadeira. Pagaria pelos prejuízos. Ninguém lhe perguntou como ele faria para pagar, estando desempregado.

Adah não sabia que exigiriam tantos detalhes. Nunca estudara Direito ou nada relacionado a Direito, mas essa era uma das principais matérias de Francis. Daquele dia em diante, Adah detestou tribunais. Uma outra coisa deixou-a ainda mais abalada.

O juiz determinou que as crianças precisavam receber pensão, e já que Adah sempre fora a chefe da família do ponto de vista financeiro, recebeu a custódia dos filhos. Mas com quanto Francis poderia contribuir?

Francis disse que os dois nunca haviam sido casados. Em seguida perguntou a Adah se ela podia apresentar a certidão de casamento deles. Adah não podia. Não tinha nem como apresentar seu passaporte ou as certidões de nascimento das crianças. Francis queimara tudo. Para ele, Adah e as crianças haviam deixado de existir. Francis deu essa informação a Adah em voz baixa, no tribunal, na língua deles.

Foi então que o juiz se deu conta de que estava lidando com uma pessoa muito inteligente. Disse: "O senhor pode até dizer que as crianças não são suas, mas vai ter que contribuir para o sustento delas. Ela simplesmente não tem como arcar com tudo sozinha".

Francis retrucou: "Não me oponho a enviar as crianças para adoção".

Algo aconteceu com Adah ao ouvir isso. Foi como uma grande esperança e uma espécie de energia entrando em seu corpo, dando-lhe uma força imensa, mesmo ela estando fisicamente debilitada com a gravidez do quinto filho. E então ela declarou bem alto e com toda a clareza: "Não se preocupe, senhor. Os filhos são meus e isso basta. Enquanto eu viver, eles podem contar comigo".

Saiu do tribunal no bairro de Clerkenwell e se afastou vagando à toa, sem ver coisa alguma, lágrimas brotando sem cessar dos olhos, febril. Nunca mais se recuperou plenamente do Grande Confronto. Chegou a Camden Town, parou na frente de um açougue onde vendiam frango barato. Ficou ali, não porque quisesse comprar frango, mas por estar cansada, com fome e ao mesmo tempo sem apetite, e sentindo uma espécie de náusea. As lágrimas ainda escorriam.

E então uma voz se destacou do meio das pessoas que passavam, chamando-a por seu apelido igbo, "Nne nna". A primeira coisa que passou pela cabeça dela foi que estava morrendo, porque ninguém a chamava assim exceto as pessoas que a conheciam desde menina, e só seu Pa costumava chamá-la daquele modo, destacando cada sílaba. A voz agora estava muito próxima e chamou-a outra vez. Uma voz de homem, grave demais para ser de seu Pa e gentil demais para ser de Francis.

E então viu o rosto do homem. E se lembrou, e ele se lembrou. Era um amigo com quem andara muito, muito tempo antes, quando ainda estudava na Escola Secundária para Meninas. Olhando para baixo, ele viu a aliança no dedo de Adah e disse. "Então você se casou com o Francis?".

Adah disse que sim.

Foi como a intervenção da mão da Providência. Foi como uma reportagem que alguém lesse numa revista sobre histórias reais. Esse velho amigo de Adah pagou o táxi que a levou de Camden Town até em casa porque achou que ela ainda vivia com o marido.

Leia mais Buchi Emecheta

AS ALEGRIAS DA MATERNIDADE

Nnu Ego, filha de um grande líder africano, é enviada como esposa para um homem na capital da Nigéria. Determinada a realizar o sonho de ser mãe e, assim, tornar-se uma "mulher completa", submete-se a condições de vida precárias e enfrenta praticamente sozinha a tarefa de educar e sustentar os filhos. Entre a lavoura e a cidade, entre as tradições dos igbos e a influência dos colonizadores, ela luta pela integridade da família e pela manutenção dos valores de seu povo.

"Eu amo esse livro por sua vivaz inteligência e por um certo tipo de compreensão honesta, viva e íntima da classe trabalhadora na Nigéria colonial."
Chimamanda Adichie

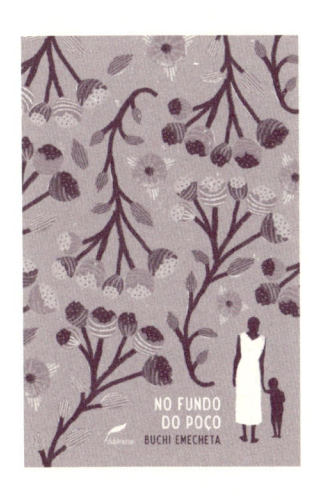

NO FUNDO DO POÇO

Adah, a mesma protagonista de *Cidadã de segunda classe*, tem que criar e sustentar sozinha os cinco filhos, vivendo no subúrbio de Londres, em um lugar que ela chama de "o fundo do poço". Tentando manter seu trabalho diário e suas aulas noturnas em busca de um diploma, ela se vê às voltas com o serviço de assistência social, que lhes classifica como "família-problema". É onde Adah encontra uma causa comum com seus vizinhos brancos da classe trabalhadora e sua luta contra um sistema social que parece destinado a oprimir todas as mulheres.

"Emecheta escreve com sutileza, poder e compaixão abundante."
The New York Times

Descubra a sua próxima
leitura em nossa loja online

dublinense .COM.BR

Composto em MINION e impresso na
BMF GRÁFICA, em PÓLEN SOFT 70g/m²,
em AGOSTO de 2021.